불멸의 이순신 5

아, 한산대첩

불멸의 이순신 5

김탁환 장편소설

아, 한산대첩

민음사

차례

一, 큰 학이 푸른 바다에 날개를 펴다

　임진년 칠월 육일 전라 좌수영을 떠난 조선 수군 연합 함대는 진주 창신도(昌新島)에서 하룻밤을 보낸 후 하루 종일 전진하여 저녁 무렵 당포(唐浦)에 닻을 내리고 정박했다.

　군막을 다 벌여 갈 때 김천손(金千孫)이라는 목동(牧童) 하나가 군영을 찾아와 왜군들 동정에 대해 아뢸 말이 있다고 했다. 부장이 그를 이순신의 군막으로 데려왔다.

　더벅머리에 눈이 작고 볼에 주근깨가 가득한 김천손은 바닥에 넙죽 엎드려 감히 고개를 들지 못했다. 이순신이 하명했다.

　"일어나 이 의자에 앉아라."

　김천손이 이마를 땅바닥에 대고 발발 떨며 답했다.

　"아닙니다요. 저 같은 게 어찌 감히 하늘같으신 장군님하고 마주 앉습니까요."

이순신이 김천손에게 다가가서 작고 거친 손을 잡아 이끌었다.

"괜찮아. 어서 일어나라."

그제야 김천손이 엉거주춤 몸을 일으켰다. 이순신은 김천손을 의자에 앉힌 후 자리로 돌아갔다.

"자, 이제 말해 보아라. 내게 할 말이 무엇이냐?"

김천손이 또박또박 답했다.

"오늘 낮에 말입니다요. 소인 놈이 아비를 따라 배를 타고 바다에 나갔더랬습죠. 한데 미시(낮 1시~3시)쯤 해서 왜놈들 배가 칠십여 척이나 영등포 앞바다를 지나 견내량(見乃梁)으로 들어가지 뭐겠습니까요. 오늘밤 거기서 머물 것 같습니다요."

"틀림없는 사실이렷다?"

"뉘 앞이라 거짓을 아뢰겠습니까요."

이순신이 탁자 위에 펼친 해도에서 견내량을 눈으로 확인한 후 김천손에게 다시 물었다.

"천손아! 네게 상을 내리마. 네가 지금 가장 바라는 게 무엇이냐?"

"……"

김천손은 대답 대신 작은 눈만 감았다가 떴다.

"말해 보아라. 소원이 무엇인지."

김천손이 마른침을 삼킨 다음 답했다.

"소인 놈 어미가 허리 병이 심합니다요. 하나 가진 게 없어 약한 첩 짓지 못하고 있습니다요. 행여 도움이 될까 하여 오늘 낮엔 아비를 따라 그물질 나갔던 것입죠. 소인 놈 어미를 의원에게 보이고 약 한 첩 짓는 것이 소원입니다요."

'효자로다!'

이순신이 고개를 끄덕인 후 붓을 들어 서찰을 한 장 썼다.

"천손아! 네 어미를 데리고 전라 좌수영까지 갈 수 있겠느냐?"

"여수까지 말입니까요? 갈 수 있습니다요. 소인 놈이 한 열흘 죽어라 일하기로 약조하면 작은 배 한 척쯤이야 빌릴 수 있고말고요."

이순신은 서찰에 수결을 한 후 김천손에게 내밀었다.

"하면 이걸 가지고 전라 좌수영으로 가거라. 수영에는 장졸들을 돌보는 의원이 세 명 있으니, 그중 아무에게라도 이 서찰을 보이면 네 어미를 진맥한 후 약 첩을 내줄 게다. 병이 나을 때까지 몇 번이라도 들러라. 알겠느냐?"

김천손이 의자에서 내려와 땅바닥에 계속 이마를 부딪치며 울먹였다.

"고맙습니다요. 장군님 은혜를 결코 잊지 않겠습니다요."

김천손이 돌아간 직후 경상 우수사 원균이 직접 판옥선을 몰고 이순신을 찾아왔다. 진군을 재촉하러 온 것이다. 원균은 경상 우수영 소속 판옥선 일곱 척을 이끌고 어제 노량에서 전라 좌우 군선과 합류했다. 그때부터 지금까지 원균은 틈만 나면 진군을 주장했고, 당포에서 하룻밤 머물자고 말하자마자 볼이 잔뜩 부어 씩씩 콧김을 내뿜었다.

"밤을 새워서라도 계속 동진해야지, 쉬긴 왜 쉰단 말이오?"

주변 장수들이 나서서 간신히 눌러 앉혔던 것인데, 이순신이 김천손 말을 전하니 더욱 성급하게 출정을 재촉했다. 싸우지 못해 안달이 난 듯했다.

"굼벵이처럼 이곳에서 뒹굴어서 어쩌려고! 바다뱀이 그물에 걸려들었으니 그물을 찢고 달아나기 전에 당장 가서 잡읍시다."

이순신은 전령을 띄워 이억기를 불렀다. 세 장수는 참오동 탁자 위에 경상 우도 해도를 펼쳐 놓고 둘러앉았다.

이순신은 한 걸음도 물러서지 않았다.

"동풍이 심하고 비까지 내리고 있소. 격군들도 맞바람과 싸워 가며 이곳까지 오느라 지쳤소이다. 이 상태로 왜 선단과 맞선다면 패하기 십상이외다."

정사준이 만든 황금 갑옷을 갖춰 입은 이억기가 이순신 의견에 동조했다.

"바람살이 지독합니다. 전투를 벌이더라도 이 바람이 잦아든 후에나 시작하시지요."

원균이 발끈했다.

"그 무슨 소리인가? 지금 기습하면 적은 방심한 허를 찔리는 것이고, 바람 때문에 쉽게 도망가지도 못할 것이오. 이것이야말로 일석이조가 아니겠소? 지금이 기회요. 때를 놓치지 맙시다. 내가 선봉에 서리다."

이순신이 그 말을 잘랐다.

"견내량은 수심이 얕고 암초가 많아 판옥선과 같은 대선이 전투를 치르기엔 불리한 점이 많소이다. 더군다나 고성과도 가까워 설령 우리가 급습을 해도 왜군들은 상륙해서 달아나 버리면 그만이외다. 왜 선단을 모조리 격침하려면 큰 바다로 유인해야 하오. 지금은 때가 아니오."

원균도 언성을 높였다.

"우린 연전연승하고 있소. 왜놈들은 연합 함대 깃발만 보아도 꽁무니를 뺄 게요. 그러니 주저할 까닭이 없소. 어서 출정의 북을 울리도록 합시다."

옥신각신 원균이 끝내 고집을 굽히지 않자 이순신이 결단했다.

"그렇다면 전라 좌수영 군선들은 움직이지 않을 것이외다. 작은 승리를 탐하다 자칫 패하기라도 하면 어쩌려고 그러시오. 이 바다를 잃으면 조선은 끝이외다. 신중에 또 신중을 기해야 합니다. 전황을 어찌 그리 청맹과니처럼 못 읽으시오? 출정하고 싶다면 장군 혼자 가시오."

"뭣이? 나 혼자 가라?"

원균이 밤송이 수염을 부르르 떨었다. 종주먹을 들이대며 당장이라도 이순신을 내리칠 기세였다.

이순신 역시 그 눈길을 피하지 않았다. 이억기가 분위기를 바꾸기 위해 황급히 끼어들었다.

"자자, 진정들 하세요. 왜선과 싸우기도 전에 우리끼리 다투면 어찌합니까?"

"우수사! 그대도 방금 좌수사 말을 듣지 않았소? 나더러 혼자 견내량으로 가라니, 이것이 연합 함대의 주장(主將, 우두머리 장수)에게 할 말인가?"

'주장?'

이순신의 눈초리가 올라갔다. 원균이 결국 속내를 드러낸 것이다. 세 수사가 동등한 지위를 갖기로 약조했지만, 원균은 늘 자기가 연합 함대의 주장이라고 생각했다.

원균이 이억기에게 출정을 독촉했다.

"전라 좌수군이 움직일 수 없다면, 좋소. 이 장군, 그대와 나 둘이서 왜적을 쓸어버립시다. 내가 앞장설 터인즉 이 장군은 따르기만 하오."

이억기는 선뜻 확답을 주지 않았다. 이순신이 원균 주장을 반박했다.

"종으로 길게 대열을 이루어 견내량으로 들어가서는 백전백패할 것이오. 그곳은 육지에서도 군선을 향해 포를 쏠 수 있을 만큼 협소한 곳이외다. 만약에 왜적이 양안에 복병을 심어 두었다면 화용도에 든 조조 꼴이 되고 마오. 정녕 전멸이 두렵지도 않소이까?"

"듣자 하니 못하는 소리가 없구먼. 도대체 누가 전멸한다는 말이오? 이 원균이 조선 수군을 전멸시킬 장수로 보이는가? 겁이 나면 빠지시오. 전라 우수군과 경상 우수군만으로도 능히 적을 칠 수 있소."

격양된 원균과는 달리 이억기는 여전히 입을 열지 않았다. 이억기가 입을 다물고 생각에 잠기면서 끼룩끼루룩 울어 대는 붉은 부리갈매기 소리와 뱃전에 부딪히는 파도 소리가 더욱 가깝게 들렸다. 강한 바람은 여전히 배를 흔들어 댔다.

이윽고 이억기가 입을 열었다.

"이번만큼은 이 수사 뜻을 따르는 것이 좋겠습니다. 하늘을 보니 소나기라도 한 줄기 쏟아질 모양이고, 견내량으로 나간 척후도 첫닭울이에나 돌아올 것인즉 원 수사께서 조금만 양보하시지요."

'이억기 그대마저……'

원균의 두 눈에 분노와 안타까움이 함께 서렸다. 전라 우수영과 전라 좌수영 군선들이 움직이지 않는다면 혼자서는 도저히 견내량에 있을 왜선들과 맞설 수 없었다. 원균도 어쩔 수 없이 한 걸음 물러섰다.

"만약 내일 아침 왜선들이 모두 달아나고 없다면 이 수사가 책임을 져야 할 것이오. 좋소. 적을 향해 돌진하지 못하겠다면 적을 바깥으로 끌어내어 섬멸할 비책이라도 있소?"

이순신은 진중한 얼굴로 원균과 이억기를 차례차례 쳐다보았다.

"있소이다."

오늘따라 이순신은 자신감이 넘쳐흘렀다. 신중하고 과묵하기로 소문난 이순신이 선뜻 답하자 원균은 깜짝 놀랐다. 이순신이 지휘봉을 들어 견내량과 한산도 사이 널찍한 바다를 짚었다.

"먼저 선봉을 보내어 거짓 패한 체하면서 왜 선단을 이곳까지 유인하고, 나머지 군선들은 학익진(鶴翼陣)을 펴고 적선을 기다리는 것이외다."

"학익진?"

"그렇소이다. 왜선들을 한데 몰아 놓고 둘러싸면 저들이 자랑하는 조총도 무용지물이 될 거외다. 함부로 총을 쏘다가는 옆 배에 탄 왜군들만 죽일 터이니까요."

"그 전법을 쓰려면 왜선을 유인한 후 순식간에 배를 돌려야 하지 않소?"

"그건 전라 좌수영 군선들이 맡아서 하겠소이다. 이미 몇 번이나 진법 훈련을 해 둔 바가 있지요. 전라 우수군과 경상 우수군은 좌우 날개를 맡아 주시오. 양 날개 맨 앞에는 영귀선과 방답 귀선을 두어 당파 전술을 쓰도록 합시다. 어떻소이까?"

이억기가 먼저 답했다.

"참으로 놀라운 계책입니다, 이 장군. 그리 따르겠소이다."

원균도 마지못해 답했다.

"좋소. 일단 이 수사 말대로 하겠소. 좌수영 군선들이 제때 뒤돌아서지 못한다 하더라도 경상 우수영 돌격선이 그대 목숨을 구할 터이니 너무 걱정 마시오. 그건 그렇고 몽진에 나선 조정은 어떠한지 걱정이오."

이억기가 맞받았다.

"저도 시름에 잠을 이루지 못하겠습니다. 장맛비가 한창인데, 주상께옵서는 수라나 제대로 잡숫고 계실는지……. 이러다가 요동까지 밀리는 것이 아닐까요?"

원균이 단정 짓듯 말했다.

"무슨 소리! 혀를 깨물고 죽는 한이 있더라도 압록강을 건너가서는 안 될 일이오. 우리가 누구를 위해 이렇게 죽살이(죽고 사는 것을 다투는 정도의 고생)를 하는데 내부(內附, 한 나라가 다른 나라 안으로 들어가 붙음)라니, 당치도 않소."

이순신은 늦은 밤까지 잠들지 못했다. 류성룡에게 길고 긴 서찰을 썼던 것이다. 연통이 끊긴 지 벌써 두 달이 넘었다. 소식을 기다리기보다 이쪽에서 먼저 전령을 보내는 편이 나을 성싶었다.

"장군! 순천 부사입니다."

삼경도 넘은 시각에 권준이 찾아왔다.

"어인 일이오?"

이순신도 마찬가지지만 권준도 유난히 잠이 적었다. 군중 회의가 있을 때나 출정 전날은 뜬눈으로 지새우는 경우도 잦았다. 이순신은 권준에게 잠을 충분히 잘 것을 권했고, 역으로 권준은 이순신이 먼저 자면 자신도 자겠다고 말하곤 했다.

마주 보며 자리를 잡자마자 권준이 말했다.

"웅천에 갔던 간자들이 방금 돌아왔습니다. 이번에 견내량에 들어온 왜 수군 대장은 새로 온 장수라고 합니다. 오랫동안 도요토미 히데요시를 가까이에서 보좌했던 자라는군요."

"새 장수라?"

이순신이 쓰다 만 편지를 서안 아래 내려놓고 권준과 눈을 맞추었다.

"용인 전투에서 조선군 5만 명이 궤멸된 것을 알고 계시지요?"

이순신이 고개를 끄덕였다.

"그 전투에서 아군이 패한 원인은 여러 가지가 있겠으나, 아군 진영 한가운데로 돌파한 왜 기병 돌격대를 막지 못한 탓이 가장 큽니다. 적들의 기세를 높이고 아군 사기를 낮춘 결정타였지요. 그 기병을 이끈 장수가 자청하여 내려왔다 합니다.”

“기병 대장이 수군 대장으로 왔다는 말이오? 기병을 통솔하는 것과 군선을 이끄는 것은 전혀 다른 일이오.”

권준이 이순신을 보며 웃음을 띠었다.

“드물긴 하지만 가끔은 그 둘을 모두 잘하는 장수도 있지요, 장군처럼 말입니다. 수전이든 육전이든 전투란 통하는 부분이 있으니까요. 아무리 자청했다고 해도 승산이 없는 자였다면 이곳으로 내려 보냈을 리 있겠습니까. 고니시, 가토와 함께 일찍부터 도요토미 히데요시 휘하에서 전공을 많이 세운 자라 합니다. 조심하셔야 합니다.”

이순신이 가볍게 고개를 끄덕였다.

“그는 그렇소. 한데 그 왜장 이름이 무어라 하던가?”

“와키자카라고 합니다.”

“와키자카!”

이순신이 놀라움에 두 눈을 크게 떴다. 권준은 그를 못 본 체하고 설명을 이었다.

“고니시가 이끄는 선봉대와 함께 부산포로 들어왔던 자입니다. 용맹한 돌격장으로 이름이 높은데, 전투할 때는 항상 흰 가면을 쓴다 합니다.”

“흰 가면이라고!”

“들리는 풍문으론 얼굴에 흉터가 있답니다……. 혹시 와키자카에 대해 전에 들은 일이 있으십니까?”

권준이 묻자 이순신이 담담한 표정을 지어 보였다.

"아니오. 그 외에 다른 소식은 없소?"

"왜군이 조선 사기장들과 악사들을 많이 끌어가는데, 그 수가 부산포 근방에 마을을 이룰 정도라 합니다. 잠시 그곳에 머무르게 하였다가 한꺼번에 왜국으로 데려간다는군요. 그들을 구해 낼 방도를 찾아야 할 듯합니다."

"알겠소. 그만 나가 보오. 잠시라도 좋으니 눈을 붙여야지. 그대가 병이라도 나면 해전을 제대로 치르기 힘드오."

권준이 눈웃음을 지으며 답했다.

"소생이 무슨 일을 한다고 그러십니까? 장군께서 먼저 주무십시오. 장군께서 진두에 서 계시지 않으면 내일 승리를 장담하기 어렵습니다."

이순신도 따라 웃으며 자리에서 일어섰다.

"알겠소. 하면 나도 잠시 쉬리다."

권준이 나간 후 이순신은 군막 안을 밝히던 호롱불을 껐다. 그러나 갑옷을 벗고 바닥에 등을 대지는 않았다. 권준과 이야기를 나누었던 자리에 다시 앉아 턱을 들고 눈을 감았다.

'와키자카! 잊을 수 없는 이름이다.'

게다가 얼굴에 흉터가 있다면 바로 그자임에 틀림없었다. 금오산이 불타던 그날, 박미진이 물에 빠져 죽던 그날 먼발치에서 활을 쏘아 아깝게 맞히지 못한 왜인 우두머리다.

'질긴 악연이로구나. 네놈은 내가 죽인 그 젊은 상인 놈의 형이냐, 아우냐? 꼭 한 번 다시 만나리라 예상은 했지만, 왜적의 수괴가 되어 이 바다로 찾아올 줄은 몰랐구나. 그때 금오산을 잿더미로 만든 것으로는 성에 차지 않더냐? 미진 낭자를 죽이고 날발이 부모를 학살한 것만으로 부족하더냐?

오너라, 이놈! 너는 동기(同氣) 하나를 잃었지만 내 상처는 그에 비할 수 없이 크다. 하늘을 꿰뚫고도 남을 아픔이 오늘 밤도 이 가슴을 쿡쿡 쑤셔 대고 있다. 오너라, 와키자카! 이 바다에서 끝장을 보자.'

여명 무렵, 이순신은 날발을 불러 류성룡에게 보내는 서찰을 맡긴 후 전라 좌수군에 출정 명령을 내렸다. 모처럼의 단잠에 기운을 얻었는지 장졸들 움직임은 빠르고 힘이 넘쳤다. 이순신은 녹도 만호 정운과 방답 첨사 이순신(李純信)을 은밀히 불렀다.

"그대들이 선봉에 서서 판옥선 여섯 척을 이끌고 견내량으로 들어가시오. 적을 유인해서 방화도 앞까지 끌어내면 거기서 학익진을 펼 것이오. 알겠소?"

"예, 장군!"

두 장수는 자신 있게 답한 후 판옥선 한 척씩을 거느리고 먼저 한산도로 돌아 들어갔다. 거세게 불던 바람이 잦아들자 뭉게구름도 제자리에 멈췄다. 순천 부사 권준이 웃으며 이순신에게 다가왔다.

"괘가 아주 좋습니다. 필승 기운이 가득하군요. 반드시 저 간

활(姦猾, 간사하고 교활함)한 왜적을 몰살할 수 있을 겁니다."

연합 함대는 조용히 한산도를 지났다. 왜 척후선은 보이지 않았다. 이미 정운과 이순신(李純信)이 이끄는 판옥선을 발견하고 견내량으로 돌아갔을 것이다. 이순신은 좌귀선 돌격장 이언량과 우귀선 돌격장 박이량에게 좌우로 넓게 벌려 설 것을 명했다. 적을 맞을 준비가 모두 끝났다.

이윽고 콩 볶는 소리와 함께 판옥선 여섯 척이 허겁지겁 견내량을 빠져나오는 것이 보였다.

"후퇴! 천천히 후퇴하라!"

이순신이 명을 내리자 전라 좌수영 군선들이 빠르게 물러나기 시작했다. 왜선 칠십여 척이 조총을 쏘며 다투어 내달렸다. 후미에 뒤처져 있던 안택선(安宅船)이 점점 앞으로 나왔다.

'와키자카!'

뱃머리에 하얀 도깨비 가면을 쓰고 장검을 든 왜장이 서 있었다. 이순신은 한눈에 그자가 바로 와키자카라는 걸 알아보았다. 왜장은 칼을 휘돌리며 장졸들을 독려했다. 연이어 조총이 발사되었지만 사정거리 밖이었다.

정운이 탄 판옥선이 왜선들에게 포위당하기 직전에 이순신이 우레같이 큰 소리로 외쳤다.

"지금이다. 공격! 학의 날개를 펴라!"

그와 동시에 후퇴하던 좌수영 군선들이 한꺼번에 뱃머리를 돌렸고, 경상 우수영과 전라 좌수영 군선들이 원을 그리며 왜선들을 포위했다. 영귀선과 방답귀선은 총통을 쏘면서 미친 듯이 돌진했으며 학의 양 날개에서 비 오듯 불화살이 쏟아졌다. 뒤늦게 함정임을 깨달은 왜선들이 배를 돌려 견내량으로 달아나려 했지만 이미 학의 품에 완전히 갇혔다. 조선 군선들은 학이 날개를 휘젓듯 포위망을 좁혔다 넓혔다 하며 왜선들을 차례차례 격침해 나갔다. 결코 서두르는 법이 없었다. 춤사위가 커질수록 격침되는 왜선들 숫자가 눈에 띄게 늘었고, 좌우로 밀리고 앞뒤로 쫓긴 왜선에 탄 적들은 스스로 바다에 뛰어드는 자가 무수했다.

"활을 다오!"

이순신이 장검을 잠시 내려놓고 오른손을 줌통 내밀듯 내밀었다. 곁에 섰던 부장(副將)이 각궁과 철전 열 대가 든 전동을 건넸다. 이순신은 활을 겨누었다. 백 보도 채 떨어지지 않은 곳에 하얀 가면이 어른거렸던 것이다.

'와키자카! 네 숨통을 끊어 주마. 긴 악연도 오늘로 끝이다.'

장검을 휘돌리며 장졸들을 독려하던 하얀 가면이 갑자기 두 팔을 내렸다. 천천히 고개를 돌려 이순신을 바라보았다. 살기를 느낀 것이다.

'죽어라!'

이순신이 시위를 당겼다. 화살은 정확하게 와키자카의 심장을 향해 날아갔다. 피할 겨를이 없었다.

그러나 그 순간, 와키자카가 탄 배가 총통 철환에 맞아 오른쪽으로 기우뚱 흔들렸다. 와키자카는 중심을 잡지 못하고 갑판 위를 굴렀고, 철전은 가슴팍 대신 옆구리에 꽂혀 흔들렸다. 피가 배어 나왔지만 쇠를 덧댄 갑옷 덕에 목숨은 구했다. 와키자카가 고개를 들어 화살이 날아온 쪽을 살폈다.

'이순신, 이놈!'

이순신이 두 대째 철전을 재어 다시 활을 들었을 때 흰 가면은 이미 보이지 않았다. 가면을 벗고 장졸들 틈에 섞였는지도 몰랐다. 이순신은 활을 내렸다.

눈을 돌려 어지러이 벌어진 해전을 훑어보던 이순신은 학의 오른쪽 날개에서 원균이 탄 판옥선을 발견했다. 돌격 임무는 귀선에게 맡기고 뒤만 따르라고 무던히 일렀건만, 경상 우수영 군선들은 그사이를 참지 못하고 왜선을 향해 돌진하였다. 삽시간에 오른쪽 날개에 틈이 벌어지며 왜선 십여 척이 빠져 달아났다.

판옥선들이 달아나는 왜선을 쫓았지만 역부족이었다. 총통 소리가 차츰 잦아들면서 그을음이 하늘을 뒤덮었다.

전투가 모두 끝났다. 물에 빠져 허우적대는 왜군들과 난파한 왜선들이 온 바다에 어지럽게 널렸다. 끝까지 항전하는 적들은 목을 치고 항복하는 자들은 삼삼오오 짝을 지어 결박했다. 이억기와 원균은 승리를 기뻐하며 천자총통을 한 방씩 번갈아 쏘았다. 이순신 역시 총통을 쏘아 기쁨을 함께했다.

영귀선과 방답귀선에서는 적잖은 사상자가 발생했다. 이순신은 부상병들을 좌수영으로 보내 상처를 치료하도록 하고, 오늘 층각 대선 두 척을 격침한 정운으로 하여금 견내량에 숨어 있을

지도 모르는 적의 복병선을 살피게 했다.

정운은 밤이 이슥해서야 좌수군에 합류했다. 이순신이 탄 지휘선에 오르자마자 호탕하게 웃어젖히며 큰 소리를 쳤다.

"하하하! 개미 새끼 한 마리 없더이다. 모두 달아난 게 분명하오. 이제 부산포만 치면 되오. 부산포만 쓸어버리면 왜놈들은 독 안에 든 쥐 신세가 되는 것이외다. 하하하, 부산포로 갑시다. 가서 왜놈들을 몰살합시다. 하하하하!"

이순신이 이날 가라앉힌 왜선은 대선 서른다섯 척, 중선 열일곱 척, 소선 일곱 척으로 모두 쉰아홉 척에 이르렀다. 전사한 장수 중에는 와키자카가 아끼던 부장(副將) 와키자카 사헤에(脇坂左兵衛)와 와타나베 시치에몬(渡邊七右衛門)도 끼어 있었다. 한산도 앞바다에서 구사일생으로 탈출하여 김해 방향으로 달아난 왜선은 대선 한 척과 중선 일곱 척, 소선 여섯 척 등 열네 척에 불과했다. 수군 200여 명을 이끌고 한산도에 상륙한 부장 마나베 사마노주(眞鍋左馬允)는 패전 책임을 지고 자결하고 말았다. 이 한산도 앞바다 싸움으로 조선 수군은 제해권을 완전히 장악했고, 왜군의 수륙 병진책을 좌절시켰다. 이후로 왜 수군은 감히 이순신이 지키는 남해 바다를 넘보지 못했으며, 도요토미 히데요시 역시 나아가 싸우기보다 물러나 지키기에 초점을 맞추라는 명령을 내리기에 이르렀다.

밤이 이슥할 무렵, 술 한 동이를 나눠 마시며 승전을 기뻐하는 장수들을 뒤로하고 권준이 군막을 찾아왔다.

"감축드리옵니다. 청사에 길이 남을 대승이옵니다. 정녕 하늘도 놀랄 귀책이었습니다."

"이제 시작일 뿐이오. 이 바다를 굳게 지키고, 나아가 왜적을 완전히 무찌를 날까지 어찌 승리를 입에 담을 수 있겠소. 우리가 한순간 마음을 늦추면 이 바다는 우리의 무덤이 될 것이며, 이 땅은 백성들의 지옥이 될 것이오."

이순신은 장검을 굳게 쥔 채 엄한 목소리로 말했지만, 얼굴에는 웃음빛이 가득했다.

"어찌 됐든 당분간은 왜군이 함부로 바다를 넘보지 못할 것입니다. 한시름 놓았으니 이제 승전보와 함께 곡물과 의복을 올려 보내어 주상께서 망극한 와중에나마 편히 지내시도록 해야 할 것입니다. 장군께 대장검이 내릴 날이 머지않았음이지요."

권준은 벌써 앞일을 내다보고 있었다. 한산도에서 대승을 거두어 곡창인 전라도를 지켰음을 보이려면 곡물을 직접 조정으로 실어 나르는 것이 최선이었다. 일찍부터 정사준을 시켜 준비해 놓았던 일이었다.

"뜻하지 않게 난을 맞아 신고를 겪는 조정에 곡물을 올려보내는 일이야 신하 된 이로서 당연하네. 한데 대장검이라니? 대체 무슨 뜻으로 하는 말인가?"

그 속뜻을 모를 리 없건만, 이순신은 짐짓 얼굴을 찌푸렸다.

이순신은 이번 출정에서 왜적을 완벽하게 무찌르는 일에 온 심혈을 기울였다. 어영담과 함께 지도를 펴 놓고 며칠 밤을 새웠으며, 이순신(李純信)을 독려하여 기한을 앞당겨 방답귀선을 만들었고, 장졸들과 전함을 모아 몇 차례나 진법 훈련을 했다. 조정에서 그 공을 알아주면 다행이고, 그렇지 않아도 적을 무찌른 것으로 족했다. 다만 바다 싸움을 잘 모르는 원균과 전술을 놓고 한없이 티격태격해야 하고, 그럴 때마다 이억기 눈치를 보아 어렵사리 싸움을 이끌어야 한다는 것뿐이었다.

"전투를 치를 때마다 원 수사와 입씨름할 수는 없습니다. 장군께서 확실한 우위를 점하여 원 수사를 딴 곳으로 전출시켜야 합니다. 지금이 기회입니다. 기회를 잡으세요."

이순신이 무섭게 굳은 표정으로 권준을 꾸짖었다.

"장수들이 들고 남은 오직 어명으로만 이루어지오. 사사로이 장수를 전출하자 논의함은 불충이니 다시는 거론하지 마오."

권준은 눈 하나 깜짝하지 않고 오히려 빙그레 미소를 띠었다.

"다음에 원 수사는 틀림없이 부산포를 치자고 할 겁니다. 그땐 어찌하시겠습니까? 부산포에는 왜선이 500척 넘게 정박해 있지요. 부산포까지 가는 해로에는 왜 수군이 군데군데 복병을 숨겨 두었을 것이며, 거제도에서 출항하여도 하루 만에 부산포에서 전투를 치르고 귀영하기는 어렵습니다. 부산포 앞바다에서 야영을 하는 건 호랑이 입 속에서 하룻밤을 보내는 것이나 다름없지요. 기회를 살피며 더 기다려야 합니다. 하나 원 수사는 한산도 승전을 등에 업고 틀림없이 부산포를 치자고 할 겁니다."

이순신이 단호하게 말했다.

"타는 불에 절로 날아드는 불나방 꼴이 될 수는 없소. 우리 판옥선은 지금 만들고 있는 것을 모두 합쳐도 여든 척 남짓에 지나지 않소. 부산포에 왜선이 정말 500척이나 있다면 쉽지 않은 싸움이 될 게요. 시일을 두고 철저히 준비해야 하오. 간자도 더 많이 보내 약점도 찾아야 하고."

권준은 고개를 끄떡이며 벌침을 쏘듯 짧게 물었다.

"당장 부산포를 치라는 어명이 내려오면 그땐 어쩌시렵니까?"

"어명이라고?"

이순신은 고개를 돌려 권준을 응시했다. 채비 없이 나아가 부산포를 공략하다가 패하기라도 하면 조선은 끝장이었다. 먼 북쪽으로 옮겨가 남쪽 바다 사정을 모르는 조정 대신들이 입을 모아 주청하여 부산포를 공격하라는 어명이라도 내리게 되는 날에는 나아가지도 돌아서지도 못하는 진퇴양난에 처할 터였다.

이순신이 눈을 감은 채 낮고 단단한 음성으로 말했다.

"섣부른 출정은 막아야 하오. 장졸들을 헛되이 죽일 순 없소. 바닷길이 뚫리면 전라도 백성들도 목숨이 위태로워. 하나 부산포 출정이 정해지면 그때부턴 오로지 왜선과 싸워 이길 방책을 찾을 따름이오. 그것이 의(義)고 장수가 할 일이오."

二, 식솔을 이끌고 가는 피란길에서

칠월 십오일 저녁.

허균은 어린 딸 설경(雪景)의 손을 잡고 초가집 앞마당을 빙빙 돌았다. 함흥, 북청을 지나 이곳 단천(端川)까지 오는 데 꼬박 두 달이 걸렸다. 몸이 무거운 부인 김 씨 때문이었다. 차붓소(달구지를 끄는 큰 소)가 끄는 달구지에 어머니와 만삭의 아내 그리고 어린 딸을 태우고 츠렁바위 어지러운 지돌잇길(험한 벼랑에서 바위 같은 것에 등을 대고 겨우 돌아가게 된 길)을 넘다 보니 왜군이 발뒤꿈치까지 쫓아왔다. 처음에는 외가가 있는 강릉으로 피할 작정이었으나, 왜선이 강릉에 정박한다는 풍문을 들은 후 피란길을 함경도로 바꾸었다. 임해군(臨海君)과 순화군(順和君)이 근왕병을 모은다는 소식과 함께, 평양에 머무르던 조정도 곧 함경도로 옮길 것이라는 소문이 돌았던 것이다. 임금과 왕자들이 머무는 곳이라

27

면 다른 곳보다 더 안전하리라는 것이 피란민들의 공통된 생각이
었다.

이제 다섯 살인 설경은 높은 산과 푸른 강을 지나는 소달구지
여행을 즐거워했다. 호기심 많은 눈을 논병아리처럼 반짝반짝 뜨
고 주위를 두리번거릴 때면 허균도 피란살이의 주립(피곤하여 고단
한 증세)을 잠시 잊고 딸아이의 웃음에 젖곤 했다.

설경은 단천에서 온몸이 까만 털로 뒤덮인 삽살개를 보고 홀딱
반했다. 식구를 재워 준 초가집 주인 강노수(姜勞首)는 새끼를 낳
은 지 며칠 되지 않은 터이니 가까이 가서는 안 된다며 신신당부
를 했다. 안 그래도 빈대와 머릿니 때문에 잠을 설치는데 개벼룩
까지 옮을 수도 있었다. 허균은 강아지를 안아 보고파서 보채는
설경을 번쩍 들고 마루턱에 걸터앉았다.

"설경아! 이제 곧 네 동생이 태어날 거란다."

"동생? 강아지보다 예뻐요?"

설경이 눈을 깜박이며 혀 짧은 소리로 물었다.

"그러엄! 천 배 만 배 예쁘지. 이제 우리 딸도 동생이 생기니
좀 더 의젓해야겠지?"

"초희(楚姬) 고모처럼?"

허균은 삼 년 전에 죽은 누이의 삶을 입버릇처럼 딸에게 들려
줬을 뿐만 아니라, 누이의 호인 난설헌(蘭雪軒)에서 가운데 글자
를 따다가 딸의 아명을 지었다. 그래서일까. 설경은 훌륭한 사람
이 되라고 할 때마다 초희 고모를 입에 올렸다.

"그래, 초희 고모처럼!"

허균은 딸의 볼에 입을 맞추었다. 꺼칠꺼칠한 수염이 싫은지 설경이 좌우로 고개를 돌려 댔다. 보드라운 콧김이 뺨에 와 닿았다.

'이 어린것을 위해서라도 살아남아야 한다. 내가 없으면 어머니와 아내 그리고 딸은 죽은 목숨이나 다름없다.'

지금까지는 피란살이도 그럭저럭 버틸 만했다. 잠자리가 불편하고 쌀 대신 보리나 수수 따위를 먹는 것이 힘겨울 따름이었다. 인심이 점점 야박해져 갔지만, 아직 왜군과 전투를 치르지 않은 곳이라서 그런지 사람들의 말투나 걸음걸이에 그나마 여유가 있었다. 그 여유에는 아무리 왜군이 날고 긴다고 할지라도 이곳 함경도까지야 올라오겠느냐는 자만심이 섞여 있었다.

허균은 금강산 언저리에서부터 친형인 허봉과 스승 이달의 문우(文友)들을 많이 만났다. 시문깨나 즐긴다는 사대부 집 대청마루에는 곧잘 두 사람이 쓴 시가 걸려 있었다. 그들은 허균이 허봉의 하나뿐인 아우이자 이달의 수제자라는 사실을 알고는 각별히 뒤를 봐 주었다. 죽은 형과 행방불명된 스승의 도움으로 하루하루를 연명하는 기분이 싫지만은 않았다. 허균 역시 몇 편의 시를 지어 밥값을 보태기도 했다.

그러나 북청을 지나면서부터 사정이 달라졌다. 금강산에서 출발한 허봉과 이달의 산천 구경도 함흥에서 끝을 맺었던 모양이다. 마지막 남은 노잣돈으로 이 집을 빌렸다. 쪽박세간 하나 없는 텅 빈 집이었다. 또다시 돈이 필요할 때는 달구지 끄는 차붓소를 파는 수밖에 없다.

"무엇 하는 게냐?"

갑자기 방문이 벌컥 열리더니 어머니 김 씨가 뛰어나왔다. 아버지 허엽의 후처로 들어와서 허봉과 허균 그리고 허난설헌을 낳은 어머니는 장난꾸러기 막내가 못미더워서인지 항상 허균을 싸고돌았다. 허봉과 허난설헌이 먼저 갔으므로 이제 피붙이라고는 허균뿐이다.

"그렇게 앉아 있지만 마라. 솥이라도 들고 마당을 돌렴."

난산이었다. 어젯밤부터 몸을 틀기 시작한 아내는 꼬박 하루가 지나도록 출산을 못했다. 어머니도 답답한 나머지 미신처럼 전해 오는 습속을 따르라고 한 것이다. 허균은 부엌으로 뛰어가서 검게 그은 무쇠솥을 머리에 이고 나왔다. 오목눈이 한 마리가 푸드득 날아올라 허균처럼 맴을 돌았다.

"하하하, 아버지! 하하하."

설경이 손뼉을 치며 환하게 웃었다. 그도 따라 웃으며 아내가 어서 몸을 풀기를 천지신명께 빌고 또 빌었다.

날이 어둑어둑 지고 있었다. 산등성이에는 뽀얀 이내(해 질 무렵 멀리 푸르스름하고 흐릿하게 보이는 기운)가 앉았다. 더위가 한풀 꺾이면서 시원한 바람이 불어오자 설경은 마루에 모로 누워 잠이 들었다. 쏨바귀를 밟으며 나무를 도는 허균의 걸음걸이도 눈에 띄게 느려졌다. 머리에 인 무쇠솥 무게가 천근만근이었다. 아이가 나오기 전에 한 번 인 솥을 내려놓으면 부정을 타기 때문에 주저앉을 수도 없었다. 비 오듯 흘러내린 땀이 목과 허리를 타고 사타구니를 적셨다. 이슬비라도 흩뿌리기를 바랐지만 장마가 끝나면서 여름 가뭄이 길게 이어졌다. 사의기우(蛇醫祈雨, 도롱뇽을 잡아 항아리에 담아 놓고 비가 오기를 비는 일)를 지내야 할 만큼 지독한 가뭄이었다. 집 앞을 지나는 피란민의 숫자가 눈에 띄게 불어났다. 보따리를 한 짐씩 지고 북으로 향하는 피란민들이 솥을 인 허균을 손가락질하며 웃었다.

"응애, 응, 응애."

드디어 기다리던 아기 울음소리가 터져 나왔다. 허균은 무쇠솥을 마당에 휙 내던지고 마루로 달려갔다. 설경도 울음소리에 놀라 눈을 비비며 일어났다. 어머니 김 씨가 문을 열고 소리쳤다.

"고추다, 고추! 웅몽(熊夢, 아들을 낳을 태몽으로 꾼 곰 꿈)이 맞았어."

아들이었다. 허균은 잠이 덜 깬 설경을 번쩍 안아들고 볼에 입을 쪽쪽 맞추었다. 이제 사윤(嗣胤, 대를 잇는 아들)이 태어난 것이다. 붉은 고추를 매단 금줄을 처마에 내걸었다. 어머니가 탯줄을 자르고 따뜻한 물로 아기를 씻긴 후 그를 방으로 불러들였다. 땀에 절어 수척해진 아내 김 씨가 몸을 일으키려고 했다.

"부인, 그냥 누워 계시오. 장하오. 이제 우리도 아들을 두게 되었습니다그려."

김 씨 역시 입꼬리를 올리며 희미하게 웃어 보였다. 김 씨는 오른편에 누인 아기 쪽으로 고개를 돌리며 말했다.

"이제 새 식구가 늘었으니 대과(大科)에 합격하여 벼슬길에 나가도록 하세요."

"허어, 오늘같이 경사스러운 날에 무슨 엉뚱한 소릴 하는 겝니까?"

허균은 눈살을 찌푸리며 슬쩍 화를 내는 척했다. 기축년(1589년)에 소과(小科)인 생원시에 합격한 후 아직까지 대과에 응시하지 않았다. 그간 김 씨는 남편이 스승인 이달 등과 어울려 술과 시로 나달을 보내는 동안에도 틈만 나면 대거(大擧, 대과 시험)를 종용했다. 옆에 있던 어머니도 아내를 역성들었다.

"이제 네 나이도 스물넷이다. 네 형 봉이는 그 나이에 벌써 대궐에 들어가 있었느니라."

허균은 히죽히죽 웃으며 딴전을 피웠다. 김 씨가 확답을 받아 내려는 듯 다시 한 번 간청했다.

"어머님과 저는 당신만 바라보고 산답니다. 사내 대장부라면 마땅히 등과하여 어버이를 영화롭게 하고 제 몸을 이롭게 하여야지요. 대교(大巧, 아주 교묘한 재주)만 믿고 세월을 죽이지 마세요. 세월은 쏜살과도 같으니 뒤늦게 뉘우친들 무슨 소용이 있겠어요?"

"알았어요. 내 부인을 꼭 숙부인(淑夫人)으로 만들어 드리리다."

숙부인은 정삼품 당상관의 부인에게 내리는 직첩이다. 김 씨는 힘에 겨운지 더 이상 말을 잇지 않고 지그시 눈을 감았다. 허균은 조심스럽게 아기를 안아 들고 앙증맞은 손가락을 하나씩 펴 보았다.

설경이 아버지 등을 두드렸다. 빨리 남동생을 보고 싶었지만 할머니 앞인지라 조심했던 것이다. 허균이 몸을 반쯤 돌려 설경에게 아기를 보여 주었다. 설경의 맑은 두 눈에 아기의 불그름한 양 볼이 비쳤다.

"얘가 내 동생이에요?"

"그렇단다. 너도 오늘부터 누나가 되었구나. 동생을 네 몸처럼 아끼고 보살펴야 한단다. 알겠지?"

"예!"

설경은 조막만 한 아기 손을 슬쩍 잡으며 속삭였다.

"누나야, 누나!"

그 순간 아기가 입술을 우물우물거렸다. 허균은 저도 모르게 함박웃음을 웃었다. 시간이 이대로 멈춰 버려도 좋을 만큼 행복 감이 밀려왔다.

'가족이란 이런 것이구나. 곁에 있는 것만으로도 따사롭고 눈에 넣어도 아프지 않은 존재, 꿈도 포기하고 조국마저 버릴 수 있는 존재, 멀리멀리 떠나더라도 반드시 되돌아와 감싸고픈 존재.'

"계심둥?"

싼 값에 안방을 내준 집주인 강노수였다. 허균은 아기를 제자 리에 두고 마당으로 나섰다. 새까만 얼굴에 등이 굽은 중늙은이 강노수가 섬돌 아래에 서서 양손을 비벼 댔다.

"무슨 일인가?"

허균은 허리를 일기죽거리며 물었다. 그렇지 않아도 집주인을 청해 술이라도 낼 작정이었다. 강노수가 안방을 기웃거리며 숨넘 어갈 듯 답했다.

"날래 날래 피하셔야 하지배이오. 왜놈들이 올라오고 있슴둥. 북청을 지났다고 하니 곧 들이닥칠 것이오우다."

"정말인가?"

"보는 족족 작살낸다고 합둥. 날래 피하시라요!"

강원도를 지나 함경도로 진격하는 왜장 가토의 포악함은 이루 말할 수 없었다. 남녀노소를 막론하고 도륙할 뿐만 아니라 마을을 불 지르고 우물과 개천에는 독을 풀었다.

"균아!"

어머니가 방문을 열고 허균을 찾았다. 허균은 잠시 넋을 잃고 서 있었다. 이제 막 몸을 푼 아내와 갓난 핏덩이를 데리고 어디로 간단 말인가.

"나쁜 소식이냐?"

어머니 물음에 정신이 번쩍 들었다.

'이대로 머무르면 몰살당하고 만다. 앉아서 죽느니 이를 악물고서라도 피란을 떠나는 것이 옳다. 가다가 잡히는 한이 있더라도 실낱 같은 희망을 품고 서광이 비치는 쪽으로 움직여야 한다.'

허균은 방으로 뛰어들었다. 어머니와 아내가 놀란 눈으로 올려다보았다.

"어머니, 그리고 부인! 잘 들으세요. 왜놈들이 북청에 당도했답니다. 여기서 밤을 지내다간 저들의 선발대에 목숨을 잃고 말아요. 그러니 지금 당장 떠나야 합니다. 어머니께서는 설경이와 어린것을 챙겨 주세요. 부인! 힘을 내시오. 아들까지 점지해 주신 하늘이 설마 우리를 버리겠소. 자, 내 등에 업히시오."

어머니 김 씨가 고개를 저었다.

"안 된다. 이 몸을 해 가지고 어디로 간단 말이냐? 산후 조리를 제대로 못하면 큰일 난다. 하늘이 두 동강이 나도 누워 있어야 해.”

허균은 강제로 아내를 들쳐 업었다. 아내는 양손을 축 늘어뜨
린 채 전혀 힘을 쓰지 못했다. 달구지에 이불을 깔고 아기와 산
모를 누인 후 어머니와 설경을 빈자리에 태웠다.

경성으로 행로를 정했다. 함경도 북병영이 있는 곳이니 거기까
지만 가면 마음을 놓을 수 있으리라. 견우별에서 나타난 별똥별
하나가 긴 꼬리를 그으며 잠시 원국(圓局, 달무리 안. 별이 달무리 안
으로 들어가면 흉변이 일어난다고 함)에 들었다가 직녀별로 떨어졌다.
설경이 손뼉을 치면서 즐거워했다. 허균은 차붓소를 끌고 앞서
걸으며 자꾸 뒤를 돌아보았다. 아내와 아들을 덮은 이불이 아무
래도 얇아 보였다. 낮에는 불볕더위가 이어지다가도 해만 지면
기온이 뚝 떨어졌다. 지금은 그저 아내와 아들이 잘 이겨 내기만
을 바랄 뿐이었다.

다음 날 저녁, 마천령(摩天嶺)을 넘어 임명역(臨溟驛)에 도착하
자 아내 몸은 불덩이처럼 뜨거워졌다. 음식을 전혀 삼키지 못하
고 식은땀을 줄줄 흘렸다. 이불을 두 겹이나 덮고 누워도 오한이
들었고 사지를 떨며 정신을 깜박깜박 잃었다.

산욕열(産褥熱)에 걸린 것이다.

허균은 진둥걸음을 멈추지 않았다. 왜군 선발대가 이미 북청으
로 들이닥쳤다는 소문이 돌았다. 사흘밤을 꼬박 새워 겨우 산성

(山城)에 다다랐다. 장검과 강궁을 든 군사들이 앞을 다투어 남하하는 것을 보고서야 마음이 놓였다. 이제 이곳에서 산후 조리를 하면 되리라.

그러나 칠월 십일 이슬아침에 아내 김 씨는 기어이 정신을 놓고 말았다. 산욕열에 시달린 데다 음식을 먹지 못해 탈진한 것이다. 급히 수소문을 해서 침을 놓을 줄 아는 무당을 불러왔지만 소용없었다. 어머니는 곁에서 눈물만 흘렸고, 설경도 할머니 눈치를 살피며 덩달아 찔끔거렸다. 허균은 끙끙 신음 소리를 내는 아내의 손을 꼭 쥐었다.

'여보!

열다섯에 시집와서 당신 나이 이제 겨우 스물둘. 세상의 행복을 만끽할 꽃다운 나이. 내 허물을 말없이 덮어 주며 어머니 섬기기를 살뜰히 하고 인자함과 정숙함으로 아랫사람을 부린 당신. 가을하늘처럼 맑고 봄바람처럼 상그러운 당신에게 이렇게 일찍 죽음의 고비가 찾아들 줄이야. 나와 설경을 두고, 저 어린 핏덩이를 두고 당신 혼자 어찌 먼저 갈 수 있단 말이오. 당신에게 아무것도 준 것이 없어요. 태산처럼 남아 있는 내 사랑의 임자는 누구란 말이오? 제발 눈을 뜨고 웃어 주오. 숙부인도 되지 못하고 세상을 버릴 수는 없는 일이오. 우리에겐 누려야 할 삶이 반백 년이나 남아 있다오. 내 곁에서 나를 지켜 주오. 여보, 내 사랑!'

땅거미가 깔릴 무렵 김 씨는 잠깐 정신이 돌아왔다. 마지막 유언이라도 남기려는 듯 필사적으로 입을 열었다. 허균은 눈물을 흘리며 아내의 마지막 말을 듣기 위해 귀를 기울였다.

"우, 우리…… 아……들."

아내 김 씨는 유언을 끝마치지도 못하고 눈을 뜬 채 세상을 버렸다. 눈동자도 입술도 더 이상 움직이지 않았다. 아내의 가슴에 머리를 묻었지만 희미하게 뛰던 심장도 이내 멈추고 말았다.

아내를 품에 안고 한참을 흐느꼈다. 아직 따사로운 체온이 남아 있었다. 그 온기를 빼앗기지 않으려는 듯, 허균은 아내 몸을 이불로 둘둘 감싸고 힘껏 끌어안았다. 설경은 손등으로 눈물을 훔쳤고 어머니는 방바닥을 두드리며 실성한 사람처럼 통곡했다.

다음 날 동이 틀 때까지 아내 곁에 머물렀다. 따가운 햇살이 방으로 비쳐들자 모든 것이 확실해졌다. 허균은 아내 머리를 곱게 빗겼다. 그 얼굴은 깜박 잠든 것처럼 맑고 고왔다. 범은 아름다운 가죽 때문에 목숨을 잃는다고 했던가. 다시 눈물이 쏟아졌다. 님의 부재가 님의 존재를 더욱 크고 아름답게 했다.

"애야! 정신 차려라. 빨리 염을 해야지. 이 더위에 시체 썩는 냄새가 풍기면 어떡하느냐. 아이한테도 좋지 않고."

보다 못한 어머니 김 씨가 다그쳤다. 작열하는 태양 아래 시체는 곧 부패할 터였지만, 허균은 아내의 시신을 감싸 안고 아무 말이 없었다.

김 씨는 넋이 나간 아들과 며느리의 시체를 내버려둔 채 핏덩이를 등에 업고 설경과 함께 마당으로 나섰다. 우선 차붓소를 팔아 관을 사고 염을 할 늙은이도 두 사람 구했다. 저물 무렵 돌아오니 허균은 그때까지도 아내의 가슴에 얼굴을 묻고 멍하니 앉아 있었다. 김 씨는 눈을 부라리며 아들을 호되게 꾸짖었다.

"네 눈에는 처만 보이고 어미와 자식은 보이지도 않느냐? 왜군이 곧 저 아래 성진창(城津倉)을 친다고 하는데 여기서 죽을 셈이야? 예서 죽으려면 왜 단천을 떠났느냐? 차라리 그냥 거기 있었다면 이 꼴을 당하지는 않았을 것 아니냐? 그래 죽자, 죽자꾸나! 내 죽기는 섧지 않으나 어린것들이 무슨 죄가 있느냐? 며늘아기를 생각해서라도 이 애들을 잘 키워야 되지 않겠느냐? 이놈아, 정신을 차려라! 봉도 죽고 초희도 잃었는데 너까지 죽는 꼴은 차마 못 보겠다. 내가 먼저 이 자리에서 자진할 것인즉 죽든지 말든지 네 마음대로 하려무나."

김 씨가 품에서 은장도를 꺼내 들었다. 허균은 황급히 은장도를 빼앗은 후 엎드려 사죄했다.

"어머님! 소자의 불효를 용서하십시오!"

아기와 설경이 동시에 울음을 터뜨렸다. 뒤에 서 있던 늙은이들도 눈시울이 뜨거워졌다. 김 씨는 아들의 등을 도닥거리며 좋은 말로 달랬다.

"마음을 굳게 먹어라. 죽음이 바로 코앞에 있단다."

장례는 일사천리로 진행되었다. 늙은이들이 들어와 염을 하고 허균과 김 씨가 약식으로 곡을 마친 후 입관하여 뒷산 양지 바른 곳에 묻으니 그것으로 그만이었다. 그는 아내 무덤 앞에서 눈물로 맹세했다.

'여보! 잠시만 기다려 주오. 산 설고 물 선 이곳에 당신을 오래 두지 않으리다. 내 대과에 급제하여 당당하게 다시 찾아올 것이오. 그때는 먼 훗날 우리 둘이 함께 묻힐 땅으로 이장하겠소. 당신이 내게 남긴 두 보물을 소중히 키우리다. 아이들에게 짧지만 아름다웠던 당신 삶을 들려주겠소. 잘 가시오!'

 허균 가족은 그 밤에 다시 길을 나섰다.
 북병영이 있는 경성에 머무르지 않고 반나절을 더 북쪽으로 가서 수성(輸城)에 이르렀다. 애초에 목적지는 임해군이 있는 회령이었지만, 그들은 수성에서 한 발자국도 더 움직일 수 없었다. 세상에 나온 지 열흘도 안 된 아기의 온몸에 열꽃이 피었던 것이다.
 홍역이었다.
 모유를 제대로 먹지 못한 데다 피란민 틈에 섞여 움직이다 보니 덜컥 병이 옮은 것이다. '제것'이니 '제구실'이라고 불리며 늦봄에서 초가을 사이에 들기 일쑤인 홍역은 돌이 안 된 유아에게는 치명적이다. 아기를 안고 젖을 구걸하러 사방으로 돌아다녔지만 열꽃이 핀 아기에게 선뜻 모유를 나누어 주는 산모는 없었다. 잘못하다가는 자기 아기한테까지 병이 옮을까 질겁하여 물러나며 소금을 뿌리기 일쑤였다. 배고픔과 열에 시달린 아기는 더이상 울지도 못하고 숨을 할딱거렸다.
 허균 눈에서는 피눈물이 흘렀다. 아내가 죽은 지 사흘 만에 아들까지 잃을 상황이었다. 왜군은 그림자도 보이지 않는데 내 몸처럼 아끼는 가족을 둘씩이나 북망산으로 보낼 수는 없었다. 침

이라도 맞히려고 피란민들 사이를 돌아다녔지만 그것도 헛고생이
었다.

돌림병은 허균의 가족만을 괴롭힌 것이 아니었다. 피란민 중에
는 이런저런 역질에 걸려 쓰러진 사람이 부지기수였다. 계곡마다
썩어 가는 시체들이 즐비했고, 열에 들떠 나무 그늘 아래에서 숨
을 헐떡이는 환자들이 헤아릴 수 없었다. 못 먹고 못 입은 위에
한낮의 땡볕과 한밤의 추위를 되풀이 겪다 보니 몸은 저절로 쇠
약해지고, 몸도 씻지 못하고 짐승과 부대껴 한뎃잠을 자며 들끓
는 이와 더러운 물에 괴로움을 당하다 보니 온갖 돌림병이 불쑥
불쑥 일었다. 특히 어린애들은 속수무책이었다. 어린것을 먼저
보내고 울다 지쳐 넋이 빠진 어미들도 돌림병에 걸려 쓰러지곤
하였다. 일단 병에 걸려 죽으면 가족조차 시신에 손대기를 꺼렸
다. 그 시신들은 이제 깨끗이 염을 해 묻어야 할 혈육이 아니라
병독에 전 고깃덩어리에 불과했다.

조총보다 빠르고 무서운 것이 바로 돌림병이었다. 전쟁이 팔도
를 휩쓸면서 돌림병의 회오리도 거세었고, 특히 경상도, 강원도,
함경도에 피해가 컸다. 돌림병은 왜군보다 앞서 피란민 행렬을
덮쳤고, 왜군이 다 지나간 후에도 물러나지 않고 기승을 부렸다.
예방약이 없을 뿐만 아니라 치료약도 전무한 상황에서 백성들은
두 눈 벌겋게 뜨고 죽어 갔다. 시체를 뜯어 먹던 까마귀들은 점
점 대담해져서 아직 숨이 붙어 있는 사람들의 눈알을 쪼았다. 갓
난아기의 시체를 움켜쥐고 둥지로 돌아가는 솔개를 보는 것도 어
렵지 않았다.

피란민들에게는 당장 넘어야 할 죽음의 산이 두 개나 있었다. 하나는 굶주림이고 또 다른 하나는 돌림병이다. 굶주림은 그래도 참을 만했다. 다같이 굶주렸기에 다른 사람들의 퀭한 눈과 움푹 팬 볼을 보며 동병상련을 느낄 수 있었다. 그러나 돌림병은 전혀 다른 문제였다. 돌림병에 걸린 사람은 철저하게 혼자였다. 병의 고통보다 더 지독한 것이 바로 이 외로움이다. 돌림병에 걸린 바로 그 순간부터 짐승보다 못한 존재로 취급당했다. 다른 사람의 눈에 띄어서는 안 되며 다른 사람과 말을 하거나 손을 잡을 수도 없었다. 가족조차 몽둥이찜질을 하고 침을 뱉었다. 주위를 둘러보면 아무도 없었다. 간혹 병든 사람끼리 이야기를 나눌 때도 있지만 삶의 의지를 갖는 데는 전혀 도움이 되지 않았다. 대화를 할수록 자괴감만 커졌다. 돌림병에 걸린 사람 중 상당수는 병이 온몸으로 퍼지기 전에 스스로 죽음을 택했다. 인간다움을 지키기 위한 마지막 노력이었지만 아무도 그 처절한 고통과 힘든 결단을 지켜보지 않았다. 죽기를 결심할 때도 혼자이며, 죽음의 아가리로 들어갈 때도 혼자이고, 죽고 나서도 혼자인 것이다.

　허균은 이 모든 과정을 똑똑히 지켜보았다. 돌림병 환자를 향해 날아가는 무수한 돌팔매가 자신에게 날아오는 것만 같았다.

　'과연 인간이란 착한 존재인가. 공맹이 이 광경을 본다면 인간 본성이 선하다고 말할 수 있을까. 자신이 살아남기 위해 남을 짓밟고 때려죽이고 들짐승과 날짐승의 먹이로 내주는 저들을 그 누가 착하다고 할 수 있을까. 아, 인간은 더러운 짐승이다. 속되고 속된 짐승이다. 오직 자신밖에 모르는 짐승이다.'

아들은 그 밤을 넘기지 못했다.

여명 무렵, 허균은 낡고 녹슨 호미 하나만 들고 아기의 시체를 보자기에 싸서 뒷산으로 올라갔다. 아내가 죽었을 때처럼 넋을 잃거나 통곡하지 않았다.

볕이 잘 드는 평평한 땅을 골라 호미로 묵묵히 파헤치기 시작했다. 푸석푸석한 흙먼지가 일어나도 기침 한 번 하는 법이 없었다. 아기의 시체를 누일 만한 구덩이가 만들어지자 보자기를 열어 보지도 않고 그대로 파묻었다. 들짐승들 발길을 피하기 위해 힘껏 땅을 다지며 흙을 쓸어 담았다. 봉긋한 무덤도 만들지 않았고 나무 팻말도 꽂지 않았다. 말라 버린 나뭇가지와 풀들을 흩어 놓자 그곳은 양지바른 산등성이로 바뀌었다. 아무도 그 밑에 핏덩어리의 시체가 있는 줄 모르리라. 구덩이를 팠던 호미를 힘껏 수풀 속으로 던져 버린 후 터벅터벅 마을로 내려왔다.

어머니 김 씨가 칡죽을 끓여 놓고 기다리고 있었다. 할머니에게서 무슨 신신당부를 들었는지 설경은 고개도 들지 않은 채 묵묵히 숟가락질만 했다. 허균은 죽 한 그릇을 깨끗이 비운 다음 한 그릇을 더 청해 먹었다. 어머니도 설경도 못 먹어 죽은 귀신처럼 아귀아귀 죽을 들이켰다.

다시 길 떠날 채비를 마치고 허균이 입을 열었다.

"회령으로 가진 않겠습니다. 이대로 올라가다간 어머님도 설경이도 언제 죽을지 모릅니다. 차라리 이 지긋지긋한 피란민들 대열에서 벗어나 남쪽으로 갑시다. 죽더라도 고향 근처에서 죽고 싶습니다."

설경의 두 눈에서 눈물이 뚝뚝 떨어졌다. 어린 딸은 이제 죽는다는 말만 들어도 경기를 할 정도였다. 어머니는 그의 충혈된 두 눈을 똑바로 바라보았다. 아내를 묻고 아들을 묻은 사내의 결심이었다. 회령으로 가는 편이 살아남을 가능성이 더 컸지만, 아들 뜻을 따르기로 했다. 그의 말대로 이렇게 하나씩 죽는 것은 다 함께 죽느니만 못했다.

"강릉으로 가자. 이 어미의 고향이지. 강릉에서 삼십 리쯤 떨어진 곳에 사촌(沙村)이란 마을이 있다. 그 마을 동쪽에는 교산(蛟山)이 있는데 네 외조부께서 쪽빛 바다가 내려다보이는 산기슭에다가 애일(愛日)이라는 당(堂)을 지으셨다. 그곳이라면 산세가 깊고 인적이 드무니 왜군의 발길이 닿지 않을 성싶구나. 남쪽으로 가고 싶다면 그곳으로 가자꾸나. 육로는 막혀서 내려갈 수 없으니 배를 타는 것이 어떻겠느냐? 이곳에서 배를 타면 하루 만에 강릉 앞바다에 닿을 수 있지."

"어머님 뜻을 따르겠습니다. 하지만 뱃삯이 부족한데 어떻게 배를 탈 수 있을까요?"

김 씨가 속치맛단에서 주먹만 한 금덩이를 하나 꺼냈다.

"널 위해 마지막으로 남겨 두었다. 이걸 주면 강릉까진 갈 수 있을 게다."

수성 앞바다에는 피란민들을 전문적으로 실어 나르는 배가 있었다. 전쟁 중에 생겨난 새로운 돈벌이였다. 바다에서 왜선을 만나면 죽음을 면키 어려웠기에 그만큼 뱃삯이 비쌌다. 허균은 금덩이를 품고 배를 타기 위해 해안으로 바삐 움직였다.

三, 가난한 자는 죽고 부자는 배에 오르고

"형님! 이번이 마지막이우. 입다짐하신 게요. 아무리 돈이 좋아도 이건 미친 짓이우. 왜선을 만나기라도 하면 황천길 아니우. 원, 수성이라니, 이 먼 곳까지 올라온 멍청이는 우리뿐일걸."

뱃머리에 앉은 천무직은 숫돌에 쌍도끼 날을 갈면서 계속 툴툴댔다. 수염이 덥수룩하게 나서 입과 턱은 물론 볼까지 완전히 가렸다. 황해에서 곡물들만 이리저리 옮겨도 탈없이 큰 돈을 벌 것을, 왜군 수중에 떨어진 부산포를 멀리 돌아 경상도와 강원도를 거쳐 굳이 함경도까지 올라온 것이다. 뱃삯은 천정부지로 뛰었으나 목숨을 구하려는 피란민들은 눈물을 머금고 거금을 건넨 후 배에 올랐다. 황해에서라면 한 달 꼬박 일해야 만질 돈을 동해에서는 이틀이면 족히 손에 넣었다. 꼽추 임천수가 숫돌 앞에 서서 답했다.

"그래, 딱 한 번만 더 하고 여수로 가자!"

"여수? 강화도가 아니라 웬 여수?"

천무직은 여전히 퉁명스러웠다.

"이제 웬만큼 돈을 모았으니 정말 큰 거래를 해야 하지 않겠나? 큰 거래를 하려면 징검다리가 필요해."

"여수에 그 징검다리가 있단 말이우?"

"그래, 여수에 있지. 전쟁 전에 잠시 악연을 맺었지만 그이도 내가 필요하고 나도 그이가 필요해. 멋진 흥정을 할 수 있을 게야."

천무직이 숫돌에 도끼날을 대다 말고 고개를 들었다.

"혹시……, 설마 아니겠지?"

"……"

임천수는 웃기만 할 뿐 말이 없었다.

"정말 진해루로 갈 작정이우? 전라 좌수사 이순신을 만나려고? 아서요. 그이가 옛일을 그래 잊었겠우? 형님이 길라잡이를 해서 와키자카를 끌어들였던 걸 필경 잘 기억할 게요. 이번에야말로 형님을 보기만 하면 옥에 가두고 목을 쳐 깃대에 높이 달걸. 난 안 가우. 제 발로 자귀를 짚어 호랑이 아가리로 들어가는 바보가 세상에 어디 있우? 갈 테면 형님 혼자 가시우."

"……"

이번에도 임천수는 미소를 지었다.

"형님이야 바닷길로 장사 편하게 하려면 그 양반 도움이 필요하지만, 그래 그 양반은 무엇 하자고 형님을 보고 좋아라 하겠우?"

"치룽구니(어리석어서 쓸모가 없는 사람)처럼 굴지 마. 어디 여수에 닿을 때까지 그 답을 찾아 보아라. 이순신이 우릴 살려 둬야만 하는 이유 말이다. 그건 그렇고, 선원들에게는 단단히 일러두었겠지?"

"염려 붙들어 매슈. 이 배 주인이 누구란 걸 뻐끔이라도 했다간 그 즉시 도끼날이 어깻부들을 파고들 거라 해 놨우. 피란민들을 얌전히 강릉까지만 태워다 주면 품삯이 세 배로 뛰는데 그자들도 남는 장사지. 한데 꼭 형님 이름을 숨겨야 할 이유라도 있우? 갑판 아래 틀어박혀 얼굴도 내밀지 않는 까닭이 뭐요?"

임천수가 오른손으로 눈썹 자리를 쓸며 천천히 말했다.

"발 없는 말이 천 리를 간다고 했다. 우리가 여기서 돈을 모으고 있다는 사실이 경상도에 있는 윤 도주 귀에 들어가기라도 하면 곤란해."

"하지만 윤 도주는 난리 통에 재물을 거지반 잃고 지리산 깊숙이 숨었다던데. 그 풍문 형님도 듣지 않았우?"

"그래도 반 백년 모은 재산이 몽땅 없어지기야 했으려고? 틀림없이 재기할 기회를 노리고 있을 게야. 사람을 풀어 왜장들과 접촉도 하고 전라도 쪽 사정도 살피겠지. 윤 도주의 감시망에 걸려들면 안 돼. 단숨에 제압하지 않고는 윤 도주의 아성을 무너뜨릴 수 없으니까. 너도 조심해. 혹시 누가 알아보는 것 같거들랑 당장 갑판 아래로 내려오고."

"알겠소."

"이번에는 뱃삯이 지난번 두 배다. 두 배씩만 높여 받고 태워라."

"두 배씩이나 받으라고요? 하면 저 해안에 있는 피란민들 대부분은 이 배에 오를 수 없을 텐데."

임천수가 가래침을 뱉으려다 꿀꺽 삼키며 차갑게 웃었다.

"이것도 장사야. 돈이 없으면 배에 못 오르는 건 당연하지. 난동을 부릴 가능성이 있는 놈은 미리 살펴 확실히 다루어야 해. 가토의 대군이 아주 가까이 와 있으니 목숨값을 올려 받아야지. 이래저래 가토 덕분에 우린 많은 돈을 버는군. 이렇게나 왜장 신세를 질 줄 어떻게 알았겠어."

임천수가 갑판 아래로 사라지자 천무직은 쌍도끼를 등에 걸고 선원들을 모았다. 거짓 선장을 맡기로 한 사람부터 뱃삯을 받고 몸에 무기를 지니지 않았는지 검사하는 사람까지 이미 역할이 정해져 있었다. 천무직은 제일 뒤에 서서 그들이 맡은 임무를 충실히 하는지 살필 작정이었다.

배가 해안에 닿자마자 기다리던 피란민들이 떼까마귀처럼 몰려들었다. 짐을 이고 진 아낙부터 코흘리개 꼬마까지 서로 먼저 배에 다가서려고 안간힘을 썼다. 선원 두 사람이 장창을 들고 나서 휘휘 저으며 사람들을 뒤로 물러서게 했다.

"자, 물러서시오. 한 사람씩 차례차례 뱃삯을 내시오. 왜군들이 가까이 왔다 하니 시간이 없소. 돈이 없는 사람은 아예 줄을 서지도 마시오. 강릉까지 가는 뱃삯은 은 500냥이오. 애든 어른이든 목숨이 붙어 있는 사람이면 무조건 은 500냥이오."

덩치가 좋은 곰보 사내가 가슴을 펴고 따졌다.

"지난번엔 은 250냥이라 들었소. 한데 어찌하여 이번엔 500냥이란 게요? 250냥도 엄청난 거금인데 500냥이라니. 사람 목숨 가지고 이렇게 장사를 해도 되는 게요?"

선원들도 훈련받은 대로 받아쳤다.

"그게 아까우면 배를 타지 않으면 되오. 값을 정하는 것은 우리 맘이오. 당장 왜군이 닥칠 텐데 그깟 은 500냥이 대술까."

"죽일 놈들!"

곰보가 한 걸음 더 다가서자 검을 든 선원 둘이 장창 든 선원 앞으로 썩 나섰다. 당장이라도 곰보의 목을 벨 기세였다. 분을 삭이지 못하고 콧김을 내뿜던 곰보도 따지기를 포기하고 줄을 섰다. 곰보가 물러나자 나머지 피란민들도 뱃삯을 들고 한 줄로 늘어서 차례를 기다렸다. 이번에는 아기를 업은 아낙이 우는 소리를 해 댔다.

"가진 건 다 해서 600냥뿐입니다. 이 아인 이제 백일이 지났어요. 그런데 똑같이 500냥을 내라니 너무하십니다. 이걸 받으시고 제발 배에 태워 주세요."

뱃삯을 받던 선원이 고개를 돌려 천무직을 찾았다. 천무직이 수염을 쓸며 고개를 저었다. 한 사람 형편을 살펴 주었다간 다른 이들한테 항의를 받기 십상이다.

해안에 몰려든 500여 명의 피란민들 중에서 겨우 스무 명 남짓만 배에 올랐다. 마지막으로 다 떨어진 갓을 쓴 사내가 금덩어리 하나를 내려놓았다.

"은으로 치면 1,500냥은 될 게요."

갑작스러운 금덩이에 선원들은 난감한 표정을 지어 보였다. 금덩어리를 은 몇 냥으로 계산해야 하는지 몰랐던 것이다. 집게뼘(엄지손가락과 집게손가락을 벌렸을 때 손가락 사이의 길이)으로 금덩이를 재던 선원이 칼귀(칼처럼 굴곡이 없는 뾰죽한 귀)를 돌리자 천무직이 성큼성큼 걸어왔다. 그러곤 금덩이를 들어 공놀이를 하듯 머리 위로 던졌다 받았다. 제법 묵직한 것이 뱃삯은 충분히 될 것 같았다. 그러나 이런 경우엔 더 얻어낼 재물이 없는지 우기고 보라는 임천수의 명령을 기억해 낸 선원 하나가 억지를 부리기 시작했다.

"이건 너무 가벼워 보이지 않소? 넉넉하게 셈하여 두 사람 몫은 쳐 주겠쇼. 한 사람 몫을 더 내쇼."

사내가 두 주먹을 불끈 쥐며 어깨를 파르르 떨었다.

"이놈들! 네놈들 눈엔 사람이 재물로만 보이느냐? 네놈들이 배를 태워 주지 않으면 저들은 왜군에게 잡혀 죽거나 굶어 죽거나 병들어 죽을 게다. 돈을 벌더라도 사정은 살펴 가며 벌어야지. 이렇게 무지막지하게 굴다간 천주(天誅, 천벌)가 내릴 게야."

선원들이 이죽거렸다.

"어허, 말씀 한 번 시원하게 잘하시누만. 한데 500냥은 더 없나 봅니다? 어쩌죠? 말씀하신 대로 나리는 예서 왜군들을 기다려야 할 팔잔가 봅니다."

"이놈들! 네놈들을 가만 두지 않겠다. 잘 들어라. 내 이름은 허균이다. 명심해라."

허균!

천무직은 사내를 다시 보았다. 볼살이 쏙 빠지긴 했어도 과연 그는 배포 크고 술 잘 먹고 계집 좋아하기로 소문난 허균이었다. 허균은 천무직을 알아보지 못했다.

"잠시만 기다리슈. 값을 정확히 내어 올 테니."

천무직은 휙 돌아서서 갑판 아래로 내려갔다.

임천수 방은 이미 거두어들인 돈과 재물로 어지러웠다. 천무직 손에 들린 금덩이를 보고 임천수가 한마디 했다.

"이제 너도 제법이구나. 그 정도 금덩이면 3,000냥은 족히 되겠어. 그렇게 귀한 걸 내놓은 걸 보니 천민이나 평민은 아닌 듯한데, 몇 명이나 배에 태워 달라고 하든?"

"셋이더군요."

"셋이라……, 셋을 태워도 1,500냥이 남는 장사군. 한데 왜 금덩이를 내게 가져왔나?"

"선원들이 둘 이상은 태워 주지 않겠다고 했우. 보아하니 그 양반은 더 이상 돈이 없는 것 같고."

"그래? 그럼 금덩이만 빼앗고 멀리 내치면 될 것을 왜 이리 내려왔는가?"

임천수는 한번 수중에 들어온 물건은 절대로 되돌려주지 않았다. 사람 둘 태우는 것도 아까워 생으로 금덩이를 삼키려는 것이다. 천무직이 헛기침을 토한 후 말했다.

"근데 그치, 그러니까 이 금덩이 주인이 글쎄 허균이라우."

임천수의 오른 눈지방이 씰룩거렸다.

"허균! 우리에게 돈을 빌려 준 그 허균, 초당 허엽 선생 아들이자 허난설헌의 동생인 그 허균 말이더냐?"

"예, 형님! 틀림없이 그 사내였우. 이 두 눈으로 똑똑히 보았우. 허균이 분명하우. 아마도 피란에 나서 이곳 함경도 땅까지 올라왔는가 보우. 몰골이 초췌한 걸 보니 고생깨나 한 것 같고. 그래도 호통을 치는 모습엔 예전의 그 호기가 남아 있던걸. 어쩌려우? 만나 볼 게요?"

임천수가 금덩이를 손바닥으로 쓸며 천천히 고개를 끄덕였다.

"이리 모셔 오게."

"나가서 만나시지 않고요?"

"모셔 오래도."

"알았우."

천무직이 쑥대머리를 긁적이며 방을 나섰다. 갑판에선 여전히 허균과 선원들이 입씨름을 하고 있었다. 천무직이 허균에게 곧장 나아가서 빙긋 웃으며 말했다.

"동행인이 누구누구요?"

허균이 분노를 누르며 약간 갈라진 목소리로 답했다.

"어머니와 딸일세."

어디서 꺾어 왔는지 설경은 샛노란 해바라기 꽃을 품에 꼭 안았다. 천무직은 다른 피란민들이 듣도록 일부러 목청을 높였다.

"금덩이가 1,500냥 값어치는 있다고 하우. 세 사람은 어서 배에 오르시우."

지금까지 돈을 더 내라고 버티던 선원들이 불만에 가득 찬 얼굴로 천무직을 바라보았다. 그러나 천무직의 등에 붙은 쌍도끼 때문에라도 감히 따지지 못했다. 갑작스레 낯을 바꾼 천무직을 보며 허균은 승선하지 않고 머뭇거렸다.

"올라오라는데 뭘 꾸물거리고 있우?"

허균이 두 눈을 치뜨고 따지듯 물었다.

"혹시 너희들, 사람 목숨값을 좌지우지하며 치부할 뿐만 아니라 사람을 죽이고 재물을 빼앗는 짓조차 서슴지 않는 해적이 아닌가?"

천무직이 빙긋 웃으며 답했다.

"아니, 이 양반이 속고만 살았나. 우리가 뱃삯은 확실히 챙기지만 한 번 배에 오른 이는 강릉까지 무사히 실어 나른다우. 못 믿겠으면 나중에 강릉에 가서 물어보우. 함경도에서 강릉으로 내려간 피란민들 대부분을 바로 이 배로 날랐으니까. 올라오기 싫으면 관두슈."

"아, 아니네. 배에 오르겠네."

허균은 어머니와 딸을 배에 먼저 태운 다음 뒤따라 승선했다. 스무 명 남짓한 사람들이 갑판 위에 옹기종기 앉아 이야기꽃을 피우고 있었다. 돈은 아깝지만 이제 살았다는 안도감이 웃음과 여유를 되찾아 준 것이다. 설경과 어머니도 그들 속에 자리를 잡고 앉았다.

"따라오시우."

천무직은 허균을 불러 세운 다음 먼저 갑판 아래로 쏙 내려갔다. 허균은 또 잠시 머뭇거렸다. 저 갑판 아래로 내려서는 순간 도끼날이 목을 치는 것이나 아닐까 두려웠다.

'한데 저 수염부리 사내는 어쩐지 낯이 익다. 어디서 보았을까? 왜 이런 장사를 하게 된 걸까?'

배에 올랐으니 어차피 시키는 대로 따를 수밖에 없었다. 허균은 부딪쳐 볼 마음을 먹고 천무직 뒤를 따랐다.

얼음낚시 구멍처럼, 갑판 아래는 어둠침침해서 아무것도 보이지 않았다. 허균은 푸른 하늘을 흘끔 쳐다본 다음 사다리를 타고 내려갔다. 두 발이 바닥에 닿는 순간 우악스러운 손이 견대팔을 잡아 쥐었다.

"꾸물거리는 게 습관이우? 어서 갑시다. 형님이 기다리시우."

도끼날이 아닌 것이 천만다행이었다. 횃불이 여기저기 타오르고 있었지만 갑판 아래는 어둡고 축축했다. 문고리가 여러 개인 것을 보니 용도에 따라 방들이 나뉘어 있는 모양이다. 천무직은 왼쪽 끝방으로 허균을 안내했다.

"들어가 보슈."

천무직이 문 앞에서 오른쪽으로 비켜섰다.

"저 안에 누가 있나?"

"이 배의 주인이자 금덩이 값을 후하게 쳐 준 사람이우."

천무직이 다시 한 번 고개를 까닥거리자, 허균은 둥근 문고리를 힘껏 당겨 문을 열었다. 왜소한 사내 하나가 공처럼 등을 굽히고 앉아 있었다. 몸집이 작아서 처음에는 소년인 줄 알았지만 좁은 이마와 눈언저리 주름을 보고는 곧 생각을 고쳤다. 몸집이 잔다란 어른이었다. 등이 유난히 굽었고 눈썹 자리는 민숭민숭했다.

"나리! 오랜만에 뵙습니다요."

꼽추가 일어서서 읍을 하며 예의를 차렸다.

"아니, 자네는 임천수!"

허균이 깜짝 놀라며 한 걸음 다가섰다.

"맞습니다요. 나리께 2,000냥을 빌려간 임천수입죠. 지금 그간 평안하셨느냐는 인사는 예가 아닐 듯싶습니다. 다행히 소인 놈 배를 만나셨네요. 그야말로 천행입니다요. 어서 이리 앉으십시오."

임천수는 자기가 앉았던 자리를 내주었다. 허균은 권하는 대로 자리에 앉아 방을 삥 둘러보았다. 뱃삯으로 거두어들인 돈과 재물, 금은보화가 가득했다. 허균의 표정이 심하게 일그러졌다.

"인도깨비가 따로 없군. 사람 목숨을 가지고 장사를 하다니. 자네가 돈 욕심이 많은 건 알았네만 이렇듯 지독할 줄은 몰랐으이. 오늘도 자네 때문에 얼마나 많은 이들이 죽고 다치게 될지 아는가?"

"소인 놈 때문이라곱쇼? 나리! 이 전쟁은 소인 놈이 일으킨 게 아닙니다요. 왜군들을 함경도까지 끌어들인 것도 소인 놈 짓이 아니고요. 전쟁이 일어나지 않았다 하더라도 가난한 자는 비참하게 살다가 죽게 마련이고, 부자는 돈의 힘에 의지하여 행복하고 즐거운 삶을 누리지 않습니까. 그 차이가 조금 극명하게 드러날 뿐입니다요. 소인 놈도 목숨을 걸고 이 짓을 하는데 공짜로 사람들을 구해서야 큰 손햅죠. 이 배에다 해안에 있는 피란민들을 다 태울 수가 있겠습니까? 사람을 많이 태워 무거운 배로 왜선이라도 만나면 큰 낭패입니다요. 하면 어떤 기준으로 태워야 할깝쇼? 아이들이나 여자들 먼저? 동방예의지국이니 노인들부터? 결국 돈밖에 없습죠. 누구라도 수긍하는 기준은 돈이 있느냐 없느냐뿐이라는 겁니다요. 돈을 마련하지 못한 게 소인 놈의 잘못일 리가 없지 않습니까요."

"그래도 너무하잖은가? 빈자리가 있다면 응당 사람을 더 태워야지."

"아니 됩니다요. 저들은 소인 놈 배가 아니면 모두 죽을 사람들입죠. 나리까지 포함해서 말씀입니다요. 관군들이나 경상 좌수영 배는 전혀 보이지 않습니다요. 피란민들까지 챙길 여력이 없는 것 아니겠습니까. 목숨 값이 비싸다고들 하지만 그거라도 내고 목숨을 구한다면 큰 복입죠. 한데 빈자리가 생겼다고 몇몇 사람을 태우면 '아, 저 배를 공짜로 탈 수도 있구나.' 하는 소문이 돌게 됩니다. 그러면 저 사람들이 아예 도적 떼로 돌변하여 이 배를 차지하겠다고 덤빌 수도 있습니다요. 그러니 빈자리가 남더라도 사람을 더 태우는 일은 안 합니다요. 몇 사람을 구할 수도 있었는데 구하지 않았으니 나쁜 놈이라 보지 마시고, 지금까지 얼마나 많은 사람을 구했는지 살펴 주십시오. 나리 가족을 포함하여 오늘도 수십 명이 목숨을 건졌습니다. 아니 그렇습니까요?"

"금덩이 값을 쳐 준 것으로 2,000냥 빚을 갚으려는 겐가?"

"아닙니다요. 어찌 그런 일로 나리 은혜를 갚을 수 있겠습니까요? 이만한 배를 산 것도 다 그때 나리가 종자돈을 주신 덕분입죠. 돈이 필요하시면 드리겠습니다요."

임천수가 느릅나무 서안 아래에서 돈 꾸러미를 끄집어냈다. 허균이 찌러기(성질이 몹시 사나운 황소)처럼 화를 버럭 냈다.

"자네가 지금 내 앞에서 돈 자랑을 하겠다는 게야?"

"소인 놈이 큰 잘못을 했습니다요. 고정하십시오."

곧바로 임천수가 사과를 하자 허균도 목소리가 차분해졌다. 임천수의 그간 행적이 문득 궁금해졌다.

"하도 연통이 없어서 혹시 윤 도주에게 당한 건 아닐까 생각했네. 그동안 어디서 무얼 하고 지냈나?"

임천수가 쓸쓸하게 웃어 보였다.

"이런저런 장사를 했습니다요. 돈 되는 일이면 어디든지 가서 무엇이든지 사고 팔았습지요. 북삼도에서부터 하삼도까지 두루 돌아다녔고, 소광통교에 잠시 가게를 내기도 했습니다요."

"소광통교에서 장사를 했다면 왜 나를 찾아오지 않았나?"

"아직 나리를 찾아뵐 때가 아니라고 생각했습죠. 겨우 가게 하나 연 걸 가지고 찾아뵈었다면 오히려 화를 내셨겠지요. 아니 그렇습니까요?"

굳었던 허균 표정이 조금씩 풀렸다. 피란민들을 상대로 뱃삯을 비싸게 받는 건 괘씸했지만 세상을 보는 눈과 삶에 대한 자신감은 여전히 대단했다. 허균이 슬쩍 비꼬았다.

"그래도 돈이 궁한가 보지? 왜선들이 수시로 다니는 동해에서 이런 장사를 하는 걸 보니."

임천수가 기다렸다는 듯이 답했다.

"더 큰 거래를 위해섭니다요."

"더 큰 거래라니?"

"나리께선 잊으셨습니까요? 조선 제일 장사꾼이 되는 게 소인 놈의 소원입죠. 이 전쟁은 소인 놈이 그 꿈을 적어도 이십 년은 빨리 이루도록 기회를 마련해 준 듯합니다요."

'전쟁이 기회라고?'

"팔도 각지마다 세력을 형성하고 있던 객주들이 이제는 제구실을 못하고 있습죠. 의주로 몽진한 조정도 먹을 것 입을 것을 구하지 못해 고생이 심하다 들었습니다요."

"그래서?"

"나리께서 소인 놈을 위해 한 번만 더 도와주십시오."

"도와달라? 보다시피 난 빈털터리로 난을 피해 이리저리 떠도는 신세야. 무엇으로 자넬 도와준다는 말인가?"

"몽진한 조정에서 주상 전하를 모시는 여러 대신 중 서애 류성룡 대감이 특히 큰 공을 세우고 계시다 들었습니다요. 나리는 서애 대감께 문(文)을 배우지 않으셨습니까요?"

"갑자기 스승님 얘긴 왜 하는가?"

"큰 거래를 하려면 조정에 연을 댈 수밖에 없습니다요. 소인 놈은 아는 대신이 없으니, 서애 대감께 소인 놈을 소개하는 서찰 한 장만 써 주십시오."

허균이 불편한 심기를 감추지 않았다.

"난 솔직하게 쓴다네. 자네가 동해에서 이런 짓을 하였다는 것도 쓸 테고."

임천수가 더욱 비굴하게 웃으며 답했다.

"간지(簡紙, 종이를 접어 편지지로 사용하는 것)에 간단하게 몇 자만 써 주시면 됩니다요. 저야 물론 돈밖에 모르는 소인배입죠. 오늘 일도 물론 쓰십시오. 다만 나리가 소인 놈에게 돈을 빌려주었다는 것 또한 꼭 넣어 주셨으면 합니다요."

"그건 왜?"

"나리 같은 분께 돈을 빌린 건 큰 자랑거리니까요."

허균은 잠시 임천수 눈을 뚫어져라 쳐다보았다. 그러곤 갑자기 웃음을 터뜨렸다.

"하하하! 그리함세. 역시 내가 사람을 보긴 제대로 봤구먼. 나라 전체를 좌지우지할 큰 장사꾼이 되려면, 암, 조정에도 연줄이 당연히 있어야겠지. 하나 세상에 공짜는 없으니 내가 서찰을 써 주는 대신 자네도 한 가지 약조를 해 주게."

"말씀하시지요."

"먼 훗날 때가 되면 내 부탁 한 가지만 들어주게. 이유는 묻지 말고 말이야."

임천수가 흔쾌히 답했다.

"한 가지뿐이겠습니까요? 열 가지 스무 가지라도 나리 부탁이면 무조건 따릅죠."

"한 가지면 충분해."

임천수가 지필묵을 준비해 왔다. 허균은 오른 소매를 걷고 붓을 들어 먹을 묻힌 후 간단히 몇 자 적었다. 문과 시를 빨리 쓰기로 도성에서 소문난 문장가다웠다. 붓을 놓은 다음 다시 읽어 보지도 않고 자리에서 일어섰다.

"하면 나는 나가 봐야겠으이."

"강릉 쪽도 안전하지 못합죠. 차라리 소인 놈과 함께 전라도 쪽으로 피하시는 게 어떻겠습니까요? 나리가 편히 지내시게 살펴 드립죠."

"허어, 또 돈 자랑인가? 자네 도움은 충분히 받았으이. 강릉이 면 충분해."

"알겠습니다요. 그럼 예서 인사를 드립죠. 소인 놈은 몰골이 이래서 갑판 위에는 아니 나갑니다요. 무직이도 배를 탄 사람들이 위협을 느끼는지라 주로 이 아래에 머무릅죠. 혹시 강릉에 닿기 전에 의논할 일이 있으면 다시 오십시오."

허균이 뒤돌아서며 쓴웃음을 지었다.

"고맙네. 그런 일은 없을 걸세. 난 자넬 예서 만나지 않은 걸로 하겠네. 자네처럼 돈밖에 모르는 장사치와 한 배를 타고 싶지도 않고."

四, 야만의 땅에 흙바람 불어

샛별을 보며 출항했다.

파도가 높고 강바람이 거셌지만 기다릴 여유가 없었다. 선원 입장에서는 하루를 쉬면 그만큼 돈을 벌지 못하고, 피란민 입장에서는 저승사자가 한 발 더 다가서는 것이다. 배에는 모두 오십여 명이 올라 있었다. 파도와 바람에 배가 흔들릴 때마다 여자들 비명과 남자들 욕설, 그리고 아이들 울음이 뒤범벅으로 터져 나왔다. 그때마다 수성 출신인 늙은 선원이 화를 버럭 냈다.

"조용히 안 하겠슴둥. 저기 보이는 산등성이에 왜놈들이 개미 새끼처럼 좌악 깔려 있슴매. 그렇게 돼지 멱따는 소릴 질러 싸믄 큰일나지비. 지금부터 고함을 치는 사람은 바다에 쑤셔박고 가겠슴둥. 알아들었지비?"

소리는 아까보다 잦아들었지만 배가 기우뚱거릴 때마다 아이

61

들은 울음을 그치지 못했다. 선원들은 한숨을 푹푹 내쉬며 욕지거리를 해 댔지만 아이들을 바다에 빠뜨리지는 않았다. 노련한 선원들은 되도록 육지에서 먼 항로를 택했다. 해가 완전히 진 후에 배는 강릉 앞바다에 닿았다. 늙은 선원은 배를 육지로 몰아가는 대신 얼굴을 찡그리며 말했다.

"다섯 사람만 앞으로 나오기요. 해안에 왜놈 새끼들이 없는지 살펴봐야 하지 않겠슴둥? 자, 날래날래 나오기요."

왜군 감시병이 있는지 알아보기 위해 척후를 보내겠다는 것이다. 피란민들은 서로 눈치만 볼 뿐 선뜻 나서는 사람이 없었다. 화가 난 선원이 삿대질을 하며 배를 되돌리려 했다.

"좋슴매. 나갈 사람이 없으면 돌아가겠슴둥."

"내가 가지."

허균이 손을 들고 한 걸음 나섰다. 선원 얼굴에 금방 웃음이 피어올랐다. 그가 지원을 하니 곧 나머지 네 사람도 손을 들었다. 선원이 허균에게 다가와서 자그마한 뿔피리를 내밀었다.

"상륙해도 될 것 같으면 그걸 부시구래. 자정까지 기다리겠슴매."

허균은 고개를 끄덕이며 뿔피리를 받았다. 그러곤 어머니와 설경 손을 꼭 쥐었다. 어머니는 말없이 고개를 끄덕였고 설경은 졸린 눈을 비비며 그의 볼에 뽀뽀를 해 주었다. 그는 천천히 갓과 도포를 벗었다.

다섯 사내가 차례차례 바다로 뛰어들었다.

바닷물은 뼈가 시리도록 차가웠다. 호흡을 가다듬으며 천천히 물살을 갈랐다. 빨리 육지에 닿는 것보다 은밀하게 움직이는 것이 더 중요했다. 사내들은 이십 보 정도 거리를 둔 채 바닷가 용바위를 목표 삼아 나아갔다. 모두 무사히 바위에 도착한 것을 확인한 후, 허균은 사내들에게 각기 흩어져 주위를 정탐하고 돌아오도록 했다.

별빛조차 구름에 가린 어두운 밤이었다. 갈매나무 아래에서 잠시 걸음을 멈추고 오른손으로 이마를 짚었다. 오랜만에 헤엄을 쳤기 때문일까. 머리가 욱신욱신 쑤시고 손발이 저려 왔다. 양손으로 볼을 탁탁 두드린 후 모래밭을 가로질러 솔숲으로 접근해 갔다. 바닷바람이 소나뭇가지를 우수수 흔들어 댔다. 갑자기 어둠 속에서 번쩍이는 칼날이 보였다. 섬뜩한 살기가 심장을 쑤셔 댔다.

'왜군이다!'

하마터면 뒤로 벌렁 나자빠질 뻔했다. 가까스로 균형을 잡고 몸을 돌려 모래밭을 달리기 시작했다. 바다로만 뛰어들면 잡히지 않을 자신이 있었다.

"와아아아앗!"

기괴한 고함과 함께, 누더기를 걸치고 산발을 한 사내들 십여 명이 솔숲에서 튀어나왔다. 눈은 독수리처럼 밝았고 걸음은 노루보다 빨랐다. 문명을 모르는 야만의 얼굴이었다. 허균은 모래밭을 절반도 달리기 전에 야만의 손에 발목이 잡혀 앞으로 고꾸라졌다. 손에 쥔 뿔피리가 저만치 날아갔다. 양발을 붙든 야만이 소리쳤다.

"잡았다아! 내가, 내가 잡았어."

허균은 두 귀를 의심했다. 그를 잡은 야만은 왜군이 아니라 조선인이었다. 사로잡힌 다섯 사내는 단번에 손발을 묶여 질질 끌려갔다. 야만의 무리는 사냥에 성공한 사냥꾼처럼 의기양양하게 휘파람을 불며 산길로 접어들었다. 어디선지 더 많은 자들이 모여들어 무리는 금방 백여 명으로 불어났다.

산길을 따라 능선을 한참 오르내려 엉겅퀴, 각시패랭이꽃 피어난 움막촌에 당도했다. 머리에 쪽을 찐 아낙네와 더벅머리 아이들이 환호성을 지르며 모여들었다. 허균이 고개를 들고 소리를 질렀다.

"여보시게. 나는 단천에서 피란을 떠났다가 강릉으로 내려온 허균이라는 사람일세."

그들이 갑자기 와하하하 웃음을 터뜨렸다. 손도끼를 든 야만이 그에게 다가와 침을 뱉었다.

"넌 사람이 아냐. 어딜 함부로 맞먹으려고 들어!"

그들은 다섯 사내를 허름하고 낡은 움막에 아무렇게나 던져 넣었다. 무엇이 그렇게 흥에 겨운지 웃음소리, 춤추는 소리, 박수소리가 어둑새벽까지 이어졌다. 다섯 사내는 어둠 속에서 두려움에 떨며 물었다.

"저들은 누구요?"

"내가 알겠소, 당신이 알겠소? 하여튼 왜놈이 아닌 건 확실한 것 같소이."

"보아하니 화적 떼들 같은데 통 우리 말을 들으려고 하질 않소."

"우린 그야말로 땡전 한 푼 없는 알거지 신세 아닙니까? 한데 왜 여기까지 잡아온 걸까요? 화적 소굴로 끌려가면 목이 달아나든지 화적이 되든지 둘 중 하나라고 하던데."

허균은 대화에 끼지 않았다. 온몸이 불덩이처럼 뜨겁고 몸이 으슬으슬 떨리면서 목이 탔던 것이다. 소리를 질러 물을 청하고 싶었으나 숨쉴 힘조차 없었다. 등을 맞댄 사내가 물었다.

"왜 말씀이 없으시우?"

"겁먹었나 보지, 뭐."

"형씨, 아까는 제일 먼저 나서더니 왜 잠자코 있소?"

움막 천장이 어질어질 춤을 추더니 갑자기 눈앞이 캄캄해졌다. 사람들의 말소리가 이명(耳鳴)처럼 귓문을 때리며 메아리쳤다. 자신을 겁쟁이로 모는 사내들에게, 죽음이 두려워서가 아니라 지독한 열병에 걸린 것 같다고 설명하고 싶었다.

'만약 내일 죽어야 할 운명이라면 제일 먼저 칼을 받으리라.'

그러나 그 생각마저 차츰 희미해져 갔다. 설경의 뽀얀 얼굴이 떠올랐다. 그 위로 아내의 환한 웃음과 핏덩이의 칭얼거림과 어머니의 깊은 주름이 차례차례 겹쳤다.

그 모든 것들과 작별할 때가 온 것일까. 화적 소굴을 벗어난다 하더라도 이 열병을 이길 수 있을까. 이제 그는 혼자서 죽어 가는 연습을 해야 했다. 조국도 잊고, 가족도 잊고, 자신의 이름과 나이, 꿈과 야망조차 모두 잊고 모래밭에 버려진 뿔피리처럼 그저 그렇게 하나의 사물로 변하는 것이다.

'나는 그렇게 죽어도 그만이겠으나 설경이와 어머니는 무사할까. 혹시 화적 떼와 임천수가 서로 짜고 우리들을 그 해안에 내려놓은 것은 아닐까. 세상에는 믿을 사람이 아무도 없다. 이제는 나 자신조차 믿지 못하는 신세가 되지 않았는가.'

"안 돼! 살려주세요, 제발! 노모와 어린 자식이 셋이나 있답니다. 목숨만, 목숨만 살려주세요."

비명과 절규에 눈을 떴다. 어느덧 아침 햇살이 움막 지붕 틈 사이로 쏟아져 들어왔고, 곤줄박이들이 쓰쓰삐이 시끄럽게 울어 댔다. 눈을 끔벅이며 주위를 둘러보았다. 열이 조금 내린 듯했다. 두려움에 가득 찬 사내들의 목소리가 들려왔다.

"자, 장작불에 커다란 무쇠 솥을 거, 걸었어."

"우린 죽었다. 저놈들은 식인(食人)을 하려는 거야."

"시, 식인?"

"우릴 잡아먹을 작정이라고."

사실이었다. 그들은 모닥불 주위에 둘러앉아 아침 먹을 준비를 마쳤다. 하지만 어디에도 솥에 끓일 양식거리는 보이지 않았다. 장작불에 걸린 무쇠 솥에서는 부글부글 물이 끓었고 그 곁에 사지가 묶인 사내가 부들부들 떨며 울부짖고 있었다.

"목을 쳐!"

"예이!"

장검을 든 야만이 양 손바닥에 침을 퉤퉤 뱉더니 단칼에 사내의 목을 베었다. 목이 잘리면서 피가 사방으로 튀었지만 그들은 괘념치 않았다. 손도끼와 식칼을 든 아낙네들이 달려들어 목이 잘린 시체의 살갗을 벗겨 내기 시작했다. 배를 갈라 내장을 훑어 낸 다음 사지를 마디마디 자르고 몸통을 제일 마지막으로 손질해 솥에 넣었다. 야만의 아이들은 벌써부터 입맛을 쩝쩝 다셨다.

"한 놈 더 끌어내랏!"

"예이!"

두 야만이 날렵하게 움막으로 들어왔다. 네 사람은 두 눈을 꼭 감고 쥐죽은 듯 숨을 죽였다. 자신을 선택하지 않기만을 빌고 또 빌었다. 이 순간만 무사히 넘기면 점심때까지는 목숨을 부지할 수 있을 것이다.

허균 역시 죽음의 공포를 이겨내기가 힘겨웠다. 죽더라도 저렇게 갈기갈기 찢겨 야만의 아가리로 던져지고 싶지는 않았다.

그러나 갑자기 몸이 공중으로 붕 뜨는가 싶더니 푸른 하늘이 눈앞에 펼쳐졌다. 야만의 박수 소리가 귀를 시끄럽게 했다. 실눈을 뜨고 주위를 둘러보았다. 나무 숟가락을 높이 든 야만들이 그를 보며 군침을 삼켰다.

'이놈들! 나는 인간이야, 인간이란 말이다!'

소리치고 싶었지만 말이 나오지 않았다. 다시 열이 뻗치는가 싶더니 땅이 울렁울렁 아래위로 움직였다. 식은땀이 흐르고 온몸이 사정없이 떨려 왔다.

"목을 쳐!"

"예이!"

명령이 떨어졌다. 장검을 든 야만이 다시 양손에 침을 탁탁 뱉었다. 그때 우두머리 곁에 앉아 있던 야만이 손을 휘저으며 앞으로 나섰다.

"잠깐! 저놈 얼굴을 자세히 봐. 돌림병에 걸렸어. 먹으면 안 돼. 먹으면 우리도 죽어."

돌림병이란 소리를 듣자마자 야만들은 일제히 자리에서 일어나서 몇 걸음씩 뒤로 물러섰다. 그러나 그 야만은 오히려 허균에게 한 걸음 더 다가서며 계속 소리쳤다.

"틀림없어. 초점 없는 눈, 흐르는 땀, 제멋대로 떨리는 팔과 다리, 쉴 새 없이 흘러나오는 침. 돌림병이야. 돌림병! 저들은 모두 돌림병에 걸렸어. 먹으면 안 돼."

야만들은 어느새 뿔뿔이 제 움막으로 돌아가 숨었다. 인성을 잃어버린 그들에게도 돌림병은 두려움 그 자체였다. 야만의 두목이 겨우 용기를 내어 다가왔다. 총냥이(여우나 이리처럼 눈이 툭 불거지고 입이 나오고 얼굴이 마른 사람을 비유적으로 이르는 말) 얼굴이었다.

"선생! 어떻게 하면 좋겠소?"

"생매장이 최고지. 깊숙이 파고 묻어 버리면 알 게 뭔가."

"그럽시다. 선생이 이 일을 맡아 주시우. 알다시피 우리 식구들은 원체 겁이 많아 놔서. 선생은 문둥이들하고도 함께 지내지 않았소?"

"그래, 그러지. 저 산등성이 너머 용두리 계곡까지만 옮겨 줘. 솥 안에 있는 살점들도 내가 몽땅 챙겨 가지."

"고맙소!"

"대신 다음에 한 건 올리면 내 앞으로 두둑이 떼어 줘야 하네."

"두말 하면 잔소리!"

두 사람은 마주 보며 웃었다. 돌림병이라고 외친 야만의 목소리가 귀에 익었다.

'누굴까. 어디서 만났던 사람일까.'

기억을 더듬으려 했지만 그때마다 열이 치솟아 생각이 나지 않았다.

우두머리가 강제로 지명한 야만 사내 여덟이서 포로들을 떠메어 용두리 계곡으로 옮겼다. 그곳으로 가는 동안 허균은 정신을 놓았다가 다시 차리고 또 다시 기절하기를 반복했다. 멧돼지를 사냥할 목적으로 파 놓은 거대한 구덩이 앞에 멈추어 섰다. 야만들은 몸서리를 치며 네 사내를 그 구덩이에 패대기쳤다. 그러곤 서너 걸음 물러서서 선생이 오기를 기다렸다. 선생은 곧 작은 망태를 등에 지고 대나무 지팡이를 짚으며 다가왔다.

"뭐유, 그게?"

야만 중 하나가 물었다.

"뭐긴 뭐야, 염병할 놈의 고기지. 먹고 싶으냐, 주랴?"

선생이 망태를 앞으로 돌리자 사내는 뒤로 물러서며 양손을 흔들어 댔다.

"관두슈. 차라리 굼벵이를 삶아 먹는 편이 낫지. 어서 파묻고 갑시다."

선생은 구덩이 쪽으로 다가가서 망태를 휘익 내던졌다. 구덩이

속에서 마지막 절규가 터져 나왔다.

"사람 살려!"

"으악!"

허균은 실눈을 뜨고 선생이라 불린 야만의 얼굴을 살폈다. 그늘 때문에 분별할 수는 없었으나 선생은 웃고 있었다. 그 웃음이 꼭 자기를 향한 것처럼 느껴졌다. 그러자 갑자기 마음이 편안해졌고 죽음보다 지독한 무엇도 받아들일 수 있을 것만 같았다. 깊게 숨을 들이쉬며 네모진 푸른 하늘을 올려다보았다. 정말 눈이 부신 푸르름이었다.

"시작하게."

선생 명령에 따라 야만들이 흙을 쓸어 붓기 시작했다. 흙먼지가 일면서 온몸으로 흙더미가 쏟아져 내렸다. 커억커억 기침을 하며 도리질을 쳤다. 눈을 뜰 수도 없었고 입을 열 수도 없었다.

죽음!

암흑에 대한 공포가 새삼스럽게 가슴을 쳤다. 심장 박동 소리가 유난히 크게 울렸다.

'나는 살아 있다. 아직까지, 아직까지 나는 살아 있다. 하나 저 흙더미가 내 육신을 모두 덮은 후에도 나는 살아 있을까. 얼마나 더 살아 있을 것인가.'

여덟 야만이 번갈아 흙을 채우자 구덩이는 곧 메워졌다.

그들은 액땜을 위해 둥글게 서서 오줌을 갈겼다. 빙긋이 웃으며 그 광경을 지켜보던 선생이 천천히 그들 곁으로 다가왔다. 그러곤 긴 대나무 지팡이를 들어 힘껏 내리 꽂았다.

"뭐유, 그게?"

"이곳에 접근하지 말란 표시지. 돌림병자들이 누워 있는 곳은 피하는 게 상책이야."

"허헛! 역시 선생이시구려. 모르는 게 없으니."

선생은 야만의 웃음에 미소로 화답하며 내리꽂은 지팡이를 천천히 오른쪽으로 돌렸다. 신기하게도 지팡이가 조금씩 조금씩 밑으로 내려갔다. 선생은 솔가지 두 개를 꺾어 횡으로 지팡이를 묶었다.

"자. 그만 가세. 아침을 굶었더니 참을 수 없이 배가 고프네그려. 한데 오늘 점심땐 뭘 먹지?"

"지천에 널린 게 사람인데, 뭘 그딴 걸 걱정하고 그럽니까?"

"히힛, 내 선생을 위해 특별히 살갗이 뽀얗고 쫄깃쫄깃한 처녀를 하나 잡아다 드리리다."

"고맙네. 고마우이!"

그들은 맘껏 웃으며 계곡을 내려갔다. 죽음의 냄새를 맡은 까마귀들이 하나둘씩 용두리 계곡으로 날아들었다. 승냥이의 긴 울음소리도 들려오는 듯했다. 바람이 불었고, 귀를 쫑긋 세운 회색 토끼 한 마리가 선생이 세운 대나무를 툭 치고 달아났다. 끝없는 적막과 평화로운 풍경이 이어졌다. 아무것도 묻혀 있지 않다는 듯, 식인의 땅은 자신의 음부를 감추었다.

五, 새로운 인간을 찾아 나선 길

　오색 무지개가 산자락에 걸렸다. 까마귀들이 떼를 지어 둥근
반원 속으로 날아갔고 흰 소복에 산발한 여인네들이 덩실덩실 춤
을 추며 그 뒤를 따랐다. 부스스 흩날리는 머리카락 사이로 희고
창백한 눈망울이 보였다. 검은 동자가 사라진 그네들 눈에서 하
염없이 눈물이 흘러내렸다. 뚝뚝 눈물이 떨어질 때마다 북녘 하
늘에서 천둥이 치고 칼벼락이 내렸다. 여인네들이 사라지자 이번
에는 아기들이 뭉게구름처럼 두둥실 떠서 무지개 속으로 날아갔
다. 그들의 눈망울 역시 검은 동자가 없었다. 강보에 싸인 아기
들은 배가 고픈지 울음을 터뜨렸다. 가시 많은 음나무 사이에서
털투성이 사내가 등장했다. 사내는 머리 위에 피가 뚝뚝 흐르는
돼지를 뒤집어썼고, 날카로운 송곳니로 제 팔뚝을 물어뜯었다.
큰 눈을 끔벅이며 강보에 싸인 아기들을 하나씩 집어들고는 아드

득아드득 씹어 삼켰다. 아기들의 찢어진 손과 발이 사내의 이빨 사이에 끼어 밖으로 삐져 나왔다. 사내가 마지막 아기를 송곳니로 찍어 누르자 참을 수 없는 고통이 전해졌다.

'흑! 저, 저놈은 도철(饕餮, 닥치는 대로 사람을 잡아먹는다는 상상의 짐승)이다.'

가슴을 쥐어뜯으며 눈을 번쩍 떴다. 빛바랜 단청이 시야를 어지럽혔다. 때마침 불어 온 살바람이 흘러내린 땀을 씻어 주었다.

"정신이 드는가? 이레 만에 깨어났구먼."

작은 키에 깡마른 얼굴, 술독에 빠졌다가 나온 듯 붉은 콧잔등을 한 사내는 틀림없이 손곡 이달이다.

"……스승님! 어떻게……"

허균은 몸을 일으키려 했지만 마음대로 움직일 수 없었다. 척추가 없는 것처럼 온몸이 흐물거렸다. 이달은 허리에 찬 술병을 들어 한 모금 마신 후 킬킬킬 웃어 댔다.

"염라대왕 앞은 아니니까 걱정 말게. 자넨 용케 내가 박은 대나무 지팡이를 입에 물고 있더군. 흙이 들어가서 막힐까 봐 기를 꽤 불어넣었지."

온몸을 찍어 누르던 흙의 무게…… 희끄무레한 빛도 없는 절대 어둠의 순간! 식인으로 연명하는 화적들에게 잡혀 생매장 당하던 순간이 떠올랐다. 서늘한 냉기와 함께 숨이 턱턱 막혀 왔다. 겹쳐 있던 사내들은 사력을 다해 몸부림쳤고, 그때마다 더 많은 흙이 얼굴을 덮었다. 이것으로 인생이 끝난다고 생각하니 허무했다. 낯선 땅에서 낯선 사내들과 함께 뱀처럼 뒤엉켜 죽으려고 세상에 태어나지는 않았다. 그러나 흙에 파묻힌 채 할 수 있는 일이라곤 한껏 숨을 참고 열 손가락으로 흙을 움켜쥔 채 게거품을 물고 죽어 가는 것뿐이었다.

그때 무엇인가가 미간을 두드렸다. 허균은 본능적으로 그것을 입으로 물었다. 찐득한 대나무 냄새가 났다. 갑자기 찬 기운이 얼굴로 확 밀어닥치며, 대나무 안에 차 있던 흙이 양 볼을 사정없이 때리며 빠져나왔다. 허균은 다시 대나무를 물었다. 목까지 차올랐던 죽음의 기운이 조금씩 가라앉았다.

'손곡 선생도 야만의 무리에 있었단 말인가.'

"내가 아무리 눈짓을 해도 몰라보더군. 산발을 하고 누더기를 걸쳤으며 얼굴에는 검댕을 칠했으니 한눈에 알아보긴 힘들었겠지. 하나 목소리까지 잊다니…… 섭섭한 일이야. 자네가 저승으로 가도록 내버려 둘까도 생각해 보았네만 제자를 그렇게 죽일 수는 없었지. 허허허허."

"그럼 스승님께서 바로?"

"그래, 화적들도 날 선생이라고 부른다네. 몇 자 배운 게 있다고 이것저것 아는 체를 했더니 따라붙은 별명이지."

야만의 무리에 이달이 끼어 있으리라곤 생각지도 못했다. 정 많고 눈물 많은 시인이 어찌 사람의 고기를 뜯어먹는단 말인가. 시를 버리고 야만을 택한 까닭이 무엇일까.

"허어, 그런 눈으로 보지 말게. 그들도 처음부터 사람 고기를 먹은 것은 아니라네. 금강산 자락 깊숙이 화전을 일구며 살아가던 샘물 같은 사람들이었지. 나도 그네들의 맑은 심성이 좋아 그 곁에서 생을 마칠 작정을 했어. 한데 아마 작년부터일 게야. 여름에도 서늘한 바람이 불고 서리가 내리더니 벌레들이 들끓고 우박까지 쏟아져 농사를 지을 수 없게 되었다네. 그동안 모아 둔 양식으로 겨울은 어떻게 넘겼는데 보릿고개가 그렇게 높을 수가 없더군. 하는 수 없이 화적질을 시작했네. 금강산에 유람 온 양반님네들한테서 돈과 재물을 조금 나눠 썼지. 금강산이야 내가 훤히 알고 있으니 길목 좋은 곳 서넛만 택해 덫을 놓았다네. 그때도 사람을 죽이진 않았네. 칼이며 도끼를 들어도 그걸 제대로 휘두를 줄 몰랐는걸. 한데 전쟁이 시작되면서 상황이 달라졌네. 난리가 났는데 금강산 유람을 다닐 양반이 어디 있겠는가. 화적질을 못하게 되자 우린 강릉 쪽으로 거처를 옮겼지. 그래도 그곳은 큰 고을이니 먹을 것이 있으리라 여겼어. 하나 사정은 마찬가지였네. 집은 텅텅 비었고 마을로 잘못 내려갔다가는 왜놈들 칼에 목숨을 잃기 십상이었네."

"그래도 어떻게 사람을 먹을 수 있습니까?"

이달은 술병을 거꾸로 들어 마지막 남은 한 방울까지 짜내듯 마셨다. 얼굴이 불콰해지면서 허리가 점점 뒤로 젖혀졌다.

"공자님 같은 말씀만 하는구먼. 굶주리는 고통을 자네가 아는가? 세상이 온통 아비규환인데 나 혼자만 의젓하고 고결하게 굶어 죽으란 말인가? 인간이 무엇인가? 인간도 결국 짐승일 뿐이야. 도를 알고 예의를 논하는 건 속이 차고 등이 따뜻할 때나 하는 거지. 그들은 살아남고 싶은 게야. 아무도 그 몸부림을 막을 수 없어. 생각해 보게나. 들판에 개미처럼 널려 있는 것이 시체라네. 까마귀와 승냥이들은 숲에서 내려와 포식을 했지. 우리가 손을 대지 않더라도 그 시체들은 들짐승 날짐승들의 하루 먹이로 사라질 판이었어. 그래서 차라리 우리가 취하기로 한 게야. 삶이란 그렇게 더럽고 추악하며 또한 질기고 지독한 것이 아니겠는가? 고고하게 굶어 죽어 들짐승의 먹이가 될 것인가 추악한 삶을 위해 인육을 뜯어먹을 것인가의 갈림길이었네. 자네라면 어떻게 하겠는가? 공맹이라면 주린 배를 움켜쥐고 죽었을 테지만 범부들이야 어디 그럴 수 있겠나? 장사 지내는 기분으로 시체를 골라 삶아 먹었네."

허균의 얼굴이 심하게 일그러졌다. 인육을 뜯어먹는 이달의 모습을 상상하니 속이 뒤집혔다.

"한데…… 돌림병이 돌았지. 병들어 죽은 시체를 먹고 여남은 명이 급사했어. 더 이상 시체를 먹을 수 없는 노릇이었네. 그래서……"

"사람 사냥을 시작했다는 말씀입니까?"

허균의 목소리는 경멸로 가득 차 있었다. 인(仁)은 사람의 마음이요 의(義)는 사람의 길이라고 했다. 지금 이달은 인과 의를 모두 내팽개친 것이다.

'화적들의 사정이야 그렇다손 치더라도 이달, 당신만은 그 야만의 길에서 벗어났어야 했다. 세상이 야만스럽고 사람들이 야만스럽다는 것이 어찌 나 자신도 야만스러운 이유가 되겠는가.'

"시가 무엇인가?"

이달이 난데없이 시를 끄집어 냈다. 식인과 시. 얼마나 멀리 떨어져 있는 어둠과 빛일까.

"자넨 무엇 때문에 시를 읽고 쓰는가? 경지에 도달하기 위해서
인가? 동방의 이백이 되려는 게야?"

이달의 말투에 점점 물기가 스며들었다. 술에 취해 우는 버릇
은 여전한 모양이다. 횡설수설이 꽤 오랫동안 이어졌다.

"시란 인간을 담는 그릇이야. 이백과 두보가 왜 그렇게 천지
사방으로 돌아다녔는 줄 아는가? 인간이란 족속을 좀 더 잘 알기
위해서였어. 한살이 장안에 머무르면 고작 그 동네 인간들만 담
아낼 뿐이거든. 성스러우면서도 한없이 속되고, 착하면서도 악하
며, 비굴하면서도 용감하고, 슬프면서도 기쁜 인간의 본성. 이백
과 두보는 그게 궁금했던 거야. 한세상 어물쩍 사는 놈들은 시에
담을 필요가 없지. 그깟 인간들이야 이 세상에 차고 넘치니까 필
요하면 언제든지 가져다 쓸 수 있어. 그러나 극단은 달라. 물론
서책을 통해 극단까지 갔던 사람들을 만날 수 있지. 원대하기로
는 진시황이 있고 총명하기로는 제갈공명이 있어. 즉흥으로는 이
백을 따를 자가 없고 끈기로는 사마천이 첫손가락일 게야. 그러
나 그들은 오래전에 죽었고 세상에 너무 많이 알려졌지. 그들처
럼 다시 살기는 힘들겠지만 그들이 서고자 했던 곳이 어디인가를
짐작할 수는 있다는 뜻이야.

나는 늘 그런 극단의 사람들을 그리워했네. 할 수만 있다면 새
로운 극단에 나 스스로 서고 싶었어. 서얼 출신인 내가 진시황이
나 공명, 사마천을 닮을 수는 없겠지. 이백 흉내도 곧잘 냈지만
내 재능은 그 발뒤꿈치에도 미치지 못해. 한데 전쟁이 터지고 화

적 떼에 끼면서 나는 새로운 극단을 찾았다네. 인간이 얼마나 자기 자신을 사랑하는가를 목격한 것이야. 인간이란 결국 자기애(自己愛)에 갇힌 짐승일 따름이지. 시든, 문명이든. 가족이든. 국가든 이 모두는 결국 자기애의 정당화에 다름 아니라네. 전쟁이 이 모든 이치를 명확하게 해 주었네. 각자의 자기애를 조절하고 중화시키던 여러 수단들이 왜놈들 조총 앞에 일순간에 사라져 버렸지. 그때부터 모든 말과 행동이 순수해졌네. 아무런 도덕적 제재나 죄의식이 없는 가운데 평범한 인간들이 자기애의 진수를 보여 주기 시작한 것이야.

이백이 서역에서 찾아 헤맸던 인간이 바로 이곳에 있었어. 인간의 갈비뼈를 빨고 내장을 게걸스럽게 꺼내 먹으면서 즐거워하는 인간들, 삶의 활력을 찾는 인간들! 완전히 다른 인간이지. 결코 전쟁 전으로 되돌아갈 수 없는 인간이야. 한계를 넘어서 저쪽으로 가 버린 인간이지. 나는 비로소 다시 시를 쓸 생각을 한다네. 지금까지의 내 시가 그저 서책에 있는 인간들을 향한 그리움이자 갈망이었다면 지금부터는 내가 서 있는 이곳에 관한 시를 쓰겠네. 알겠는가? ……알 턱이 없지. 자네가 어찌 그 끔찍하고 아름다운 나날을 이해하리."

이달의 몸이 완전히 뒤로 넘어갔다. 마룻바닥에 사지를 뻗고 누워 드르렁드르렁 코를 골기 시작했다.

'극단? 자기애?'

스승이 뱉은 말들을 되새김질하였다. 야만을 온몸으로 받아들이라는 것이다. 허균은 아내와 아들이 죽었을 때 낭떠러지에서 끝없이 추락하는 느낌을 받았다. 그러나 그것은 지극한 상실감일 뿐 인간에 대한 혐오나 분노는 아니었다. 이달은 그 상실감을 넘어 결코 되돌아올 수 없는 곳까지 자신을 밀어붙이고 있었다.

'천재휴명(千載休明, 천 년 동안 대단히 밝음. 태평성세를 이르는 말.)의 꿈을 버리고 지옥 같은 현실을 직시하라?'

허균은 우선 스승에 대한 혐오를 지웠다. 이달은 제 흥에 겨워 앞뒤 가리지 않고 인육을 먹었던 것이 아니다. 스승이 당나라 시들을 가르치면서 입버릇처럼 되뇌던 말이 떠올랐다.

"시는 몸으로 쓰는 것이다. 몸이 채워지지 않고는 아무런 말도 만들 수 없으니 비유를 버려라. 직접 부딪쳐 익힌 것이 아니라면 비유는 한갓 뜬구름이거나 빛 좋은 개살구이니라."

'전쟁이 시풍마저 변화시키는구나. 인육을 먹은 스승의 붓끝에서 어찌 맑고 밝은 시흥이 나올 수 있으리. 어두운 시대는 어두운 시를 부르고 탁한 마음은 탁한 노래를 뱉어낼 수밖에 없다.'

눈을 감았다. 졸음이 눈꺼풀을 한없이 무겁게 했다. 오색 무지개가 펼쳐지더니 곧 수많은 까마귀들이 날아올랐다. 어디선가 꼭 한 번 본 듯한 무지개였다.

"균아! 정신이 드니? 어미다. 어미를 알아보겠어?"

어머니 김 씨가 손을 꼭 붙들고 애타게 그의 이름을 부르고 있었다.

"……어머니!"

허균은 주위를 두리번거리며 이달을 찾았다. 어머니 뒤에 앉은 사내는 스승이 아니었다. 설경이 토끼처럼 허균 가슴에 얼굴을 묻었다.

"스승님은 어디 계신가요?"

김 씨가 아들 이마에 맺힌 땀방울을 수건으로 훔치며 반문했다.

"무슨 소릴 하는 게야? 스승이라니?"

"손곡 선생 말씀이에요."

김 씨는 걱정스러운 눈빛으로 이마를 짚었다.

"헛것이 보였던 모양이구나. 손곡 선생을 만나고도 싶겠지. 친형처럼 널 위해 주신 분이 아니더냐. 그분도 이 난리를 피해 무사하셔야 할 터인데. 균아! 넌 이레 만에 정신을 차린 거란다. 나는 네가 꼭 죽는 줄 알았어. 모든 것이 다 여기 있는 최 의원 덕분이다."

김 씨가 고개를 돌려 윗목에 앉은 사내를 가리켰다.

"최중화라고 합니다. 고비를 넘기고 깨어나셨으니 곧 쾌차하실 것입니다."

최중화는 앞으로 다가앉아서 허균 손목을 가볍게 잡았다. 허균이 고개를 돌려 어머니에게 물었다.

"어디서 소자를 찾으셨나요?"

김 씨가 잔잔한 미소를 지으며 답했다.

"네가 먼저 해안으로 떠난 후 아무리 기다려도 뿔피리 소리가 들려오지 않더구나. 하는 수 없이 수성으로 돌아갔다가 사흘 뒤에 다시 왔단다. 다행히 그때는 해안에 아무도 없는 걸 확인하고 내릴 수 있었지. 그런데 네가 용바위 꼬리께에 쓰러져 있지 뭐냐. 열이 얼마나 높던지 불덩이가 따로 없었어."

"그때…… 제 몰골은 어땠죠?"

"그게 참, 이상한 일이었어. 꼭 땅에 파묻혔다 나온 사람처럼 온몸이 흙투성이였단다. 눈과 귀, 코와 입, 며칠을 씻어 내도 계속 흙이 나왔지."

'꿈이 아니었어.'

허균은 눈을 지그시 감았다. 속이 메슥거리고 온몸에 두드러기가 돋은 것처럼 근질거렸다. 이달은 다시 야만으로 돌아간 것이 틀림없다. 그는 이 전쟁이 끝날 때까지 그들과 함께 머물 것이다. 인간성의 극단을 체험하여 극단의 시를 짓고 남몰래 눈물 흘리리라.

"열도 내렸고 뭉쳤던 혈도 제대로 운행하는군요. 소인이 드린 탕제를 이틀만 더 드시면 일어서실 것입니다."

"고맙네. 이 은혜를 어찌 갚아야 할지."

"아닙니다, 마님. 오히려 소인을 믿어 주신 데 감사할 따름이지요. 그럼 소인은 이만 가 보겠습니다. 내일 아침 일찍 와서 안찰(眼察, 눈으로 환자를 살핌)을 더 하지요."

김 씨는 마당까지 최중화를 배웅하고 돌아왔다. 설경은 고사리 같은 손으로 허균의 귀밑에 난 사마귀를 만지고서야 아버지의 존재를 실감하는 모양이었다.

"아버지! 많이 아파요?"

곱게 빗어 땋은 딸의 머리를 천천히 쓸었다. 가족들 품으로 돌아온 것이다. 어머니가 호박죽을 가지고 들어왔다.

"돈이 어디 있어서 탕제를 구하셨습니까?"

허균은 수성을 벗어나기 위해 노잣돈을 모두 써 버렸던 걸 기억해 냈다.

"돈을 받지 않더구나."

"탕제를 거저 주었단 말씀입니까? 어찌 그런 일이 있을 수 있습니까?"

"최 의원은 조선 백성을 위해 하늘이 내리신 명의란다. 병을 고쳐 주고 돈을 받지 않을 뿐만 아니라 돌림병에 걸리지 않는 신기한 약초까지 나눠 주고 있어."

"최중화라고 했지요? 이 고장 사람입니까?"

어머니는 고개를 설레설레 저었다.

"아니다. 전라도에서 왔다는구나. 워낙 여러 군데를 돌아다녀서 고향이 따로 없다고 하더라만."

전라도라면 아직 이 지독한 전쟁으로부터 어느 정도 비껴나 있는 곳이었다. 전염병도 돌지 않고 굶어 죽는 사람도 없는 그곳에서 왜 이 먼 강릉까지 왔단 말인가.

'약을 팔아 한밑천 잡을 수도 있을 터인데 탕제를 공짜로 나눠 준다니.'

호박죽 한 그릇을 비웠다. 설경은 그사이 모로 누워 풋잠이 들었다. 낯익은 가구들이 어렴풋하게 눈에 들어왔다. 예조 참판을 지낸 외조부 김광철(金光轍)이 쓰던 것들이다. 허균은 어린 시절 어머니 손에 이끌려 이곳 애일당(愛日堂)을 찾은 적이 있었다. 그때는 한없이 크고 귀중해 보이던 가구들이 이제는 낡고 녹슬어

허깨비라도 튀어나올 것만 같았다. 김 씨가 담담하게 애일당 주변 몰골을 들려주었다.

"담은 무너지고 지붕과 벽도 금이 가고 창문도 썩어 문드러졌더구나. 사람들 발길이 끊어진 게지. 들풀이 허리까지 자라고 잡목이 집을 삥 둘러 서고 쥐와 토끼들이 마루와 안방을 자유롭게 드나들더라. 현판은 애(愛) 자만 겨우 남고 나머지는 온데간데없었어. 네 외조부가 세상을 뜨신 지 삼십삼 년이나 지났으니 이렇게 퇴락한 것도 이해가 가지만, 자꾸 죄스러운 생각뿐이다. 이곳은 한때 네 외조부께서 팔도의 이름난 선비들과 어울려 시를 짓고 역사를 논하던 곳이었지. 이 집 구석구석에 네 외조부님 손때가 묻어 있단다. 자식된 도리로 마땅히 아끼고 가꾸어야 했는데 이렇게 흉가로 버려두었어. 부끄럽고 부끄러울 따름이다."

허균은 살며시 어머니 손을 쥐었다.

"모든 것이 소자의 불찰입니다. 지금부터라도 몸과 마음을 다하여 정성껏 이곳을 가꾸겠습니다. 그래야 구원(九原, 저승)에서라도 외조부를 떳떳하게 뵐 것이 아니겠습니까?"

다음 날 허균은 파도 소리를 들으며 잠에서 깨어났다. 어제보다 한결 몸이 가벼웠다. 끼룩끼룩 울어 대는 갈매기 소리가 가깝게 들려왔다. 고개를 돌려 바다에서부터 밀려 올라온 바람 냄새를 맡았다.

낡은 도포에 중갓을 쓴 사내가 마루로 올라섰다. 직감적으로 최중화임을 알았다. 어젯밤 어둠 속에서 보았을 때보다 나이가 더 들어 보였다. 쉰 살 이쪽저쪽일 것이다. 최중화가 자리를 잡고 앉으며 눈인사를 했다.

"모처럼 파도가 높습니다. 이 세상 티끌과 먼지들을 모두 씻어낼 것처럼 해풍이 부는군요."

허균은 최중화 눈가에 자글자글한 주름을 살폈다. 세상살이의 곤함과 힘겨움이 배어 나왔다. 최중화는 그의 시선을 모른 체하고 다시 진맥을 했다. 오른손을 내맡긴 허균이 물었다.

"돌림병이 아니었는가?"

"이질과 학질이 함께 왔습죠. 먹는 물이 깨끗지 못하고 모기떼가 극성일 때 많이 걸리는 병입니다. 한뎃잠을 자며 여러 사람이 함께 지내면 곧잘 이런 병이 생깁니다."

"십중팔구는 죽는 병이 아닌가? 한데……."

최중화가 허균 손을 이불 속으로 넣으며 대답했다.

"그렇지요. 약을 쓰지 않으면 발병 후 열흘을 넘기기 어렵습니다. 더군다나 지금처럼 기가 약해서는 세상을 버릴 가능성이 높지요. 하지만 이 세상에 고치지 못할 병은 없습니다. 다행히 강원도에는 돌림병에 잘 듣는 약초가 많습니다."

"그대는 돈도 받지 않고 병자들을 치료해 준다고 들었네. 사실인가?"

최중화가 말없이 고개를 끄덕였다.

"그 까닭이 무엇인가?"

최중화는 대답 대신 말머리를 돌렸다.

"나리께서는 서애 류성룡 대감께 시문을 배웠다고 들었습니다.

사실인가요?"

"그렇네."

"소인에게 청이 하나 있습니다. 들어주시겠습니까?"

"청이라? 내 목숨을 구해 주었으니 그대의 청을 들어주지 않을
수 없지. 말해 보게."

"훗날 나리께서 한양으로 돌아가시면 소인을 서애 대감께 소개
해 주십시오."

"서애 대감을 만나게 해 달라? 이유가 뭔가? 까닭을 알아야 다
리를 놔 줄 게 아닌가?"

최중화는 잠시 말을 끊고 고개를 숙였다. 눈을 감고 무엇인가
를 생각하는 눈치였다. 허균은 최중화에게서 범상치 않은 기운을
느꼈다. 최중화는 희끗희끗한 수염을 쓸면서 이야기를 시작했다.

"꼭 이유를 아셔야겠다면 말씀드리죠. 이야기가 길더라도 참고
들어 주십시오. 소인은 병오년(1546년)생이니 올해 마흔일곱입니
다. 조실부모한 후 약초를 캐는 사람들을 따라 지리산을 떠돌았
습죠. 열일곱 살부터 한양에 올라가 의술을 익혔으나 잡과에 다
섯 번 응시하여 모두 떨어졌습니다. 실력도 실력이지만 뒷돈을
댈 여력이 없었기 때문입죠. 세상을 떠돌다가 서른 살에 모든 걸
정리하고 낙향하여 정읍에서 계속 환자들을 치료해 왔습니다. 그
근방에서는 꽤 이름을 얻었지요. 소인은 그동안 환자들을 치료하
면서 각 환자의 증상과 치료법, 예방법 등을 기록해 두었습니다.
지금 조선에는 금원사대가(金元四大家, 중국 금나라와 원나라 시대에
손꼽혔던 명의 네 명. 유하간(劉河間), 장자화(張子和), 이동원(李東垣),

주단계(朱丹溪))의 의서도 있고 『향약집성방(鄕藥集成方)』이나 『의방유취(醫方類聚)』 같은 책도 있기는 합니다만, 새로운 병이 자꾸 생겨나고 여전히 불치로 남아 있는 병 또한 많은 것이 사실입니다. 소인이 정읍을 떠나 이곳까지 오게 된 것도 창궐하는 돌림병을 살펴 새로운 처방을 하기 위함입니다. 다행히 신기한 약초를 발견하여 이렇듯 약효를 보게 되었습죠. 소인의 마지막 소원이 있다면 지금까지 소인이 깨달은 바를 서책으로 남기는 겁니다. 한데 서책을 엮기 위해서는 유의(儒醫), 즉 유학자이면서 의학에 해박한 당상관의 도움이 절대적으로 필요하지요. 소인같이 뿌리도 없는 사람에게 누가 선뜻 서책을 내도록 허락하겠습니까? 서애 대감께서는 침술과 맥법에 능한 당대 제일 유의이시니 도와만 주신다면 소인에게 큰 힘이 될 것입니다."

허균도 류성룡의 신묘한 침술을 직접 경험한 적이 있었다. 술에 취해 길거리에서 잠을 자다가 입이 반쯤 오른쪽으로 돌아간 것을 침 두 대로 제자리로 돌려놓았던 것이다. 류성룡의 관심은 병법에서부터 의술에 이르기까지 넓고 깊었다.

"돌림병을 치료하기 위해 일부러 이곳까지 왔단 말인가? 병이 옮아 죽을 수도 있는데."

"그렇습니다."

허균은 최중화의 진지한 얼굴을 응시했다.

'웃기는 세상이로다. 한편에서는 산 사람을 잡아먹지 못해 안달이고 또 한편에서는 죽어 가는 사람을 살리기 위해 목숨을 거는구나.'

"돌림병을 어느 정도까지 치료할 수 있는가?"

"아직 절반에도 미치지 못합니다. 돌림병 환자들이 피란민과 뒤섞여 움직이기 때문에 증상 역시 간단하지가 않지요. 몇 가지 약초를 동시에 써야 할 경우가 허다합니다만 이삼 년 내에 가닥이 잡힐 겁니다. 환자들이 거리마다 가득하니 약초를 얼마든지 시험할 수 있지요."

최중화에게는 병에 걸려 신음하는 환자들이 모두 시험 대상이었다.

약 한 첩 지어 먹지 못하고 죽을 날만 기다리던 환자들은 최중화가 내미는 약을 아무런 주저함 없이 받아먹었다. 더러 약을 잘못 써서 죽는 사람도 있었지만 그것은 그의 잘못이 아니었다. 이미 치료할 시기를 놓쳤거나 병세가 기운 사람들이었다고 누구나 생각했다. 병이 낫는 경우에는 그 소문이 삽시간에 팔도로 퍼져 나갔다. 최중화는 명의 화타보다도 더 뛰어난 의원으로 칭송받았다.

허균은 최중화가 죽음을 무릅쓰고 이곳까지 온 이유를 알 수 있었다. 그것은 새로운 인간을 접하기 위해 화적 떼로 돌아간 손곡 이달의 욕망과 다르지 않았다. 전쟁이라는 상황이 극단을 접할 수 있는 기회를 만든 것이다. 한쪽은 사람을 잡아먹고 다른 한쪽은 사람을 살리는 상반된 길을 걷지만, 그들에게 중요한 것은 살고 죽는 사람들이 아니다. 그들에게는 풍전등화에 처한 나라의 현실도, 죽어 가는 사람들도, 자신의 안위조차도 관심 밖이다. 그들은 다만 극단까지 치달아 가서 아무도 보지 못한 장관을 최초로 목도하고 싶은 것이다. 그 짧은 순간의 빛, 찰나의 깨달음을 위해 사람을 죽이기도 하고 살리기도 하는 것이다. 그들의 한살이는 마침내 깨달음의 몇몇 흔적으로 남으리라. 이달은 시 몇 편을 남길 것이고 최중화는 의서 몇 권을 전하리라.

"그대의 스승은 누구였는가? 이름 석 자라도 가르쳐 줄 수 없나?"

최중화는 잠시 시선을 내리며 답을 피했다.

"소인에게 가르침을 준 분이 있습죠. 하나 그분은 소인을 버리셨습니다. 서애 대감을 만나 뵌 후 그때 더 소상히 말씀드리도록 하지요."

최중화는 도포 자락을 쓸면서 선선히 일어섰다. 허균은 몸을 일으키고 싶었지만 아직 허리에 힘이 들어가지 않았다. 마루로 나서는 최중화를 불러 세웠다.

"이보시게."

최중화가 웃는 얼굴로 뒤돌아섰다. 허균은 마른기침을 뱉은 후 굳은 얼굴로 물었다.

"어디로 가는가?"

"아픈 이들이 있는 곳이면 어디든지 갑니다. 이번엔 경상도 쪽으로 내려갈까 합니다."

"경상도는 이미 왜군들이 점령하지 않았는가? 위험하다네."

"그곳에도 아픈 이들이 많습니다."

최중화는 미소를 잃지 않았다. 허균은 가슴 깊은 곳에서 올라오는 물음을 기어이 던졌다.

"그대에게 이 전쟁은 고통인가, 기회인가?"

최중화는 허균의 시선을 맞받으며 웃음을 잃지 않았다. 가볍게 턱수염을 쓸던 최중화는 끝내 입을 열지 않고 마루로 내려섰다.

오솔길로 사라지는 최중화 뒷모습이 손곡 이달의 구부정한 걸음걸이와 어쩐지 닮아 보였다. 난세일수록 천재가 많이 등장하는 이유를 알 듯도 하였다. 그것은 뛰어난 인간이 많아서가 아니라 태평성대에는 체험하기 힘든 일들이 곳곳에서 벌어지기 때문이다. 그 지독한 경험들은 지금까지의 인간을 반성하게 하고 새로운 인간을 갈망하게 만든다. 이달이나 최중화는 바로 그 반성과 갈망의 대열에 동참하고 있는 것이다. 허균은 문득 자신이 선 자리를 돌아보았다. 가족이라는 울타리를 지키기 위해 아등바등 지낸 두 달이 부끄러웠다.

'이 병이 낫고 나면 이달과 최중화가 걷고 있는 그 길로 가리라. 하면 내게도 삶을 바꿀 기회가 찾아오리.'

六. 다시 번뜩이는 복수의 칼날

"백월 선생님! 안에 계십니까?"

동치가 마당에서 짐짓 목소리를 높여 외쳤다. 그러나 가마 옆 방 나무 문은 닫힌 채 열리지 않았다. 참매미가 시끄럽게 울었다. 방문 앞에 놓인 짚신 한 켤레를 슬쩍 살핀 후 다시 말했다.

"선생님! 와키자카 대장이 돌아왔습니다."

그래도 문은 열리지 않았다.

'아니 계신가?'

동치는 고개를 갸우뚱거리며 팔자걸음으로 성큼 털중나리 흰 꽃을 건너 뛰어 거북 모양 문고리를 잡아당겼다. 끼익 소리를 내며 문이 열렸다. 구부정하게 허리를 숙이고 꿇어앉은 사내의 등이 보였다. 백월 소은우였다.

"선생님! 계시면서 왜……."

능글맞게 방으로 올라서던 동치가 말문을 닫았다. 어깨가 가느다랗게 떨렸다. 소은우는 울고 있었다.

"선생님!"

동치가 말을 삼키며 다가섰지만 소은우는 고개를 돌리지 않았다. 울음을 그치지도 않았다.

"이, 이것은……"

동치는 열린 입을 닫지 못하고 소은우 무릎 앞으로 다가섰다. 허리를 숙이고 소은우처럼 꿇어앉았다.

"물러서라!"

소은우가 고개를 들어 동치를 노려보았다. 젖은 눈에 살기가 번뜩였다. 이십 년 동안 한 번도 보지 못한 분노였다. 동치는 무릎으로 두어 걸음 물러섰다가 도로 다가앉으며 찬사를 늘어놓았다.

"선생님! 참으로 걸작입니다, 걸작! 많은 다완을 보아 왔지만 이처럼 소박하면서도 아름답고 단정하면서도 굳센 다완은 처음 봅니다. 최상 중에서도 최상입니다. 와키자카 님도 흡족해하실 겁니다."

동치는 그 다완을 양 손바닥으로 들어올리기라도 할 듯 허리를 숙였다. 소은우의 주먹이 동치의 어깨판을 내리친 것은 바로 그 순간이었다.

"물러서래도."

덩치가 좋은 동치는 벌떡 일어서서 당장 소은우를 덮치기라도 할 듯 내려보았다. 그러다가 다시 표정을 밝게 고쳤다.

"선생님! 이 좋은 작품을 만들고 왜 우십니까? 아하! 너무 멋진 다완을 만드셔서 스스로 감읍하신 거군요. 선생님 심정 충분히 알 수 있습니다. 어서 와키자카 대장께 가시지요. 이 작품은 제가 들고 가겠습니다."

소은우가 자신 없는 목소리로 물었다.

"정말 네 눈엔 걸작으로 보이느냐?"

동치가 쇠딱다구리 나무 구멍 뚫듯 칭찬을 늘어놓았다.

"이십 년 넘게 도자기 장사를 해 왔습니다. 선생님한테야 견줄 바가 못 되지만 이놈의 감식안도 웬만한 사기장보다는 낫답니다. 웅천은 물론 하삼도에서 백월 선생 이름이 그리 높았던 이유를 이제야 알겠습니다. 용 문양 자기들도 뛰어나지만 이 다완은 뭐라 평을 할 수 없을 정도네요. 최곱니다."

"와키자카 대장도 그리 생각할까?"

"여부가 있겠습니까? 어서어서 가시지요."

동치가 거듭 청하자 소은우도 자리에서 일어섰다. 어지러운 듯 잠시 오른손으로 이마를 짚고 허리를 숙였다가 다시 폈다. 가마 앞에서 나흘 밤을 꼬박 지새운 탓이다. 마당으로 내려서며 소은우가 물었다.

"와키자카 대장이 한산도 앞바다에서 크게 패하였다고 들었네만…… 사실인가?"

동치가 발뒤꿈치를 들고 주위를 살핀 후 귀엣말을 했다.

"혹여 그런 말씀 입 밖에 내지 마십시오. 잘못하면 당장 목이 달아납니다요."

소은우가 고개를 끄덕이며 다시 물었다.

"알겠네. 한데 정말 크게 패하였는가?"

동치의 목소리도 더욱 작아졌다.

"말도 마십시오. 열에 아홉은 한산도 앞바다에서 목숨을 잃었습죠. 사지를 벗어난 배는 겨우 열네 척뿐이고, 한산도로 피한 군졸 200명은 뗏목까지 만들어 비참하게 돌아왔다 합니다. 그야말로 완패입니다."

"하면 조선 수군은?"

"모르긴 해도 기껏해야 여남은 명이나 죽였는지 어쨌는지."

'왜군이 몰살당하는 동안 조선 수군은 거의 상하지 않았다?'

소은우는 놀랐다.

"어떻게 그런 일이……? 대체 조선 수군이 어떻게 했기에?"

"학익진이란 진법을 썼다 합니다. 학이 날개를 펴듯 배들이 순식간에 넓게 벌려 서서 와키자카 대장 휘하 군선들을 삼켜 버렸다네요."

"바다 위에서 진법을 구사해 왜군을 몰살했단 말이지. 그 일을 한 조선 수군 장수는 누군가?"

동치가 답답한 듯 소은우의 얼굴을 슬쩍 쳐다보고 답했다.

"선생님도 참! 아무리 도자기 굽는 게 좋아도 어찌 연전연승하고 있는 조선 장수 이름 하나를 모른단 말씀입니까? 경상 우수사 원균, 전라 우수사 이억기, 전라 좌수사 이순신. 이 세 사람이 남해 바다를 굳게 지키는 바람에 왜군이 고생을 하는 것입죠."

소은우가 말꼬리를 물었다.

"누구라고? 전라 좌수사의 이름이 무엇이라 하였느냐?"

"이순신입니다."

소은우는 그 자리에 털썩 주저앉았다. 동치가 황급히 왼 무릎을 땅에 대고 부축을 했지만 소은우는 그 손길도 뿌리치고 잠시 숨을 골랐다.

'이순신! 정녕 그대인가.'

옛날 금오산에서 와키자카 대장의 동생을 죽인 그 사람. 젊은 시절 포졸들을 혼내 준 탓에 몸을 피해 찾아왔던 협객. 그이가 전라 좌도 바다를 지키는 수사가 되었는가.

'묘한 인연이로구나. 노량 앞바다에서 원수를 맺은 와키자카를 다시 한산도 앞바다에서 패퇴시키다니. 와키자카도 적장의 이름 정도는 알고 있었겠지. 그래서 더욱 적개심에 불탔을 테고. 아, 하면 나는 어찌해야 하는가. 이순신과 내가 동문수학한 사이라는 걸 끝까지 감추어야겠지. 이순신이 누군지 모른다고 딱 잡아뗄 일이다.'

"백월 선생을 모시고 왔습니다."

동치가 군막 밖에서 큰 소리로 외쳤다. 이미 약속이 된 듯, 동치는 답을 기다리지 않고 군막 안으로 들어갔다. 소은우는 깊게 심호흡을 한 다음 그 뒤를 따랐다.

와키자카는 둥근 탁자 앞에 앉아 있었다. 동치가 성큼성큼 걸어가서 탁자 중앙에 다완을 놓았다. 와키자카가 그 다완을 뚫어지게 쳐다보았다. 소은우가 읍을 하여 예의를 차렸지만 눈길 한 번 주지 않았다.

침묵의 시간이 흘렀다. 소은우는 곁눈으로 와키자카 안색을 살폈다. 양 볼이 우물처럼 움푹 들어가고 사선으로 난 흉터가 더욱 선명했다. 수염은 서너 갈래로 갈라졌고 이마와 코에는 불에 덴 흔적이 남아 있었다. 죽음에서 겨우 살아 돌아온 패장의 처참한 모습이었다.

이윽고 와키자카가 고개를 들고 소은우를 바라보았다.

"꽤 잘 만들었구나."

동치가 끼어들었다.

"잘 만든 정도가 아닙니다. 이 정도면 최곱니다 최고!"

와키자카가 동치의 말을 무시하고 이야기를 이었다.

"하나 내가 원했던 수준은 아니군. 백월! 네 청은 들어줄 수 없겠다. 얼마나 고생을 했는지는 알겠으니 널 벌하지는 않겠다. 명품을 만드는 손은 따로 있나 보구나……."

와키자카가 말끝을 흐리자 소은우가 떨리는 목소리로 물었다.

"이 사발에 무엇이 부족한지요?"

"너도 알지 않느냐? 네가 그토록 닮고 싶어 한 그 다완, 금오산 다완에는 미치지 못한다. 아무리 흉내를 내도 모조품은 진품을 따를 수 없는 법."

"금오산 다완!"

동치가 그 다섯 글자를 또 잡아챘다.

"센노리큐 선사께서 극찬하셨다는 금오산 다완을 말씀하시는 군입쇼. 센노리큐 선사가 돌아가고는 그 다완들도 감쪽같이 사라졌다지요. 태합께서 사기장들을 모으라 명하신 이유도 금오산 다완을 다시 얻고 싶은 욕심에……"

와키자카가 날카로운 시선을 던지자 동치는 딸꾹질을 한 후 양
손으로 입을 가렸다.

"더 할 말이 남았느냐?"

소은우는 두 다리가 떨려 서 있기도 힘이 들었다. 와키자카 입
에서 '금오산' 석 자가 나온 순간 발 아래 엎드려 모든 것을 고
백하고 싶었다. 와키자카의 칼날이 당장이라도 날아와 목을 자를
것만 같았다.

'와키자카는 알고 있다. 내가 금오산에 있었다는 것을, 남궁
선생의 문하였다는 것을, 이순신과 함께 다완을 구웠다는 것을.
아, 끝이다. 이제 더 이상 회생할 길이 없어.'

"어, 없습니다."

소은우가 겨우 답했다. 와키자카는 갑자기 등을 보이며 돌아앉
았다.

"하면 돌아가거라. 이제부터라도 명품에 새롭게 도전해 보아
라. 용이나 그려 사람들 눈을 현혹하지 말고 첫마음으로 돌아가
라 이 말이다."

동치에게 이끌려 소은우가 군막을 나간 후에도 와키자카는 오
랫동안 그대로 앉아 있었다.

다완을 보는 순간 소은우 얼굴을 기억해 냈다. 남궁두의 가마

를 급습했을 때 잔뜩 겁먹고 마당을 기던 청년, 바로 그였다.

소은우가 만든 다완은 남궁두의 다완과 매우 흡사했다. 언뜻 보면 남궁두가 빚은 것으로 착각할 정도였다. 그러나 와키자카는 두 사람의 차이를 곧 알아차렸다. 남궁두의 다완은 때론 원이 일그러지기도 하고 굽이 지나치게 높은 놈도 있었다. 그런데 소은우의 다완은 너무 완벽했다. 센노리큐는 다완에 보는 이의 숨결이 들어갈 여유가 있어야 한다고 누누이 강조했다. 완벽함만 추구하면 다완을 즐기는 자의 마음이 품길 자리가 없어진다는 것이다. 바로 지금 탁자 위에 놓인 다완이 그랬다. 완벽하지만, 포근한 느낌이 없다. 뜨거운 차를 따르더라도 얼음이 뚝뚝 떨어질 것 같다.

'그자가 백월이었군. 그때 죽지 않고 살았구나. 한데 왜 다완을 만드는 대신 용 문양 도자기를 구우며 지내 왔을꼬?'

소은우 얼굴 뒤로 이순신의 얼굴이 얼핏 스쳐 지나간 것도 사실이었다. 그러나 와키자카는 소은우를 추궁하거나 벌주지 않았다. 웅천에서 도자기를 굽던 사기장과 전라 좌수사는 하늘과 땅이다. 둘 사이에 왕래가 있었다고 해도 이순신을 잡는 데 큰 도움이 되지 않는다. 와키자카는 이순신 대신 소은우에게 분풀이를 할 만큼 비열하지는 않았다. 오히려 제대로 된 다완을 굽지 못하고 방황하는 소은우가 애처롭기까지 했다.

와키자카는 천천히 일어나서 갑옷을 벗었다. 왼쪽 옆구리부터 가슴을 지나 오른쪽 어깨까지 흰 천이 단단히 감겨 있었다. 이순신이 쏜 철전에 맞은 상처를 감싼 것이다. 화살촉이 살갗을 찢고

박히는 바람에 꽤 많은 피를 흘렸다. 지금도 몸을 움직일 때마다 상처 부위가 욱신거렸다.

와키자카는 소도(小刀)와 흰 수건을 탁자 위에 올려놓았다.

'이제 곧 연통이 오겠지. 태합의 명령이 내려오겠지. 부끄럽구나. 바닷길을 뚫지도 못하고 아우의 원수를 갚지도 못한 채 자결이라니. 그러나 이번 패전 책임은 전적으로 내게 있다. 누구를 원망하리. 압록강을 건너 중원으로 들어가지 못하는 것이 원통하고, 이순신의 목을 베지 못한 것이 아쉽다. 그러나 무사는 전장에서 죽어야 한다. 살아서 치욕을 당하느니 차라리 할복하는 편이 낫다.'

"계시오이까?"

가토 요시아키의 다급한 목소리였다.

"들어오오!"

군막으로 들어서던 가토 요시아키가 윗옷을 벗어제친 와키자카와 탁자 위에 놓인 소도를 보고 흠칫 놀랐다.

"어이하여 갑옷은 벗고 계시오? 또 저 소도와 무명천은 무엇입니까?"

와키자카가 대수롭지 않게 코대답을 했다.

"할복 준비를 한 게요. 태합의 명령문이 당도하였소?"

가토 요시아키가 손에 든 둥근 간통(簡筒, 편지나 문서를 보관하거나 전달할 때 넣은 통)을 내밀며 답했다.

"아닙니다. 전령이 평안도에서 고니시 님 서찰을 가져왔소이다. 밤낮으로 달려 사흘만에 당도하였다는군요."

와키자카가 급히 간통을 빼앗듯 넘겨받아 그 안에 든 서찰을 펼쳐 들었다. 낯익은 글씨가 눈에 들어왔다.

비보를 접하고 급히 몇 자 적소.

이 서찰이 그대 손에 무사히 닿아야 할 텐데 걱정이오. 벌써 패전 책임을 진답시고 허튼짓을 하지는 않았으리라 믿소. 목숨을 소중히 여기시오.

패전을 자책하지 마오. 우린 이미 조선 수군에게 계속 패하고 있었소. 이건 그대 잘못이 아니라 아군의 수전(水戰) 대책 자체에 문제가 있다고 보오. 우리 수군이 조선 수군과 맞서서 질 수밖에 없는 이유를 찾는 것이 중요하오. 그 일을 와키자카 님이 맡아 주오. 조선 수군을 없애지 않고는 이 전쟁을 승리로 이끌 수 없소.

본토 일은 내게 맡기시오. 한산도 패전 소식을 그대로 전했다면 태합께서도 크게 진노하실 것이오. 그대의 목숨을 보전할 수 있도록 긴급히 손을 썼으니, 내 노력을 헛되게 하지 마오.

다시 한 번 충고하오만 스스로 목숨을 끊는 짓 따윈 하지 마시오. 그럼 이만 줄이오.

와키자카가 서찰을 떨어뜨렸다. 가토 요시아키가 황급히 주워 대충 내용을 훑었다.

"다행이군요! 고니시 님이 나서 주신다면 태합께서도 생각을 달리 하실 거외다. 이제 다시 갑옷을 입으세요. 저 소도와 천은 소장이 치우겠소이다."

가토 요시아키가 소도와 흰 천을 들고 밖으로 나갔다. 홀로 남은 와키자카는 갑옷을 입지 않고 그대로 양손에 얼굴을 묻었다. 마땅히 죽어야 할 자리에서 죽지 못하는 자의 슬픔이 한꺼번에 밀려들었다.

'고니시!

오늘이 내가 무사답게 목숨을 끊을 마지막 기회였소. 한데 그대는 내게 비굴한 삶을 강요하는군. 내게 왜 이리 은혜를 베푸는 것이오? 일찍이 나는 가토와 함께 그대를 약장수 아들이라 놀렸다오. 장검도 들지 못하는 장사치를 조선 정벌의 선봉장으로 삼을 수 없노라 불만을 품기도 했소. 나는 그대가 받드는 천주에 대해 아는 것이 없소. 천주가 자살은 곧 죄악이라 했다는 말은 귀동냥으로 들었으나, 무사들의 할복은 다른 자살과 다른 것. 삶을 두려워하여 죽음에 떨어진 겁쟁이들과는 달리 무사는 스스로 죽음을 끌어안으니까 말이오.

과연 다시 한 번 기회를 얻는 것이 옳은지는 모르겠소. 하나 그대가 이미 나를 위해 이런저런 배려를 하였으니 자결하려는 뜻은 잠시 접으려오. 하나 이건 이순신을 죽이고 바닷길을 낼 때까지 잠시 미루는 것뿐이오. 이순신의 목을 베는 날, 나는 한산도 앞바다 싸움에서 완패한 책임을 지겠소. 보잘것 없는 목숨을 구하려다가 오히려 그대가 큰 낭패를 보지나 않을까 염려가 되오. 가토는 벌써 두만강 차디찬 물을 마셨다는데, 그대는 왜 의주까지 곧바로 진격하지 않소? 그것도 천주의 뜻이오? 태합의 명을 따르지 않는 장수는 죽을 수밖에 없소이다.

고니시!

이제 진격해야 하오. 어리석은 와키자카도 다시 한 번 전열을 정비하여 조선 수군과 맞서겠소. 그대가 나에게 둔 믿음을 깨지 않으리다. 고맙소.'

七, 요망한 장사꾼, 전라 좌수영에 들다

진해루 마당으로 들어서는 이언량의 발걸음은 빠르고 날렵했다. 권준과 지난 싸움을 되짚으며 진법 훈련 계획을 논의하던 이순신이 이언량을 발견하고 불러 세웠다.

"어인 일인가?"

체구 건장한 이언량이 읍한 다음 아뢰었다.

"장사치 하나가 뵙기를 청하옵니다."

권준이 끼어들었다.

"장사치라니? 누구라고 하던가요?"

"이름은 말하지 않고 다만 장군과 오래전부터 아는 사이라고 하였습니다."

"아는 사이라고? 혹시 적의 간자는 아니오? 수상한 점은 없었소?"

103

이언량이 고개를 갸우뚱거리며 권준에게 답했다.

"수상하다기보다는 두 사람이 잘 어울리지 않는 것도 같습니다. 한 사람은 눈썹 없는 꼽추고, 또 한 사람은 수염부리 거한이니까요. 장군께 금오산 쌍도끼라 고하면 아신다고…….."

"금오산! 금오산 쌍도끼라고 했는가?"

이순신이 갑자기 언성을 높였다.

"예, 장군!"

"데리고 오라."

순천 부사 권준이 조심스럽게 물었다.

"장군! 옛날 무과를 치르기 전에 잠시 곤양 땅에 머물렀다고 하셨지요? 혹 그때 아시던 사람들인지요?"

권준은 기억력이 좋았다. 젊어 한때 금오산 자락을 돌아다녀 사천 근방이 낯설지 않다고 했던 말을 잊지 않은 것이다. 남궁두의 가마에서 도자기를 구운 것까진 밝히지 않았지만, 지나가듯 뱉은 말을 고스란히 기억하고 있었다.

"그런 것 같소."

"옛 친구인 셈이로군요."

"논의를 마무리지읍시다. 그러니까 지난번 대첩에서 겨우 살아남아 한산도로 숨었던 왜군들은 다 놓친 것이구려."

"그렇습니다. 원 수사가 마침 그곳을 수색하던 중이었는데, 왜선들이 몰려온다는 소식을 듣고 후퇴했다 합니다. 왜군들은 그사이 뗏목을 만들어 부산포로 돌아갔습니다. 원 수사는 이쪽 당부를 들을 생각이 없으니, 누군가 영을 내려 따르게 하지 않으면 다시 그런 일이 생기고 말 것입니다."

말을 마치고 나서 권준은 눈치 빠르게 자리에서 일어섰다.

"왜, 가려오? 아직 의논할 것이 남지 않았소?"

"오랜만에 만나는 옛 친구니 회포를 푸셔야지요. 의논은 내일 아침에 천천히 해도 됩니다. 선소에 들려 나 선마와 함께 새로 만드는 판옥선들을 둘러보겠습니다. 가는 길에 주안상도 내오라 시키죠."

"그리하오."

이순신은 권준이 일부러 자리를 비켜 준다는 것을 알고 있었다. 언젠가는 협객 시절을 다 털어놓을 때가 있겠지만 지금은 아니었다.

이윽고 이언량을 따라 두 사람이 들어섰다. 앞서 걷는 사내는 임천수였고 뒤따르는 사내는 천무직이었다. 이순신은 이언량을 비롯하여 근처 군관들을 모두 진해루 밖으로 내보낸 다음 두 사람에게 명령했다.

"가까이 오라."

양손을 가지런히 모은 임천수와 천무직이 대청마루로 올라섰다. 보통 섬돌 아래에서 명령을 전달받는 것이 관례였지만 이순신은 그들을 숨소리가 들릴 만큼 가까운 곳까지 불러들였다.

"꿇어 앉아라."

임천수가 무엇인가 말하려 했으나 이순신의 기세에 눌렸다. 그가 먼저 무릎을 꿇자 천무직도 따랐다. 이순신이 일어서서 장검을 뽑아 들었다.

"죗값을 치를 때가 되었다. 오늘 너희 둘의 피로 금오산에서 죽은 원혼들을 달랠 것이다. 마지막으로 할 말이 있느냐?"

천무직은 두 눈을 크게 뜬 채 장검의 시퍼런 날을 쳐다보며 임천수에게 말했다.

"형님! 어찌 좀 하쇼."

임천수가 고개를 든 것은 바로 그 순간이었다.

"죗값을 치르라시면 백번이라도 이 머리를 드리겠습니다요. 하나 그런다고 죽은 사기장들이 살아 돌아오는 것도 아니고, 있는지 없는지 알지도 못하는 원혼이 위로받을 리도 만무합죠. 소인 놈이 그때 길라잡이를 하지 않았더라도 금오산은 도륙되었을 겁니다요. 와키자카가 금오산에 있는 사요(私窯. 관의 허가 없이 개인이 사사로이 경영하는 가마)를 모두 없애는 것으로 억울하게 죽은 아우를 위로하고자 했으니까요."

"닥쳐라. 그런 간살을 부리려고 여기까지 온 게냐? 임천수와 천무직, 너희 두 놈이 왜구와 작당하여 금오산 가마들을 불태우는 대대(大懟. 큰 악인 또는 큰 악)를 저질렀음은 명명백백한 사실이다. 죽음으로 벌을 받지 않고 어찌 세 치 혀를 내둘러 살기를 바라느냐?"

"단지 목숨을 부지하는 것이 중요했다면 이 자리에 오지 않고 꼭꼭 숨었을 겁니다요. 저희가 정말 왜구들 앞잡이라면 지금쯤 왜군들이 점령한 땅에서 호의호식하겠지요. 하나 소인 놈은 지금 스스로 진해루까지 찾아왔습죠. 장군께서 분노하실 걸 뻔히 알면서도 말입니다요. 소인 놈이 왜 죽음의 구렁텅이에 스스로 들어왔는지 궁금하지 않으십니까요?"

"요망한 것! 세 치 혀로 세상을 속이는 짓을 아직도 하려 드는구나. 먼저 네 목을 벤 다음 그 혀를 잘라 주마."

이순신이 천천히 장검을 들어 올렸다.

"장군을 위하여 왔습니다요."

장검이 임천수 가슴에 닿았다.

"전라 좌수영에서 요즈음 급히 물건을 구하신다 들었습니다."

이마 위를 지났다. 곧장 그어 내리면 머리가 떨어지는 것이다.

"의주로 떠날 배에 이미 곡물과 의복을 넉넉히 실어 두었습니다요. 곧바로 출항만 하면 됩지요."

칼끝이 떨렸다. 천무직이 자리에서 벌떡 일어서서 서너 걸음 뒤로 물러났다. 이렇게 목이 잘릴 수는 없다고 생각한 모양이다. 그러나 임천수는 목을 길게 뺀 채 꼼짝도 하지 않았다. 죽음을 각오한 듯했다.

"내가 너를 용서할 것 같으냐?"

이순신이 칼을 내리며 물었다. 임천수가 고개를 들고 답했다.

"용서를 구할 염치도 없습니다요. 다만 소인 놈은 천지양확(天地量廓, 천지처럼 넓은 도량)하신 장군께 필요한 것을 드릴 수 있겠다 싶어 찾아왔습죠."

몽진 중에도 국왕의 존엄과 조정 대신들의 체면은 지켜져야 한다. 그러기 위해서는 많은 돈과 재물이 필요했다. 무엇보다도 양식과 의복이 급선무였다. 류성룡은 벌써 두 번이나 은밀히 서찰을 보내왔다. 이순신 역시 당장이라도 의주로 배를 띄워 필요한 물품을 보내고 싶었다. 정사준이 이미 준비를 하고 있었지만, 두 가지 심각한 문제가 있었다. 하나는 와키자카를 비롯한 왜 수군이 거제도를 호시탐탐 넘보는 상황에서 판옥선을 한 척이라도 뒤로 돌릴 수 없다는 점이었다. 또 하나는 애초에 조정에서 요구하는 만큼 양식과 의복을 구하기 어려웠다. 전쟁이 터진 후 곡물과 피륙은 값이 턱없이 올랐고 그나마도 없어서 못 구하는 형편이었다. 객주들도 거래를 트기보다 물품을 챙겨 깔고 앉기 바빴다. 이런 와중에 임천수가 찾아온 것이다.

"배도 있고 준비도 마쳤다 이 말이냐?"

"그렇습죠. 명령만 내리시면 내일이라도 당장 떠날 수 있습니다요."

임천수가 자신 있게 말했다.

"네가 그리하는 이유가 무엇이냐?"

물러섰던 천무직이 슬금슬금 임천수 곁에 와서 앉았다. 말 한마디 못하고 죽을 위기는 넘긴 것이다.

"그러는 것이 곧 소인 놈을 위하는 길이기 때문입죠."

"이 일이 널 위하는 길이라고? 물건값을 얼마나 받을 작정이기에 그러느냐?"

이순신은 임천수가 턱없이 비싼 값을 부르려는 게 아닌가 의심했다. 임천수가 그 마음을 읽고 약간 느린 어투로 답했다.

"한 푼도 받지 않겠습니다요."

"……그냥 주겠다는 것이냐? 임천수! 넌 돈밖에 모르는 장사치 아니냐? 돈 때문에 왜구들 길라잡이까지 자청하지 않았느냐? 한데 돈 한 푼 받지 않고 물건과 배를 대겠다고? 무슨 수작을 또 부리는 게야? 코푸렁이(줏대가 없고 흐리멍덩한 사람)처럼 굴지 마라."

"수작이 아닙니다요. 장군! 장군 말씀대로 소인 놈은 돈을 좇는 장사꾼입죠. 되도록이면 손해를 보지 않고 이문을 남기려고 애씁니다요. 하나 가끔씩은 당장 손해를 보더라도 먼 훗날 이득을 위해 허튼 짓을 하기도 합죠. 한 가지만 약조해 주신다면 의주로 보내는 피륙이며 곡물은 계속 소인 놈이 맡아서 대겠습니다요. 물론 돈은 한 푼도 필요 없습니다."

이순신의 양미간이 좁아졌다.

"역시…… 거래를 하자는 게로구나. 나는 너 같은 놈과 약조 따윈 하지 않겠다. 틀림없이 법을 어기면서 장사 편의를 봐 달라는 게 아니냐? 내 눈에 흙이 들어가기 전에는 결코 그런 짓은 하지 않겠다."

"아닙니다요. 법을 어기다니요. 오히려 그 반대입죠. 소인 놈은 국법을 잘 지키며 황해에서 장사를 할 것입니다요. 오히려 전라도 쪽으로 난을 피해 들어온 팔도 객주들이 서로 경쟁하면서 불법을 저지르고 있습죠. 사람을 함부로 죽이고 재물을 불 지르는 일이 다반사입니다요. 장군께서 이런 불법이 일어나지 않도록, 사사로운 원한 때문에 죽고 죽이는 흉사가 더는 없도록 엄히 다스려 주십시오. 남해와 황해에서는 나랏님 어명보다 장군 군령이 더 통한다 들었습니다요."

"무엄하다. 어찌 지엄하신 어명을 모독하는고? 세 치 혀가 잘려야 정신을 차리겠느냐?"

임천수가 머리를 조아렸다.

"죽을 죄를 지었습니다요. 하나 백성들이 장군 군령을 무서워하는 것은 사실입죠."

"바르게 장사를 할 수 있도록 살펴만 주면 된다 이 말이냐? 하나 그 일은 내 소관이 아니다. 전라도 관찰사와 충청도 관찰사가 있지 않으냐? 그런 간알(干謁, 사사로운 청탁)은 할 곳을 잘못 찾아왔다."

"아닙니다요. 관찰사야 물론 있지만 대부분 제 한 목숨 살리겠다고 도망가거나 숨어 버렸으니 장사치들이 바다에 나가 거래하는 데 눈 돌릴 여력도 없습니다요. 무법천지를 바로잡을 분은 장군 한 분뿐이십니다."

"어허, 내 일이 아니래도. 내 일이 아닌데 나서는 것 또한 국법을 어기는 것이다. 나는 너와 어떤 약조도 할 수 없다."

"장군! 당장이 아니라도 좋습니다요. 나중에 장군께서 남해와 황해의 장사치들까지 살피시게 되면 법을 어기는 일이 없도록 조처해 주십시오."

"공명정대하기만 하면…… 다른 객주와 맞서 이길 수 있다 이 말이냐? 아무리 난을 피하여 왔다손 쳐도 큰 객주들이 축적한 부는 크고 넓을 것이다. 돈 많은 장사치가 돈 적은 장사치를 누르는 것은 흔한 일이 아닌가?"

"옳으신 말씀입니다요. 하나 소인 놈도 큰 돈은 아니지만 웬만큼 버틸 정도는 돈을 모았습죠. 또 의주까지 곡물과 의복을 실어 나르다 보면 세상 사람들 눈도 달라지지 않겠습니까요? 그 일도 나랏일이라면 나랏일이니, 사람들도 나랏일을 하는 장사치를 더 믿어 줄 터입죠. 소소한 이득은 소인 놈이 알아서 챙기겠습니다 요. 물론 법을 어기지 않을 것이곱쇼."

계산이 빠른 임천수이니 이곳에 오기 전에 이해 득실을 따져 보았을 것이다. 이순신으로서도 손해 볼 것 없는 거래였다. 그래도 선뜻 응낙하기에는 뭔가 불편한 생각이 마음 한구석에 모락모락 피어올랐다.

"널 용서하는 게 아니다. 의주까지 물건을 실어 나르는 공은 따로 참작하겠으나 한뉘 옥에 갇힐 각오는 해야 할 게야. 전쟁에서 승리한 후 네 죄를 묻겠다."

임천수가 미소를 잃지 않고 답했다.

"잘 알고 있습니다요. 당장 벌하지 않으시고 지난날 잘못을 갚을 시간을 주시니 고맙습니다요."

이순신이 천무직을 보았다.

"네가 비록 어리석긴 하나 천성은 착하다고 남궁 선생께서 누누이 말씀하셨다. 한데 저 요사스러운 임천수를 지금까지 따라다니는 까닭이 무엇이냐?"

"요, 용서해 줍쇼⋯⋯."

천무직이 대답을 맺지 못하고 이마가 바닥에 닿을 만큼 쑥대머리를 숙였다. 임천수가 대신 답했다.

"맞습니다요. 무직이는 참 착하고 의리가 있는 사내입죠. 소인놈이 독한 짓을 할 때마다 떠나겠다고 했지만 소인 놈이 또 억지로 붙들었습니다요. 가난하고 헐벗은 꼽추가 불쌍했던지 돌아서던 발걸음을 그때마다 되돌리더군요. 무직이는 잘못이 없습니다요. 금오산에서 길라잡이를 한 것도 소인 놈이고 왜인들과 장삿길을 열어 준 것도 소인 놈 짓이니까요. 훗날 벌하실 때도 무직이는 대곤(大棍, 목봉으로 만든 형구인 곤장 가운데 하나로 크기가 큰 것) 몇 대로 다스려 주십시오. 무직이가 져야 하는 잘못이 있다면 소인 놈이 대신 지겠습니다요."

천무직이 고개를 조금 들며 큰 소리로 말했다.

"아니우. 천수 형님이 한뉘 옥살이를 해야 한다면 이놈도 그 곁에 있으려우."

이순신이 꾸짖었다.

"닥쳐라. 국법을 어겨 왜인과 거래를 하고, 악랄한 왜 장수 와키자카 놈을 끌어들여 금오산을 불바다로 만든 너희들이 아니냐? 그런 너희들에게 의리라는 게 가당키나 하느냐? 임천수, 네 쥐알봉수(잔꾀가 많고 약은 사람) 같은 꾀와 천무직, 네 무자비한 힘이 서로서로 필요했던 까닭이다. 그래 놓고 이제 와서 함께 옥살이를 하겠다고? 옥살이를 시키고 아니 시키고는 국법이 결정한다. 너희들끼리 의리 운운하며 논할 문제가 아니다 이 말이다. 다시 한 번 의리를 내세우며 나를 현혹시키려 한다면 당장 목을 베겠다. 알겠느냐?"

"명심 또 명심하겠습니다요."

"그럼 네가 준비한 것들이 무엇인지 적어 올리도록 해라. 더 필요한 것은 다시 알려주마. 돈을 받지 않겠다고 했지만 그럴 수야 있겠느냐? 힘 닿는 대로 수고 값을 쳐 주겠다."

드디어 이순신이 임천수 뜻을 받아들인 것이다. 임천수는 다시 입을 열어 돈은 필요 없다고 했지만 거기까지 고집을 꺾지는 못했다.

임천수와 천무직이 진해루를 떠나자마자 이순신은 날발을 불러들였다.

"임천수와 천무직 뒤를 캐 보아라. 어디서 어떻게 돈을 모았는지, 혹시 왜군 간자는 아닌지 철저히 살펴봐."

"예, 대장!"

이순신은 천천히 진해루 앞마당을 거닐며 생각에 잠겼다. 젊은 날 기억이 한꺼번에 눈앞에 펼쳐지는 듯했다. 조부가 저지른 옛일에 주눅들고 가난에 움츠려 쇠해 가던 집안이었다. 아버지 이정은 세상을 아예 등져 괴로움을 잊으려 했고, 형제들도 그 길을 따랐다. 그러나 이순신은 포기할 수 없었다. 그대로 주저앉을 수 없었다. 번민은 불꽃처럼 이순신 몸을 살랐다.

그때 그를 일으켜 세워 준 것이 바로 남궁두였고 금오산이었다. 남궁두는 생각만 앞서던 청년 이순신에게 현실을 있는 그대로 보여 주었다. 흙과 물과 나무와 불과 바람을 직접 살펴 한 점 사발을 빚게 했다. 방진에게 궁술을 배울 때도 큰 가르침을 얻었지만, 진흙 한 점 물 한 방울을 쓰다듬고 보듬는 남궁두의 가르침은 하나하나 그대로 충격으로 다가왔다.

자기 한 몸을 위한 야망, 자기 한 가문만을 살피는 분노와 복수심은 얼마나 치졸한 것이었던가. 만민을 위하여 올바른 도로 나아가려는 것이 할아버지 이백록이 간 길이었다. 조 정암 선생과 함께했던 선비들, 사화(士禍)에 희생된 그분들이 의롭게 죽어 감으로써 오늘 사림의 도가 꽃피었다. 그것을 가르쳐 준 것이 남궁두였다. 불탄 도요지에서 사사로운 원망을 벗어 버리고 백성을 지키는, 사림의 정치를 지키는 장수가 되기로 마음 먹은 순간 이순신은 완전히 바뀌었다.

'그 후로 한 번도 그분을 뵙지 못했다. 지금은 어디에 계실까?'

도요지가 초토화된 후 남궁두는 그리로 돌아오지 않았다. 박미진을 구하지 못한 참혹한 부끄러움 때문에 차마 스승 얼굴을 볼 수 없었던 이순신이었지만, 무관으로 말직을 전전하며 때로 그렇게 하직하고 만나지 못한 남궁두를 궁금해했다. 장인 방진도 남궁두가 죽지 않고 어디어디에 있었다는 풍문만 여러 입을 거쳐서 전해 들을 뿐이었다. 하나 분명치 않은 소식은 들을수록 목이 말랐다. 아직 살아 있다면 남궁두는 이미 칠순에 접어들었을 것이다. 이순신은 스승이 돌아가시지 않았다고 믿고 싶었다.

겁이 많고 소심하지만 성품 상냥하고 잡힐손이 있던 소은우 얼굴도 떠올랐다. 남궁두에 뒤지지 않을 만큼 손놀림이 좋고, 며칠 밤을 가마 앞에서 거뜬하게 지새울 만큼 끈기도 대단했다. 그 재주와 인내로 계속 가마를 지켰다면 지금쯤 조선 팔도에 이름이 났을 만도 한데, 어쩌다 듣는 뛰어난 사기장들 이름에 소씨 성 가진 이는 없었다. 금오산을 떠난 뒤 아예 사기장 길을 접었을 수도 있고, 어쩌면 이름을 바꾸었을지도 모른다. 어느 쪽이든 소은우가 먼저 나서기 전에는 재회하기 힘든 형편이다.

뒤미처 박미진의 크고 맑은 샛별눈이 떠올라 가슴을 서늘하게 했다. 그 옛날 푸른 바다 밑에 가라앉았을 얼굴이다. 그 위로 박초희 얼굴이 겹쳤다.

이순신은 머리를 흔들었다.

'아니 된다. 지금 이런 생각을 할 때가 아니다.'

의주로 몽진한 조정을 뒷받침할 재물을 무사히 바닷길로 전할 수 있다면 임천수든 누구든 그와 손을 잡아야 했다. 믿지 못할 상대이긴 해도 선택할 여지가 없었다. 이순신은 문득 뒤돌아 다시 섬돌 위로 올라섰다. 서애 류성룡에게 보낼 서찰 초고라도 미리 잡아 두어야 할 터였다.

八、천하 백성을 구제하는 도(道)

광해군은 갑옷을 고쳐 입고 대장검을 빼어 든 채 군막을 나왔다. 탈영병들을 벌하기 위해서였다.

강계에서 곡산을 지나 이곳 강원도 이천(伊川)까지 오는 동안 수많은 장졸들이 목숨을 잃었다. 더러는 돌림병에 걸려 죽기도 하고, 왜군 척후를 만나 목숨을 잃기도 했다. 부족한 군졸들은 그때그때 현지에서 충원했다. 거의가 피란을 나선 백성이었다. 백정도 있었고 농사꾼도 있었으며 어부도 있었다. 평생 칼 한 번 잡아 보지 못한 사람이 대부분이었다. 광해군은 어명으로 그들을 징발하여 군율로 엄히 다스렸다.

관복을 입은 영의정 최흥원(崔興源)이 긴옥잠화 꽃대처럼 허리를 숙였다. 채수염(숱은 그리 많지 않으나 퍽 길게 드리운 수염)이 인상 깊은 그는 의주로 가자는 선조의 권유를 뿌리치고 분조를 택

117

한 위인이었다. 처음에는 그 의기를 높이 사서 각별히 존중했지만, 곧 함께 일을 도모할 사람이 아니란 것을 깨달았다. 성품이 워낙 우유부단했던 것이다. 그가 선조 대신 광해군을 택한 것도 좀 더 안전한 길을 도모한 결과가 아니었을까 하는 의구심마저 들었다. 강계에서 남행하려 할 때 앞장서서 반대했던 그였지만 광해군이 강하게 밀어붙이자 곧 모든 것을 체념하고 순종했다.

최홍원은 개도 걸리지 않는다는 여름 감환 때문에 며칠째 콜록대고 있었다.

"영상 대감, 몸은 좀 어떠신가요?"

"다 나았사옵니다."

광해군은 오랏줄에 묶인 채 꿇어앉아 고개를 숙인 탈영병들을 노려보았다. 모두 일곱 명이었다. 그들을 잡아 온 참의 정윤우(丁允祐)가 어깨에 힘을 잔뜩 주고 앞으로 나섰다.

"죄인들을 대령하였사옵니다."

광해군이 힐끗 정윤우에게 눈길을 주며 물었다.

"도망친 자가 모두 몇인가?"

"스물이옵니다."

정윤우의 목소리가 떨렸다. 탈영병 스무 명 중에서 일곱이 잡혔으니 열셋을 놓친 것이다.

광해군은 털매미 시끄럽게 우는 쇠물푸레나무 아래 꿇어앉은 군졸을 노려보았다. 그는 이름이 박오정(朴五正)이었다. 다섯 가지 바르고 큰 일을 하라며 부모가 지어 준 이름이라고 했다. 박오정은 들짐승을 잡아 생계를 꾸리는 사냥꾼이었는데, 강계를 나오던 분조의 길 안내를 맡은 인연으로 호위군에 편입되었다. 힘 좋고 담대한 그가 탈영했다는 사실이 믿기지 않았다.

"고개를 들라."

박오정이 산발한 머리를 흔들며 고개를 들었다. 질병코(질흙으로 만든 병처럼 거칠고 투박하게 생긴 코)는 퉁퉁 부어올랐고 턱과 양 볼에는 온통 피멍이 들었다.

"왜 탈영을 했는가?"

"세자 저하, 탈영이 아니옵니다. 저는 본디 황해도 곡산까지만 길 안내를 맡았사옵니다. 이제 그 일을 마쳤으니 돌아가려 했을 뿐이옵니다."

사실이었다. 박오정은 이천에 도착한 칠월 구일 저녁부터 계속 돌아가겠다고 졸랐다. 강계에 늙은 어머니와 갓 얻은 색시를 두고 왔던 것이다. 그러나 군졸 한 사람이 아쉬운 판에 박오정처럼 유능한 자를 돌려보낼 수는 없었다.

"나를 호위하라 일렀거늘 감히 명을 거역하는 것이냐?"

광해군의 목소리가 쩌렁쩌렁 울렸다. 그러나 박오정도 물러서지 않고 맞받아쳤다. 이왕 죽을 바에야 가슴에 담아 둔 말이라도 풀어낼 작정이었다.

"세자 저하, 굽어 살피소서. 회령으로 피하셨던 임해군과 순화군께서 왜적들에게 사로잡히셨다는 소식을 들었사옵니다. 회령이 적의 수중에 들어갔다면 강계인들 무사하오리까. 노모와 처의 생사라도 살필 수 있도록 제발 보내 주시옵소서."

어제 아침, 두 왕자가 회령부 아전 국경인(鞠景仁)에게 포박 당해 가토 기요마사 손에 넘어갔다는 비보를 받은 터였다. 회령이 점령당했다면 의주 역시 무사하지 못하다. 소식을 접한 함경도 출신 군졸들은 동요가 대단했다. 한 집안의 가장인 그들이 식솔들 안위를 걱정하는 것은 너무나도 당연했다. 지금 광해군 앞에 무릎을 꿇은 일곱 명 중 다섯 명이 함경도 출신이다.

광해군의 눈썹이 푸르르 떨렸다.

왕자들이 사로잡힌 마당에 함경도로 돌아가려던 군졸들까지 용서하면 더 이상 분조를 지탱할 수 없다. 함경도는 조선 왕조가 들어서고부터 줄곧 냉대받던 지역이 아닌가. 함경도에는·국경인처럼 조선을 배신할 자가 더 있으리라.

'지금은 관용을 베풀 때가 아니라 위엄을 세울 시기이다. 장졸들이 내 군령을 왜적보다도 더 두려워하여 분조를 떠나지 못하게 해야 한다.'

"참(斬)하라!"

"세자 저하!"

최홍원이 놀란 눈으로 광해군을 바라보았다. 군졸이 부족한 사정이니 극형만은 피해야 한다는 생각이었다. 정윤우도 눈치를 살피며 미적거렸다.

"무엇하는 게야? 군율에 따라 참하지 못할까?"

탈영병들이 일제히 소리쳤다.

"세자 저하! 살려 주시옵소서. 죽기로 싸우겠나이다. 저하! 저하!"

광해군은 박오정을 비롯한 죄수들을 한 사람씩 차례로 노려보왔다. 주위가 일순간 침묵으로 빠져 들었고 그들은 하나같이 광해군을 우러러보았다. 한결같이 자비를 구하고 있었다. 광해군의 양 볼이 조금씩 씰룩거렸다. 대장검을 높이 들고 소리쳤다.

"어명을 거역하는 자, 내 직접 참형으로 다스리겠다. 누구냐? 당장 앞으로 나서라. 내 말을 어기는 자는 죽음뿐이다."

장졸들 고개가 일제히 꺾였다.

"끌어내랏!"

정윤우의 명령에 따라 죄수들은 솔숲에 마련된 형장으로 끌려갔다. 잠시 후 처절한 비명이 계곡에 메아리쳤다. 눈을 꾹 감거나 손으로 귀를 막는 장졸들도 있었다. 광해군은 칼을 내리고 군막으로 되돌아왔다.

정윤우가 땀을 뻘뻘 흘리며 들어왔다.

"죄인들을 참하여 효수하였나이다."

그 뒤를 최흥원이 통통걸음으로 따랐다. 아직도 참형의 충격에서 벗어나지 못한 듯했다. 군막 밖에서 내관 조인량이 큰 소리로 아뢰었다.

"세자 저하, 강릉에서 생원 허균이 왔사옵니다."

광해군이 최흥원을 보며 물었다.

"허균이라면 허엽 대감 자제가 아닌가요?"

최흥원이 허리 숙여 답했다.

"그러하옵니다. 일찍이 손곡 이달과 서애 류성룡에게 수학하였고 천함만축(千函萬軸, 천 궤짝의 책과 만 개나 되는 두루마리)의 책을 읽어 그 학문이 심원하다고 들었사옵니다. 난을 피해 강릉으로 갔던가 보옵니다."

광해군이 천천히 고개를 끄덕였다.

"아, 나도 생각이 나는군요. 서애 대감이 말씀하신 적이 있소. 만나 보고 싶었는데 잘 되었군. 들라 하라."

광대뼈가 툭 불거지고 눈이 퀭한 허균이 천천히 안으로 들어왔다. 걸음을 옮길 때마다 몸 전체가 왼쪽으로 기울었으며 오른쪽 눈에서 계속 눈물이 흘렀다. 병색이 완연했다. 허균은 예를 표한 후 광해군 앞에 엎드렸다.

"세자 저하, 미천한 허균 문안 드리옵니다."

광해군이 웃으며 말했다.

"서애 대감께서 그대를 무척 칭찬하였지. 한데 어디가 불편한가?"

"아, 아니옵니다. 피란살이에 육신이 조금 지쳤나 보옵니다."

허균은 눈을 들어 광해군을 쳐다보았다. 소문대로 준수한 외모에 날카로운 송곳눈을 지니고 있었다.

"날 속일 생각일랑 마라. 보아하니 중병을 앓은 것 같은데 어쩌다가 그렇게 되었는가?"

허균은 수건을 들어 흘러내리는 눈물을 훔쳤다. 몇 번 잔기침을 했다.

"함경도 수성까지 갔다가 배를 타고 강릉으로 내려왔사옵니다. 그 와중에 몹쓸 돌림병에 걸려 죽을 고비를 넘겼나이다."

"돌림병이라고? 여봐라. 밖에 아무도 없는가?"

최홍원은 사색이 되어 내관을 찾았다. 조인량이 옴팡눈을 끔쩍이며 바삐 군막으로 들어왔다.

"웬 호들갑인가?"

광해군이 성난 얼굴로 꾸짖었다.

"저하, 옥체를 보전하셔야 하옵니다. 돌림병에 걸린 자는 멀리 내쳐야 하옵니다."

"영상 대감, 나는 지금 허 생원과 대화 중이오. 돌림병이 두렵거든 영상 대감이나 자리를 피하시오."

"저하, 아니 되옵니다."

"어허! 물러들 가시오."

최흥원과 정윤우 그리고 조인량은 하는 수 없이 군막을 나갔다. 광해군이 부드러운 음성으로 허균에게 질문을 던졌다.

"그래, 지금은 어떤가?"

"다행히 명의 최중화를 만나 좋은 약을 써서 말끔히 나았사옵니다."

"최중화! 나도 그 사람 소문은 들었지. 돈도 받지 않고 백성들 병을 보살핀다지? 어명으로 몇 번 불렀지만 끝내 나오지 않았어. 그 사람이 그대 목숨을 구했군. 아직도 병중인 듯한데 강릉에서 이곳까지 날 찾아온 이유가 뭔가?"

광해군은 분조를 이끌면서 많은 사람들을 만났다. 격문을 읽고 근왕병이 되기 위해 찾아온 사람도 있었고, 왜군과의 전투에서 목숨을 건진 패장도 있었으며, 선뜻 군량미를 내놓은 부자도 있었다. 그리고 한양을 떠나서 피란살이를 시작한 대신도 있었다. 광해군에게 허균이 찾아온 것은 일상이었다. 그가 서애 류성룡이 아끼는 제자라는 점이 조금 마음을 끄는 정도였다.

"군문을 들어오다가 효수된 자들을 보았사옵니다. 탈영했던 군
졸들이라고 들었사옵니다. 그들을 참하신 것은 지나치셨습니다."

"무엇이라고?"

광해군이 자리에서 벌떡 일어섰다. 허균은 조금도 동요하지 않
았다.

"군왕은 용맹해서도 아니되고 나약해서도 아니 된다고 하였사
옵니다. 군왕이 용맹하면 아랫사람을 가벼이 처형하게 되고, 군
왕이 나약하면 형벌을 미루게 되옵니다. 지금 세자 저하께서는
용맹이 너무나도 지나치시옵니다. 격문을 수백 장 띄웠지만 군사
들이 모이지 않는 이유가 무엇인지 아시옵니까? 저하께서 덕으로
써 군사들을 대하지 않으셨기 때문이옵니다."

"닥쳐라!"

'너무 진망궂지 않은가. 천둥벌거숭이가 따로 없구나.'

"도제천하(道濟天下)의 참뜻을 되새기오소서. 도로써 천하 백성
들을 구제하기 위해서는 그 잘잘못을 헤아리고 품을 수 있는 넓
은 마음이 필요하옵니다. 지금 저하께서는 단지 이 전쟁에서 승
리하기만을 바라고 계시옵니다. 이렇게 해서는 결코 군사들이 모
이지 않사옵니다. 민심을 헤아리시옵소서."

서애 류성룡의 넓은 이마를 떠올렸다.

'서애는 절묘한 비유로 속마음을 감추는데 제자인 허균은 대못
처럼 심장을 곧바로 찔러 대는구나. 스승과 제자의 성품이 이렇
듯 다를 수도 있는가.'

광해군은 다시 자리에 앉아서 마음을 진정시켰다. 분조 신하들
은 모두 광해군의 기세에 눌려 제대로 자기 뜻을 밝히지 못했다.
이덕형이나 이항복처럼 직언을 하는 신하가 그리웠는데 때마침
허균을 만난 것이다. 광해군은 비위에 거슬리더라도 허균의 이야
기를 끝까지 듣기로 마음먹었다. 입가에 미소까지 띠며 물었다.

"그대 눈에는 내가 어떻게 비치는가?"

"이대로 가신다면 진주(振主)가 되실 것이옵니다."

광해군의 손끝이 부르르 떨렸다.

'형벌을 가혹하게 하여 천하를 공포에 떨게 만든 진주처럼 된
다 하는가.'

"그렇다면 내가 어떻게 해야 하겠는가.?"

"민심은 곧 천심이옵니다. 항상 백성들 편에 서서 생각하시옵
소서. 천이(天耳, 모든 중생의 말소리를 들을 수 있는 귀)를 가지시옵
소서. 백성을 사랑하시고 그들을 풍족하게 만드시며 그 이익을
챙기시고 그 삶이 편안하도록 헤아리시옵소서. 세자라는 존귀한
자리에 연연하지 마시고 전쟁을 승리로 이끌겠다는 집착을 버리
시옵소서. 요순처럼 백성을 높이고 자신을 낮추면 틀림없이 민심
을 얻으실 것이옵니다."

"군율에 따라 죄인들을 참했을 따름이다. 이것이 잘못이라는
것인가?"

"장졸들 마음을 얻기 위해서는 세 가지 약속을 하셔야 하옵니
다. 첫째는 조상의 무덤이 있는 곳을 다시 찾겠다는 것이며, 둘
째는 땅과 집과 지위를 보장하겠다는 것이옵니다. 마지막은 그들

의 처자를 안전하게 보호하겠다는 것이옵니다. 저하께서는 이 셋 중에서 몇 가지나 백성들에게 약속을 하셨는지요? 하나도 없사옵니다. 저들에게 아무것도 약조하지 않으시고 어찌 저들 마음을 얻으려 하시옵니까? 듣자하니 군문에 효수된 군졸들은 대부분 함경도에 남겨 둔 처자의 생사를 확인하기 위해 군영을 벗어났다고 들었사옵니다. 저들이 그런 마음을 먹는 것은 인지상정이 아니겠는지요? 저하께서는 저하의 잘못은 헤아리지 않으시고 그 모두를 백성들 잘못으로만 돌리신 것이옵니다."

광해군은 두 주먹을 불끈 쥐었다. 지금까지 참으며 들어왔지만 더 이상은 감당하기 힘들었다.

'내가 누군가? 명나라로 달아나려는 아바마마와는 달리 나라를 구하기 위해 이곳까지 내려온 세자가 아닌가? 내가 이렇듯 몸과 마음을 던져 왜적과 맞서는데 어찌 신민 된 몸으로 따르지 않는단 말인가!'

"우리는 지금 전쟁을 하고 있다. 군량미와 무기도 모자라는 상황에서 어찌 백성에게 이익을 약속하고 나눠줄 수 있겠는가?"

허균은 광해군 말을 잘랐다.

"그렇사옵니다. 우리는 지금 저 무지막지한 왜놈들과 전쟁을 하고 있사옵니다. 하나 우리 적은 왜놈만이 아니옵니다."

"왜놈만이 아니다?"

"백성을 살피시옵소서. 왜군에게 쫓겨 이리저리 피해 다니다 서로 죽이고 죽는 세상이옵니다. 보릿고개를 넘기지 못해 굶어 죽고 돌림병에 걸려 버림받아 죽고 화적 떼를 만나 맞아서 죽사옵니다. 왜놈들 손에 죽는 숫자보다 몇 배나 많은 백성들이 동포 손에 죽어 가고 있사옵니다. 이제 백성들은 자신 외에는 아무도 믿지 않사옵니다. 명궁 예(羿)나 승마의 명인 조보(造父), 수레를 만든 해중(奚仲) 등은 재능만 뛰어난 인물이 아니옵니다. 그들은 자기 일에서 도를 깨우쳤기에 역사에 그 이름을 남긴 것이옵니다. 저하께서도 백성의 마음을 얻을 좀 더 근원적인 도를 깨치시옵소서."

광해군의 목소리가 점점 커졌다.

"이 전쟁을 이겨야지만 백성에게도 행복이 있는 것이다. 전쟁에서 패하면 무엇이 남겠는가? 왜놈들에게 짓밟히지 않으려면 이를 악물고 싸워야 한다. 사랑이나 자비는 그때 가서 생각할 것들이다."

"저하, 이 나라의 주인은 바로 백성이옵니다. 백성이 왕실을 외면한다면 어떻게 전쟁에서 승리할 수 있겠사옵니까? 군막에 앉아 군사들 목을 칠 시간이 있다면 백성을 살피시옵소서. 그들에게 충직한 군졸이 되라고 윽박지르지 마시고 그 고민을 들으시옵소서. 지금 때를 놓치시면 저들은 영원히 불목지민(不牧之民, 다스리기 힘든 백성)으로 남을 것이옵니다. 설령 전쟁에서 이긴다 하더라도 저들은 더 이상 저하의 백성이 아닐 것이며, 따라서 저하도 더 이상 저들의 저하가 아닐 것이옵니다. 법을 버리시고 인(仁)을 취하시옵소서. 저하!"

허균은 울부짖다시피 했다. 광해군은 마음 한구석이 서늘해져 왔다. 허균의 말투에서 지독한 절망과 슬픔, 분노가 묻어났던 것이다. 그러나 광해군은 허균의 뜻을 받아들일 수 없었다. 덕으로 백성을 다스리는 것은 정치의 근본이다. 누군들 그렇게 하고 싶지 않으랴. 하나 지금은 그럴 때가 아니다. 허균 말대로 백성은 굶주리고 병들고 지쳐 있다. 이때 손을 내밀면 백성은 아귀처럼 그 손을 물어뜯을 것이다. 백성 속으로 들어가면 광해군도 역시 그들처럼 절망할 뿐이다.

'지금은 백성을 믿을 수 없다. 이 전쟁의 책임을 왕실에 돌리려는 자들이 얼마나 많은가. 나는 그들에게까지 양팔을 벌리고 미소 짓지 않겠다. 이 나라는 곧 나의 나라가 될 것이다. 나는 나의 권위를 지키면서 백성에게 선택의 기회를 주리라. 나를 따를 것인가? 나를 따른다면 그대들에게는 새 삶의 희망이 있다. 나를 따르지 않을 것인가? 그렇다면 설령 이 전쟁에서 승리하더라도 나는 그대들을 벌하리라. 기회는 한 번뿐! 택일하라. 그리고 그 선택에 책임을 져라.'

"나는 이 전쟁에서 승리하고 싶다. 하나 그대처럼 전후 사정을 살피다가는 적의 포로가 되기 십상이다. 나의 형님 임해군 역시 백성을 믿었다가 사로잡히지 않았는가? 백성을 위하는 그대 마음은 기특하고 기특하다. 그러나 나는 조선 백성을 살리기 위해 그대와 다른 길을 가겠다."

허균은 고개를 들고 입을 굳게 다문 채 광해군을 뚫어져라 쳐다보았다. 광해군 역시 앙상한 허균 얼굴을 말없이 응시했다. 이윽고 허균이 자리에서 물러나기 위해 몸을 일으켰다. 광해군이 마지막으로 물었다.

"처자는 강릉에 함께 있는가?"

허균이 마른침을 삼키며 답했다.

"아내도 아들도 병으로 잃었나이다."

그 순간 이 왜소한 사내의 아픔이 광해군을 덮쳤다. 그러나 광해군은 아무런 위로의 말도 던지지 않았다. 그에게는 허균 역시 법대로 다스려야 할 백성 중 하나였다.

허균이 나간 후 광해군은 양손으로 관자놀이를 꾸욱꾸욱 눌렀다. 대주(戴冑, 직언을 잘 했던 당나라 태종의 신하)를 능가하는 허균의 직언이 박쥐처럼 그의 머리를 어지럽혔다. 광해군도 피란민들의 참상을 적지 않게 알고 있었다. 인육까지 먹는다는 소문도 들었다. 그렇기 때문에 더욱 원칙을 지키고 법을 강조해야 한다고 생각했다. 법의 원칙마저 없어지면 그들은 곧 야만의 길로 들어설 터였다.

"저하, 여진에서 사신이 왔사옵니다."

내관 조인량이 찢어지는 듯한 목청으로 아뢰었다.

"여진 사신이라? 들라 하라."

감았던 눈을 떴다.

'여진 사신이 여기까지 웬일인가.'

황색 통옷에 매 깃털을 허리에 촘촘히 꽂은 야인 두 명이 조인량을 따라 들어왔다. 그들은 서툰 동작으로 큰절을 했다. 그들 중 키가 크고 뺨에 칼을 맞은 흉터가 있는 사내가 여진말을 하자 키 작은 사내가 곧바로 통역했다.

"조선이 어려움에 처했음을 알고 대추장께서 원군을 보내시겠다고 하십니다. 저희들은 건주위(建州衛, 누르하치를 조선에서 부른 이름)님 명에 따라 의주에 가서 주상 전하를 뵈온 후 세자 저하께 왔사옵니다. 조선은 오랫동안 저희와 화친을 맺어 왔고 그간 많은 도움을 주었습니다. 이에 건주위께서는 이번 기회에 꼭 그 은혜를 갚고 싶다고 하셨습니다."

"당치 않은 소리. 어찌 우리가 너희 같은 오랑캐 도움을 받는단 말인가?"

최홍원이 턱을 치켜들고 큰소리를 쳤다. 광해군이 성난 눈길로 최홍원을 쏘아본 후 침착하게 물었다.

"의주에서는 뭐라고 하던가?"

여진의 사신은 입꼬리를 올리며 삐쭉 웃었다.

"방금 저 대감처럼 말했습니다."

당연한 일이었다. 예의지국을 천명한 조선이 어찌 여진 따위에게 도움받을 수 있겠는가. 대신들은 조선을 도울 나라는 오직 천자의 나라 명나라뿐이라고 침을 튀기며 주장했을 터였다. 광해군은 여진 사신을 바라보며 생각에 잠겼다.

'조선과 왜국의 전쟁에 여진이 왜 끼어들려는 것인가. 가만히 앉아서 싸움 구경을 해도 무방할 텐데. 원군을 보내겠다는 속셈이 무엇인가. 어쨌든 이이제이(以夷制夷, 오랑캐로 오랑캐를 제압함)를 고려할 수도 있지 않을까. 여진의 기병(騎兵)으로 왜의 보병(步兵)을 친다면 승산이 있지 않을까.'

최근 이삼 년 동안 야인들이 큰 무리를 이루어 압록강 저편에서 말을 달리는 것은 여러 번 목격되었으나, 그들이 압록강을 건너 육진을 노략질하는 횟수는 눈에 띄게 줄었다. 적게는 천 명, 많게는 만 명이 넘는 야인 군사들이 괴성을 지르며 강변을 따라 말을 달렸다. 부족과 부족 간에 전투와 병합이 이루어지고 있다는 소문도 들려왔다. 병합을 이룰수록 그 힘은 점점 커져 갔다. 그러나 조선 조정은 노략질이 중단된 것을 다행으로 여길 뿐이었다.

"의주에서 그렇게 말했다면 그것이 곧 이 나라 만백성의 뜻이다. 냉큼 돌아갈 일이지 이곳까지 온 이유는 무엇인가?"

"건주위께서는 주상 전하뿐만 아니라 세자 저하의 뜻도 알아 오라고 하셨습니다."

"내 뜻을 알아 오라?"

"그러하옵니다. 세자 저하께서 허락만 하신다면 의주가 아니라 이곳으로 원군을 보내겠다고 하셨사옵니다."

"내게 원군을 보내겠다? 그렇다면 너희들도 조선 조정이 둘로 나뉘었음을 알고 있단 말이더냐?"

사신은 대답 대신 자기들끼리 귓속말을 주고받았다. 광해군의 등에서 식은땀이 흘렀다.

'우리가 경계할 나라들은 곳곳에 가득하구나. 조선을 침략한 왜국은 물론이고 원군을 보내지 않는 명나라, 그리고 자진해서 원군을 보내겠다는 여진까지.'

그들은 오래전부터 간자를 보내 조선을 염탐해 왔던 것이다.

"확답을 주시옵소서. 저희들은 지금 곧 돌아가야 하옵니다."

광해군은 느물느물한 사신들 태도가 마음에 걸렸다. 부사나 현령 앞에서도 얼굴을 들지 못하던 저들이 조선의 세자 앞에서 여유를 부리고 있는 것이다. 무엇인가 믿는 구석이 없다면 저렇게까지 마음을 풀 수는 없다. 그들은 깍듯이 예를 갖추면서도 왜군에게 혼쭐이 나는 조선을 은근히 비웃고 있었다.

"나 역시 아바마마와 같은 생각이다. 이제 곧 요동에서 명군이 우리를 도우러 올 것이다. 그대들 도움은 필요치 않다."

사신은 그 대답을 예상했다는 듯이 곧바로 작별 인사를 했다.

"알겠사옵니다. 그럼 저희들은 이만 돌아가겠사옵니다. 혹 마음이 바뀌면 연통을 주시옵소서. 건주위께서는 요동 벌판보다도 마음이 넓은 분이옵니다. 세자 저하께서 부르신다면 언제든지 압록강을 건너와서 조선을 구하실 것이옵니다. 저희들에게도 옛 은혜를 갚을 기회를 주시옵소서."

九, 나라를 구할 것인가, 불국토를 이룰 것인가

"자넨 금산으로 갈 필요가 없으이."

영규의 목소리는 차갑고 단호했다. 장검을 허리에 두른 월인은 다시 한 번 왼 무릎을 꿇고 애원했다.

"스님! 군졸이 한 명이라도 더 필요하지 않습니까? 소승이 계룡갑사에 연통하여 데려온 승병만 해도 쉰 명이 넘습니다. 그들을 모두 데리고 떠나라 이 말씀이십니까?"

"그렇다네. 당장 떠나게."

"중봉(重峯, 조헌의 호) 선생께 말씀이라도 드리고 가겠습니다. 어디 계시는지요?"

때마침 조헌이 군막으로 들어섰다. 환갑을 이 년 앞둔 나이였지만 쌀 한 가마니는 거뜬히 들어 내던질 만큼 어깨가 넓고 힘이 장사였다. 조헌은 장검을 내려놓고 이마의 땀부터 훔쳤다. 선선

133

한 건들마가 불기 시작했으나 아직도 대낮은 여름 기운을 뿜어 냈다.

전라도 옥천에서 의병을 일으켰을 때는 1,700명을 헤아렸는데, 지금은 겨우 800명이 남았다. 남은 장졸 중에도 왜군과 관군의 설득과 협박에 마음 흔들리는 자가 적지 않았다. 왜군들 전술이야 이해 못할 바가 아니지만, 문제는 관군들 태도였다. 전라 병사나 충청 병사는 의병과 연합하여 전술을 펴길 싫어하면서 조금만 잘못이 있어도 엄벌에 처했다. 도적 떼를 색출하겠다며 편히 쉬는 장졸들을 도열시키는 일도 잦았다. 질투와 시샘이라고밖에 생각할 수 없었다. 조헌과 영규가 승승장구할수록 저희 신세가 초라해졌기 때문이다.

"영규 스님이 자꾸 소승더러 떠나라 하십니다. 금산으로 가서 왜군과 싸울 수 있도록 허락해 주십시오."

조헌이 도끼눈을 뜨고 답했다.

"그 이야긴 나도 아침에 들었소. 내 생각에도 월인 스님은 떠나는 게 좋을 듯싶소."

월인으로서는 섭섭하고 억울한 일이었다. 이즈막까지 함께 계책을 논하던 사이가 아닌가. 한데 서산 대사 휴정이 보낸 서찰 한 장에 영규는 낯을 바꾸었다. 영규와 월인은 똑같이 큰스님 문하에서 배움을 얻었으니 따지고 보면 동문 도반이었다.

영규는 샐녘에도 거듭 떠날 것을 종용했다.

"큰스님 뜻일세. 서산 큰스님 가르침을 받들어 승병을 일으킨 불제자는 누구라도 월인 자네와 손을 잡지 말라는 엄명이 내려왔다네. 큰스님이 그런 결정을 내린 이유는 자네가 더 잘 알겠지."

"당취가 모두 승병에 참여하고 있지 않습니까? 한데 왜 소승만 아니 된다는 건지요?"

영규 역시 두류산계 당취의 핵심 인물이었다.

"그걸 몰라서 묻는 것인가? 당취가 두류산계와 금강산계를 가릴 것 없이 모두 승병에 참여하게 된 건 나라를 구하기 위함일세. 자네들처럼 나라를 무너뜨리기 위함이 아니야."

"공맹의 나라를 불국토로 바꾸려 함입니다. 어찌 이 일을 스님께서 나서서 막으실 수 있단 말입니까?"

"아직 때가 아닐세. 왜군을 조선 팔도에서 몰아내는 것이 더 급하이. 딴 생각을 품고 전장에 나섰다간 이도저도 아니 되는 법이야."

"힘껏 싸우겠습니다. 전쟁의 잘잘못을 따지는 건 나중에 따로 하겠습니다. 그러니 데려가 주십시오."

"나도 자네와 함께 금산 전투에 참여하고 싶네만, 큰스님 뜻을 모른 체 할 수 없으이."

"아!"

월인은 그만 현기증이 나 잠시 이마를 짚었다. 휴정은 월인을 묘향산에서 내쫓았을 뿐만 아니라 자신이 조직한 승병에 아예 발을 들여놓지 못하도록 팔도의 고족제자(高足弟子, 특히 뛰어난 제자)들에게 두루 전갈을 보냈다. 금강산으로 사명당 유정을 찾아갔을 때도 문전박대를 당했는데, 이제 영규에게서조차 떠나라는 통첩을 받은 것이다. 아침 내내 고민했지만 이대로 순순히 물러설 수는 없었다.

"겨우 의병 칠팔백 명으로 왜의 대군을 막을 수는 없습니다. 차라리 다시 옥천 쪽으로 물러나는 것이 어떻겠습니까?"

"그 일도 이젠 자네와는 상관없다네."

영규가 냉정하게 잘라 말했다.

"잘못하면 앞뒤로 협공을 당해 개죽음을 할지도 모릅니다. 더군다나 관군 도움도 받을 수 없는 형편이 아닙니까. 용맹하게 싸우는 것도 중요하겠지만 물러나야만 할 때 물러나는 것 역시 목숨을 보전하고 전쟁을 승리로 이끄는 데 중요한 겁니다."

조헌이 끼어들었다.

"물러나 목숨을 보전하려 했다면 의병을 일으키지도 않았을 게요. 금산이 뚫리면 왜군이 마음놓고 전라도 길로 들어온다오. 우리가 그 입구를 막아 조금이라도 시일을 끌 필요가 있소. 전세의 유불리를 따질 형편이 아니라오."

전쟁 전 홀로 도끼를 들고 상경하여 왜국에 통신사를 파견하고 장사를 하는 것은 옳지 못하다며 상소를 올렸던 조헌에게선 그다운 기백이 흘러넘쳤다. 그러나 그것은 월인이 답답해하는 부분이기도 했다.

'중봉 선생은 충신이다. 그러나 선생은 이 전쟁에서 승리하는 법을 모른다. 아니, 아예 관심이 없다. 오로지 나라를 위해 싸우다 죽겠다는 신념뿐이다. 그 죽음은 아름답겠지. 하지만 이 전쟁을 어떻게 끝내야만 하는지, 선생은 모른다.'

"하나 너무 전황이 안 좋습니다. 한 번만 더 숙고하시지요."

조헌의 눈가에 설핏 웃음이 머물렀다 사라졌다. 말머리를 돌렸다.

"어디로 갈 생각이오? 서산 큰스님께서 팔도에 다시 서찰을 보내셨으니 승병에 합류하기는 힘들 터. 하나 월인 스님은 산꼭대기 암자에 숨어 사자좌(獅子座, 부처가 앉는 상좌(牀座))를 우러르며 세상 시름 잊고 용맹정진할 분도 아닌 것 같소. 더군다나 스님을 따르는 불제자도 오십 명이나 있으니…… 계룡갑사로 가시려오?"

영규가 한 번 더 가슴에 못을 박았다. 계룡갑사는 그가 출문(出門)한 곳이기도 했다.

"계룡갑사로는 가지 말게."

"스님!"

"월인 자네가 계룡산에 나타나면 그곳에서 부처님 말씀을 익히던 불제자들이 자청하여 자네 밑으로 들어올 걸세. 하면 자넨 승병을 이끌 수밖에 없는데, 그건 서산 큰스님 뜻이 아니야."

"스님! 그래도 계룡갑사는 제가 동승 때부터 머물렀던 고향과 같은 곳입니다."

"큰스님과 내가 이러는 이유를 정녕 모르겠는가? 자네들은 이 나라를 또 다른 환란으로 밀어 넣을 수도 있어."

서산 대사 휴정이 월인을 오래도록 곁에 둔 것은 조급함을 눌러앉히기 위함이었다. 그러나 이제는 그 조급함이 세상을 어지럽히지 못하도록 막으려는 것이다. 조헌이 느린 말투로 월인에게 다시 물었다.

"어디로 갈 작정이오?"

월인이 잠시 생각한 끝에 답했다.

"금산 전투에 참여할 수 없다면…… 남해 바다로 갈까 합니다."

"바다? 바다엔 왜 간단 말이오?"

"오래전 인연을 맺은 사람이 그곳에 있습니다. 그분을 도와 이 전쟁을 끝내고 싶습니다."

"그이가 누구인지 물어봐도 되겠소? 나 역시 스님을 남해 바다 누구에게 천거할 생각을 하고 있었다오."

월인이 되물었다.

"하면 먼저 말씀하시지요."

조헌이 고개를 끄덕였다.

"좋소. 전라 좌수사 이순신에 대하여 혹시 들어 보았소?"

월인의 표정이 조금 어두워졌다.

"물론입니다. 전라 좌수사 이순신, 전라 우수사 이억기가 경상 우수사 원균과 함께 남해 바다에서 대승을 거두고 있지 않습니까?"

"그렇소. 특히 이순신은 매우 강직하고 청렴한 위인이라오. 말 그대로 사중(四重, 말과 행실과 용모와 기호가 신중함)이지."

"그이와 인연이 있으십니까?"

"십여 년 전에 전라도 도사를 맡은 적이 있었다오. 관원들 고과를 살피다가 이순신의 고과가 터무니없이 낮게 나온 것을 발견했소. 그때 전라 좌수사는 이용 장군이었는데, 발포 만호 이순신과 사이가 좋지 않았던 게요. 내가 그 일을 바로잡았다오."

"그랬군요. 하면 고맙다는 인사는 받으셨습니까?"

조헌이 말꼬리를 붙들었다.

"바로 그 점이오. 보통 관원 같으면 내게 서찰도 보내고 따로 자리를 마련하여 술이라도 한잔 대접하려 할 터인데 이순신은 전혀 그런 짓을 하지 않았다오. 참으로 대나무처럼 곧은 위인이 아니겠소. 그런 성품을 지녔기에 남해 바닷길을 잘 지키고 있다고 생각되오. 전라 좌수사의 곧고 바른 뜻에 월인 스님의 지략을 더한다면 조선 수군은 더욱 강해질 것이오. 어떻소, 전라 좌수사에게 추천하는 글이라도 한 장 써 드리리까?"

월인이 답을 하며 말끝을 흐렸다.

"그 뜻은 감사합니다만……."

영규가 끼어들었다.

"월인이 마음에 둔 장수는 전라 좌수사가 아닌 모양입니다. 자네와 인연이 있는 장수는 누구인가?"

월인이 차분하게 입을 열었다.

"전라 좌수사도 뛰어난 장수인 것은 사실입니다. 하나 조선 수군의 실질적인 주장으로 왜 수군을 궤멸시킨 이는 바로 경상 우수사 원균 장군이 아닐까 합니다."

조헌도 머리를 끄덕였다.

"원 장군의 명성이야 조선 팔도에 이미 널리 퍼졌소. 북삼도에서 오랫동안 야인들과 맞서 승리를 거두지 않았소? 한데 언제 원 장군과 인연을 맺었던 것이오?"

월인은 턱을 조금 치켜들고 지나간 시간의 갈피를 넘겼다.

식인 호랑이를 잡기 위해 조선 제일 궁수 방진을 필두로 많은 젊은이들이 계룡갑사를 찾아왔을 때, 동승이었던 월인은 마냥 좋았다. 호랑이를 잡는다는 일 자체가 신기했고 또 산을 오르내리는 건장한 청년들을 쫓아다니는 것도 즐거웠다. 그때 선전관 원균을 만났다. 첫눈에도 힘이 넘치고 용맹한 무인임을 알 수 있었다. 나중에 들으니 선창꾼을 구하기 위해 호랑이 앞에 뛰어나가 방진으로부터 크게 칭찬을 들었다고 했다.

독에 당한 원균을 치료했던 금란굴의 습하고 어두운 공간이 그 뒤를 이었다. 사경을 헤매면서도 원균은 도적 떼를 소탕하려는 생각뿐이었다. 두려움도 주저함도 없이 용맹과감한 장수, 그가 바로 원균이었다.

"오다가다 뵈었습니다. 그리 기억할 만한 인연은 아니지만 찾아뵙고 힘닿는 데까지 도와드리고 싶습니다."

영규가 밝은 얼굴로 말했다.

"원균이든 이순신이든 다 같은 조선 수군의 뛰어난 장수들이라네. 자네가 가면 두 장수를 모두 뵙게 될 테니 그 휘하에서 힘껏 싸우도록 하게."

"알겠습니다. 꼭 그리하겠습니다. 소승이야 전라도 땅을 지나 남해 바다로 가니 무슨 어려움이 있겠습니까. 두 분은 제발 금산으로 가지 마시고 청주성에 더 머무르십시오. 아무래도 금산은 불길합니다."

조헌이 껄껄 웃으며 말했다.

"월인 스님은 다 좋은데 걱정이 너무 과하구먼. 아무러면 우리가 죽기라도 할까 봐 그러오?"

영규도 맞장구쳤다.

"걱정 말게. 금산을 차지하고 있어야 장졸들을 결집하여 북진할 수 있다네. 자넨 해로를 지키고 우린 육로를 봉쇄하는 게지. 겨울이 오면 왜군들은 추위를 견디지 못하고 퇴각하고 말 걸세. 넉넉잡고 석 달만 견디면 된다네."

월인이 다시 권했다.

"하면 관군들과 힘을 합친 연후에 가십시오. 왜군 수가 칠팔천 명을 넘는다면 의병 칠팔백으로는 감당할 수 없습니다."

조헌이 단호하게 답했다.

"칠팔천이 아니라 칠팔만이 오더라도 금산행은 바꿀 수 없소. 그곳이 우리가 죽어야 할 자리라면 거기서 죽겠소. 이 문제는 그만 논의토록 합시다. 자, 어서 나가서 떠날 채비나 서두르시오. 대자대비하신 부처님 가호가 항상 함께하길 빌겠소이다."

월인은 다시 한 번 설득하려 했지만 영규가 조용히 고개를 젓자 포기하고 일어섰다.

월인이 나간 후 영규가 조헌을 돌아보며 물었다.

"월인의 판단이 정확합니다. 금산은 위험하지요."

조헌이 고개를 끄덕였다.

"난들 왜 그걸 모르겠소이까? 하나 위험하다 해도 가야만 할 때가 있는 법이외다. 바로 지금이 그렇소. 우리가 금산으로 가지 않고 그냥 청주성에 숨는다면 우리를 믿고 지금까지 떠나지 않은 칠팔백 명 의병조차 뿔뿔이 흩어질 것이오. 관군에 의해 의병이

강제로 해산당했다는 헛소문이 돌 것이고, 그건 다른 의병들에게
도 치명적인 상처를 남길 수 있다오. 앉아서 흩어지느니 패배하
더라도 싸우는 편이 낫소."

"옳습니다. 소승도 같은 생각입니다."

조헌이 숨을 깊게 들이마시며 방금 월인이 앉았던 빈자리를 쳐
다보았다.

"한데 말이오. 월인 스님이 전라 좌수사 이순신이 아니라 경상
우수사 원균에게 가는 것이 마음에 걸리외다."

"어인 말씀이신지?"

"정확히는 모르겠으나 서산 큰스님이 그렇게나 월인 스님을 승
병에서 배제하려 하신 건 그 야망을 미리 읽었기 때문이 아닌가
싶소."

영규가 잠시 머뭇거렸다. 월인을 배제하는 이유를 설명하려면
당취에 관해 어렴풋하게나마 밝혀야 하는 것이다. 함부로 당취
일을 누설하는 것은 곧 죽음을 의미했다. 조헌이 사람 좋게 웃으
며 먼저 입을 열었다.

"내가 알면 아니 되는 일이라면 말씀하지 마오. 나와 같은 공
맹의 제자는 몰라야 하는 일이 불제자들에게도 있겠지요. 한데
혹여 당취에 대한 이야기라면 숨길 필요 없소이다. 팔도에서 일
어나는 승병 속에 당취가 매우 중요한 역할을 하고 있음을 나도
이미 알고 있다오. 누구누구가 당취인 줄은 모르나 당취가 승병
을 이끌고 있음은 안다 이 말이외다. 한데 저 월인 스님을 처음
보았을 때는 '아, 이 사람이라면 당취일 수 있겠다.' 생각했다

오. 대단한 지략과 무공을 지녔으니까. 영규 스님, 그대를 처음 뵈었을 때처럼 말이외다. 내 짐작이 맞소? 허허허, 당취라면 다 같이 힘을 모으는가 했는데, 사람이 동서로 나뉘듯 당취도 나뉘는가 보오이다."

영규가 결심이 선 듯 말했다.

"미리 말씀드리려 했는데 짐작하고 계셨군요. 월인이 주도하는 당취는 오래전부터 이 나라를 뒤엎어야 한다는 강경한 입장을 취했습니다. 정여립의 난이 일어났을 때 조정에서는 서산 대사를 의심했으나, 실제 정여립과 은밀히 뜻을 주고받은 이도 바로 저 월인의 당취였지요. 그 일이 역모와 엮이면서 그들은 또 한동안 숨어 지냈습니다. 한데 다시 움직이기 시작한 게지요. 전쟁을 이용하여 이 나라를 불국토로 바꾸자는 겁니다. 왜군을 물리치는 것뿐만 아니라 이 나라 조정의 실책들을 계속 지적하고 비난해야 하겠지요. 왜군과 싸우는 일보다 조정에 대한 공격이 먼저일 수도 있습니다. 아직 월인이 본격적으로 그 일에 앞장을 선 건 아니지만 언제라도 사중우어(沙中偶語, 모반을 의논하는 일. 한나라 고조가 공신 이십여 명에게 큰 벼슬을 주자 벼슬을 받지 못한 장수들이 사지(沙地)에 모여 모반을 의논했다는 고사에서 온 말.)를 꿈꿀 수 있습니다. 원래 나라와 나라 사이에 전쟁이 터지면 크고 작은 내란이 일어나게 마련이니까요. 자칫 원악대대(元惡大憝, 큰 죄악의 우두머리)가 될까 걱정입니다. 한데 월인이 경상 우수사를 찾아가는 것이 왜 더 큰 문제가 되는지요?"

조헌이 기다렸다는 듯이 답했다.

"이 장군은 신중하니 월인 스님이 아무리 그럴싸한 주장을 펴도 몇 번을 곱씹으며 쉽게 동의하지 않을 게요. 하나 원 장군은 용맹하고 우직하지만 사람을 너무 쉽게 믿는다는 풍문이외다. 월인 스님이 혹여 원 장군의 약점을 파고든다면 장차 큰일이 터질지도 모르오. 월인 스님이 남해에서 이 장군의 신중함을 배웠으면 하오."

영규가 웃으며 일어섰다.

"그리 되겠지요. 하면 소승은 승병들을 모아 출정 준비를 하겠습니다."

조헌도 따라 일어섰다.

"치열한 싸움이 될 테니 각오를 단단히 합시다. 나는 우리가 진다고 생각지 않소. 반드시 이겨 도성을 탈환하는 발판으로 삼읍시다. 우리를 돕지 않는 관군들에게 승전으로 잘못을 일깨워 줍시다. 자, 함께 나갑시다. 월인 스님을 배웅한 후 곧 금산으로 가십시다."

十．어전에서 장사꾼의 꿈을 아뢰다

아침부터 조정에는 활기가 넘쳤다. 남쪽 바다에서 연전연승을 거두고 있는 원균, 이순신, 이억기가 보낸 선단이 갓밝이 즈음 의주에 닿은 것이다. 석 달은 족히 지내고도 남을 곡물과 의복이 배마다 가득 실려 있었다. 감선철악(減膳撤樂, 나라에 큰 화가 있을 때 임금이 근신하는 뜻으로 수라상의 가짓수를 줄이고 음악과 가무를 중지하는 일) 속에서 하루하루를 보내던 선조 역시 크게 기뻐하며 선단을 이끌고 온 장수를 만나고자 했다. 순천 부사 권준이 꼽추와 함께 탑전으로 나아왔다.

"신은 순천 부사 권준이옵고, 이자는 임천수라는 장사꾼이옵니다."

조복을 입은 임천수는 몰골이 아무래도 이상했다. 구부정한 등 위로 낙타 혹처럼 둥근 뼈가 튀어나왔고 눈썹 자리는 벌겋게 부

145

어오른 군살로 채워졌으며 쫙 찢어진 날카로운 눈은 웃음을 흘릴 때마다 가늘게 떨렸다.

'궁박한 얼굴이로고.'

선조는 눈살을 찌푸리며 먼저 권준에게 하문했다.

"전황은 어떠한가?"

권준이 침착하게 답했다.

"왜 수군이 자주 출몰하오나 거제도에서부터 바닷길을 굳건히 지켜 내고 있사옵니다."

선조가 오른 주먹을 쥐며 고개를 크게 끄덕였다.

"승첩 소식은 과인도 듣고 있노라. 한데 육지에서는 펄펄 나는 왜군들이 왜 바다에서는 그렇게 맥을 못 추는가?"

"부족한 생각이오나 감히 말씀 올리겠사옵니다. 먼저 조선 수군은 탁월한 장수들이 한 마음으로 뜻을 모으고 있나이다. 용맹한 경상 우수사 원균과 지혜로운 전라 우수사 이억기, 침착하고 신중한 전라 좌수사 이순신이 서로 약점을 보충하고 강점을 증폭시키옵니다. 둘째로 조선 수군의 군선이 왜의 군선을 압도하고 있사옵니다. 조선 수군은 천자총통을 비롯한 포들을 쏠 수 있으나 왜 수군은 기껏해야 조총을 발사할 뿐이옵니다. 조총이 닿지 않는 거리에서 포를 쏘면 왜 군선을 궤멸할 수 있사옵니다. 셋째로 조선 수군은 바닷길을 세세히 알고 있사옵니다. 왜군도 바닷길 지도를 갖고 있사오나 물살과 바람은 시시각각 변하옵니다. 이 세 가지 이유 때문에 조선 수군이 연전연승을 거두는 것이옵니다."

선조의 날카로운 질문이 이어졌다.

"하면 부산포로 진격하여 왜국에서 건너오는 장졸과 재물들을 차단할 수도 있겠구나."

권준이 이번에도 준비한 답을 했다.

"나아가 공격하기는 물러나 지키는 것보다 열 배나 힘이 드옵니다. 조선 수군이 부산포로 진격하면 왜 수군으로서는 안방에서 편안히 적을 맞이하는 것과 다를 바 없사옵니다. 또한 왜 수군의 급습을 막는 바닷길도 노출될 가능성이 크옵니다. 현재 전선을 유지하는 것이 낫다고 사료되옵니다."

선조가 말머리를 돌렸다.

"순천 부사! 그대는 문과에 급제했더군."

"그러하옵니다."

"무과 출신들과 함께 지내기가 쉽지는 않을 텐데……. 게다가 그대는 전라 좌수사가 불행한 일을 당했을 때는 전라 좌수영의 여러 장수들을 거느려야 하는 위치에 있지 않은가?"

"그러하옵니다. 하나 전라 좌수사가 불행한 일을 당하는 경우는 없을 것이옵니다."

"왜 그러한가? 전쟁터에서 장수가 목숨을 잃는 것은 흔한 일이다. 소문처럼 전라 좌수사 이순신이 물러나 지키기에만 급급하기 때문인가? 전투가 벌어져도 최후방에 머물며 쓸데없이 나각만 불기 때문인가?"

권준의 목소리가 조금 커졌다.

"전하! 밝게 살피시오소서. 물러나 지키기만 급급하고 최후방에만 머무는 장수는 연전연승을 거둘 수 없사옵니다. 육지와 바다에서 전라 좌수사만큼 승전을 거듭하는 장수는 없사옵니다."

침묵이 흘렀다. 선조의 시선이 임천수에게 향했다.

"임천수라고 하였느냐?"

"그러하옵니다. 전하!"

임천수 이마가 바닥에 닿았다. 솟아나온 등이 더욱 볼록하였다.

"선단이 네 것이라고 들었느니라. 배에 가득 실은 의복과 곡물도 대부분 네가 구하였다는데, 사실인가?"

"그러하옵니다."

"그 많은 의복과 곡물을 대체 어디서 구하였단 말이냐?"

"의주로 몽진한 조정에 바칠 물품이라 하였더니 전라도를 중심으로 경상 우도와 충청도의 장사치들이 물건을 내주었나이다."

임천수가 입에 발린 거짓말을 해 댔다. 사실은 홍정하는 값의 두 배를 주고 사들인 것이다. 선조도 이미 임천수의 거짓말을 읽고 있었다.

"무엄하구나. 감히 과인을 능멸함인가."

임천수가 고양이 앞의 생쥐처럼 온몸을 부들부들 떨었다. 당장 끌고 나가 목을 벤다 한들 말릴 사람이 없었다. 갑자기 옥음이 누그러졌다.

"전라 좌수사 이순신과는 어떤 인연이 있느냐? 듣자 하니 저 많은 의복과 곡물 값을 받지 않겠다고 했다지? 선단을 이끌고 전라도에서 여기까지 올라온 값도 필요 없다 했고? 이순신이 네게 큰 은혜를 베풀기라도 한 것이냐? 생명의 은인이라도 되느냐 이 말이다."

임천수가 담담하게 말했다.

"전쟁이 일어나기 전에는 전라 좌수사 이순신을 만난 적이 없사옵니다. 만난 적이 없사오니 은혜를 입은 적도 없사옵니다."

"하면 왜 스스로 이순신을 찾아가서 이 일을 돈 한 푼 받지 않고 맡겠다고 하였느냐?"

임천수가 잠시 입을 닫은 채 뜸을 들였다. 선조가 다시 하문했다.

"바른 대로 고하지 못할까? 정녕 목이 달아나고 싶은 게야?"

"바른 대로 고하면…… 이놈 목숨을 살려 주실 것이옵니까?"

선조가 시선을 권준에게 돌렸다가 임천수를 내려보았다.

"그렇다. 바른 대로만 고하면 살려 주마."

임천수가 떨리는 음성으로 답을 올렸다.

"더 큰 것을 얻기 위해서이옵니다."

"더 큰 것이라고 했느냐? 그것이 무엇이냐?"

"선단을 이끌고 대국으로 건너가 장사를 하고 싶사옵니다. 이를 위해서는 전하께서 윤허하셔야만 한다 들었사옵니다."

"대국이나 여진, 왜와 사사롭게 장사를 하는 것은 국법으로 금하고 있느니라. 과인에게 지금 국법을 어기라는 것인가?"

"그것이 아니옵니다. 사사롭게 하는 장사는 국법으로 금하고 있사오나 나라에서 특별히 당화(唐貨, 중국의 물건)를 사들이는 일은 가능하다 들었사옵니다. 왜인들에 의해 세상이 어지러운 바로 지금이야말로 특별히 중요한 일이 많을 때라 보옵니다. 당장 지금이 아니라 하더라도 전하께 대국 물건이 필요하실 때에 이놈을 불러 주시오소서. 목숨을 걸고 대국으로 나아가서 원하시는 것들을 모두 구해 바치겠나이다."

선조가 흥미로운 듯 양손을 모으고 물었다.

"이순신에게 했듯이 과인에게도 돈 한 푼 받지 않고 그리하겠단 말이지?"

"그러하옵니다."

"그 까닭이 무엇이냐?"

"……"

임천수는 답을 못하고 바닥에서 이마를 뗐다.

"더 더 큰 것을 얻기 위함이냐? 임천수! 네가 얻고 싶은 게 대체 무엇이건대 저 많은 의복과 곡물도 그냥 나르고, 또 대국에서 비싼 물건을 사들이는 것도 그냥 하겠다는 것이냐?"

임천수가 이마로 바닥을 찧으며 외쳤다.

"전하! 이놈을 죽여 주시오소서. 이놈은 한낱 돈밖에 모르는 장사치이옵니다."

"장사를 위해 이런 손해를 감수한다 이 말이렷다."

"그, 그러하옵니다."

"대단한 놈이로고. 욕심이 얼마나 크기에, 얼마나 큰 돈을 벌려 하기에 이리한단 말인가. 베포가 큰 객주들 풍문은 들어 왔으나 너 같은 놈은 처음이구나. 과인이 어찌 네 마음을 모르겠느냐? 이순신을 통해 하삼도에서 편히 장사를 하고 또 과인의 허락을 받아 대국과 장삿길을 트려는 것이 아닌가?"

"죽여 주시오소서."

잠시 침묵이 흘렀다. 선조는 이 흉측한 꼽추의 솔직한 대답이
마음에 들었다. 돈을 벌기 위해서라면 수단과 방법을 가리지 않
는 것. 이것이야말로 장사꾼의 가장 순수한 바람이 아니던가.

"대국을 나고들 수 있도록 윤허하면 과인을 위해 무슨 짓이라
도 하겠는가?"

달라진 물음에 임천수와 권준은 서로 얼굴을 쳐다보며 아무 말
도 못하였다.

"과인의 명을 목숨을 걸고 따르겠느냐고 물었다."

"하명하시오소서."

짧은 침묵이 지나갔다.

"알겠다. 하면 나중에 따로 명을 내리겠노라. 당장 내일부터라
도 임천수와 그 선단이 압록강을 건너가거나 황해를 지나는 데
불편이 없도록 하겠노라."

"성은이 망극하옵니다."

권준과 임천수가 탑전을 물러났다. 두 사람은 나란히 선창으로
걸었다. 몽진 행렬을 따라서 의주까지 온 피란민들이 길거리에
삼삼오오 모여 있었다. 여름은 대충 지난다 해도 가을로 접어들
고 서리가 내리기 시작하면 길거리 잠도 힘들어질 것이다. 겨울까
지 전황이 바뀌지 않으면 많은 이들이 굶어 죽고 얼어 죽으리라.

권준이 지나치듯 물었다.

"하나만 묻지. 왜 좌수사와 예전부터 아는 사이라고 말하지 않

았는가?"

임천수가 찢어진 눈초리로 웃음을 흘리며 답했다.

"그 악연을 말씀 올리면 좌수사께도 손해고 소인 놈에게도 손해입죠. 둘 중 한 사람만 미움을 받아도 나머지 한 사람 목숨이 위태로울 테니까요. 소인 놈은 좌수사로 인해 벌어 놓은 돈을 잃고 싶지 않습니다요. 목숨도 마찬가지곱쇼. 좌수사도 소인 놈 때문에 위태로워질 이유가 없겠습죠."

"하나 전하께서 자네 말을 믿으실 리가 없지 않나? 처음 보는 사이에 이렇게 막중한 일을 맡길 만큼 좌수사가 경솔한 사람이 아니란 걸 전하께서도 아시네."

"물론 아실 것입죠. 하나 전하께서 미루어 짐작하여 아시는 것하고 소인 놈이 확인시켜 드리는 건 전혀 다릅니다요. 장사를 배우면서 알게 된 철칙이 하나 있습니다요. 감히 말씀드리자면 누구와 누구를 엮는 물음엔 무조건 아니라고 해야 한다는 것입죠. 사람은 결국 혼자가 아니겠습니까요?"

"평범한 장사꾼이 아니란 건 알았네만 오늘 보니 참으로 대단하더군. 대국까지 넘볼 줄은 몰랐으이. 더군다나 이 난리통에 말일세. 제 목숨 하나 건사하기도 빠듯한데 자넨 큰 꿈을 지녔더구면."

"세상이 어지러워지면 꿈을 펴기 위해 나서는 이들이 있기 마련입니다. 소인 놈이 품은 꿈이야 그중에서도 가장 작은 것입죠. 오히려 소인 놈은 좌수사께서 지니신 꿈이 궁금합니다요."

권준이 깜짝 놀라는 표정을 지으며 물었다.

"좌수사께서 지닌 꿈이라니? 그게 무슨 소리인가?"

"좌수사께서 그냥 좌수사로 만족하시리라 보십니까? 지금은 경상 우수사나 전라 우수사와 동렬에 있으나 틀림없이 그들보다 더 높이 올라가려 하실 겁니다."

"무슨 말을 하는지 모르겠네. 조선에서 수군 벼슬로는 수사가 가장 높은 자리일세. 그 이상 가는 자리는 없어. 경상 좌우, 전라 좌우, 충청으로 수사들을 나누고 그 벼슬을 똑같이 부여하며 한 자리에 오래 있지 못하게 하는 것은 한 장수에게 장졸과 무기가 집중되는 것을 막기 위함일세."

임천수가 갑자기 제자리에 서서 콜록콜록 기침을 하고 가래침을 뱉으려다 삼킨 후 답했다.

"그거야 나라가 평화로울 때 일입죠. 하나 지금은 나라와 나라 사이에 전쟁을 벌이고 있습니다요. 물론 탑전에서 말씀 올린 대로 지금까지는 조선 수군이 여러모로 유리한 형편에 있어 왜 수군을 섬멸하였지만, 언제까지 세 장수를 모신 채 잘 되어 가리라고 보십니까요? 군사를 이끄는 우두머리는 하나일 수밖에 없습죠. 그게 도적 떼든 나라 군대든 마찬가집니다. 세 장수가 있으면 쟁공을 하여 그중 한 명이 주장이 되어 나머지 둘을 이끌지 않겠습니까요? 좌수사께서도 물론 그런 앞일은 내다보고 계실 터이지요. 소인 놈 추측이 틀렸습니까요?"

"어허, 너무 목소리가 크군."

권준이 고개를 돌려 미행이 없음을 확인한 후 말을 이었다.

"그 정도야 장수라면 누구라도 생각할 만한 게 아닌가? 하나 앞서도 말했지만 조선 수군에서 으뜸 장수가 되는 일에는 그 후에 더 큰 문제가 도사리고 있다네. 좌수사께서 선뜻 그 자리를 취하시리라고는 보지 않으이."

"아닙니다요. 좌수사께서는 아무리 위태롭다 하여도 일단 으뜸 장수가 되고 보실 겁니다요."

"그 이유가 무엇인가?"

"모르고 물으시는 건 아니죠? 권 부사께서는 좌수영의 제갈공명이 아니십니까."

"제갈공명은 무슨! 어서 계속하게."

"소인 놈의 짧은 생각은 이렇습죠. 원 수사께서는 구태여 그런 자리를 만들어 올라갈 이유가 없습니다요. 지금도 얼마든지 좌충우돌하며 주장을 자처하고 계시니까요. 또 전라 우수사께서는 그런 자리에 나아가기엔 아직 부족하다 느끼실 겁니다요. 나이도 그렇고 병법에 대한 지식도 그렇고, 나머지 두 수사를 따르며 이것저것 배우는 단계가 아니겠습니까. 하나 전라 좌수사께서는 전라 우수사처럼 원 수사를 무조건 따를 연배도 아니시고, 군선도 가장 많이 지니고 계십죠. 하나 왠지 원 수사에 비해 장졸들 신망도 옅고 지나치게 신중하단 비판까지 듣습죠. 높은 경륜을 펴려 하여도 손놀림 발놀림이 자유롭지 못한 상황이란 말씀입니다. 세 장수가 이러하니 그중 누가 그 일을 가장 절박하게 생각하시겠습니까? 소인 놈은 전라 좌수사께 걸겠습니다만……."

"정확한 지적일세. 나도 그리 생각한다네."

권준이 처음으로 임천수 주장에 동의하고 나섰다. 임천수가 신이 난 듯 굽은 등을 흔들며 이야기를 이었다.

"제대로 장사를 하려면 대국 사정을 알아야 합죠. 소인 놈에게
는 참으로 좋은 기회입니다요. 또 누가 아나요. 소인 놈이 잘되
면 전라 좌수사가 꾸시는 꿈을 좀 더 빨리 이루게 도와드릴 수
있을지. 혹은 그 꿈보다 더 큰 꿈을 꾸실 수 있도록 도울 수도
있습죠."

"더 큰 꿈? 수군의 으뜸 장수가 되는 것보다 더 큰 꿈을 말하
는 것인가? 닥치게. 도대체 자넨 못하는 소리가 없구먼."

임천수가 마지막으로 토를 달았다.

"헤헤헤! 꿈이야 혼자 꾸는 것이니 크면 클수록 좋지 않습니까
요? 누가 뭐라는 사람도 없는데 괜히 화를 내십니다. 그만 하라
시니 그만 합지요. 하나 소인 놈 말이 맞을 겁니다요. 전라 좌수
사께서 직접 꾸시지 않으면, 주위 장수들이 대신 꾸어 드릴 수도
있는 꿈입죠."

칠월 중순, 요동 부총병 조승훈이 이끄는 명나라 기병 4,000명이 평양성을 공격하다가 완패한 후로는 백성들 얼굴에 수심이 가득했다. 사정무적(四征無敵, 사방을 정벌해도 대적할 자가 없음)이라는 명나라 원군이 와도 평양을 탈환하지 못했으니 따뜻한 남쪽 고향으로 돌아갈 가능성이 없는 것이다. 더구나 패장 조승훈이 명나라 조정에 올린 장계 내용이 알려지면서 백성들은 승전에 대한 기대를 아예 거두었다. 조승훈은 명나라 기병이 진 것은 조선군과 왜군이 내통했기 때문이라고 억지를 부렸다.

돌림병 환자도 급증했다. 강원도와 함경도에 퍼졌던 돌림병이 건들바람을 타고 평안도로 밀어닥쳤던 것이다.

풍원 부원군 류성룡은 벌써 한 달이 넘게 안주(安州)에 머무르고 있었다. 명나라 원군에게 필요한 군량미를 모으는 책임을 맡은 것이다. 방을 붙이고 군사들을 동원해서 백성들을 설득한 결과 없는 중에도 꽤 많은 곡물을 모을 수 있었다.

그러나 정작 조승훈이 돌아간 후로 명나라 원군이 온다는 소식은 들리지 않았다. 그 대신 조정이 곧 요동으로 들어간다는 소문이 돌기 시작했다. 류성룡은 며칠째 서안 앞에 앉은 채 밤을 지새웠다.

'오음(梧陰, 윤두수의 호), 그대만 믿겠소.'

좌의정 윤두수의 죽 찢어진 눈매를 떠올렸다.

류성룡보다 열 살이나 연상인 윤두수는 타고난 체력과 담력을 바탕으로 흔들리는 조정 중론을 이끌고 있었다. 의주까지 물러난 선조 마음을 돌려 내부를 막은 데는 윤두수 공이 컸다.

류성룡은 눈을 지그시 감고 젊은 날의 윤두수를 그려 보았다. 그를 알고 지낸 지도 벌써 삼십 년이 넘었다. 청년 윤두수는 학봉 김성일보다도 더 거침없이 직언을 쏟는 강직한 신하였고, 마음먹은 일은 반드시 이루고야 마는 의지의 소유자였다. 그 성품이 때로는 화를 불러 여러 차례 유배를 당했지만, 좌절하거나 실망하지 않고 오뚝이처럼 일어섰다.

퇴계와 율곡이 세상을 떠난 후 류성룡과 윤두수는 각각 동인과 서인의 중심이 되었다. 십여 년이 넘도록 정적으로 지내 온 것이다. 그들은 끊임없이 서로 의식했고 때로는 상대 얼굴에 상처를 입히기도 했다. 윤두수의 목청이 올라가면 류성룡의 발걸음이 기민해졌고, 류성룡의 문장이 빛을 발하면 윤두수의 호방함이 조정을 뒤흔들었다.

작년까지만 해도 두 사람의 대결은 류성룡의 일방적인 승리로 끝나는 듯했다. 건저 문제에 연루되어 정철, 윤근수와 함께 귀양을 떠난 윤두수는 유배지인 회령에서 가슴앓이를 심하게 했다. 류성룡이 회령으로 약첩을 지어 보낸 것은 평생 숙적에 대한 마지막 예우였다.

그러나 윤두수는 거뜬히 병을 이겨 냈을 뿐만 아니라 왜군이 충주를 지나치자마자 천점(天點, 왕의 낙점)을 받고 화려하게 조정으로 복귀했다. 상황은 순식간에 반전되어 영의정까지 올랐던 류성룡은 면직되었고 윤두수는 단숨에 좌의정이 되어 조정을 손아귀에 틀어쥐었다. 의주까지 몽진 길을 안에서 지휘한 것도 윤두수였다. 류성룡은 아무 관직도 받지 못한 채 몽진 대열에 끼었다.

그러나 삶의 초라함과 비참함을 맛보기 직전, 윤두수는 뜻밖에도 류성룡을 다시 조정으로 부르도록 임금을 설득했다. 류성룡을 내치자는 동생 윤근수를 윤두수는 이렇게 꾸짖었다고 한다.

"조선이 온전하게 나라 꼴을 갖추어야 동인도 있고 서인도 있는 법이다. 이 나라엔 서애만 한 인물도 드물다. 죽은 정승이 산 개만 못하다는 말이 있지만, 서애를 버리는 것은 군사 만 명을 잃는 것이야."

지난 시절 보내 준 약첩에 대한 보답만은 아니었다. 윤두수는 파당보다 나라 안위를 먼저 걱정하는 몇 안 되는 대신이었다. 그 후로 류성룡은 비변사 회의에도 참가하고 어전에서 의견을 개진할 기회도 얻었다.

두 사람이 마음을 합친 것은 바로 선조가 평양을 버리고 의주로 가겠노라고 공언한 순간이었다. 윤두수는 누구보다도 먼저 평양 사수를 천명하였고, 화살은 류성룡에게 날아들었다. 동인들은 당연히 류성룡이 의주로 후퇴하자는 뜻을 피력하리라고 여겼다. 그러나 류성룡은 윤두수 손을 들어 주었다.

"평양이 밀리면 의주라고 해서 안전하겠사옵니까? 요동으로 들어가시면 이 나라 전체를 잃는 것이옵니다. 어떻게든지 평양을 지킬 수 있도록 힘을 모을 때라고 사료되옵니다. 서둘러 의주행을 결정하지는 마시옵소서."

그때 류성룡은 윤두수 입가로 흐르는 미소를 보았다. 류성룡 역시 그를 향해 가볍게 웃어 주었다.

대동강을 넘어 왜군이 밀어닥쳤을 때 류성룡에게 파발마를 구해 준 이도 윤두수였다. 윤두수는 탄환이 빗발치는 전장에서도 침착함을 잃지 않았다. 류성룡은 성을 빠져나가지 않겠노라고, 후퇴하더라도 좌의정 대감과 함께 가겠노라고 버텼다.

"서애 마음을 내 어찌 모르겠소? 하나 지금은 이곳의 패배를 수습하는 것보다 의주에 있는 조정 대신들이 압록강을 건너지 못하도록 막는 것이 더 급하오. 서애, 그대가 이 일을 맡아 주구려. 내 믿고서 그대를 보내는 것이오."

"적이 파죽지세로 몰려오고 있소이다. 함께 가십시다."

윤두수는 찢어진 실눈이 보이지 않을 만큼 소리내어 웃었다.

"허허허, 내가 그리 쉽게 죽을 사람으로 보이오? 죽을 팔자였다면 서애가 보낸 약첩을 먹기도 전에 북망산을 올랐겠지. 아무 걱정 말고 의주에 가서 술상이나 차려 놓고 기다리시오. 내 곧 뒤따라갈 터이니."

윤두수는 그 약속을 어김없이 지켰다. 류성룡이 박천에서 조정
에 합류한 지 나흘 만인 유월 십구일, 윤두수는 무사히 선천 근
처 거련관(車輦館)에 이르렀다. 두 사람은 함께 탑전에 나아가 요
동으로 가려는 선조를 회유하기 시작했다. 천충(天衷, 왕의 속마음)
은 벌써 요동 벌판을 달리고 있었다. 윤두수의 뚝심이 힘을 발휘
했다.

"선천과 용천을 지나서 의주에 잠시 머물렀다가 압록강을 건너
는 것이 전하의 계획이시옵니까?"

"그렇다."

성음은 냉랭하기 그지없었다.

"전하께서 그런 뜻을 굳히신 것은 평양을 왜적에게 빼앗겼기
때문이 아니옵니까? 하면 우선 요동에 들어가기 전에 패전 책임
을 묻는 것이 순서일 것이옵니다."

"패전 책임을 묻는다?"

선조의 반문에 윤두수는 기다렸다는 듯이 대답했다.

"그러하옵니다. 우선 신 윤두수와 풍원 부원군 류성룡의 목을
치시옵소서. 죄인들 수급을 압록강가에 내걸어 왕실의 위엄을 보
인 후에 강을 건너가시옵소서."

류성룡 눈이 커지는 것과 동시에 선조가 주먹으로 용상을 내리
쳤다.

"지금 과인을 협박하는 것인가? 그러고도 살기를 원하는가?"

윤두수는 고개를 똑바로 들고 거침없이 아뢰었다.

"전하께서 압록강을 건너시는 것을 보느니 차라리 죽음을 택하겠나이다. 속히 신들 목을 치시옵소서."

"과인을 걸주 같은 폭군으로 만들고 그대들만 충신 소리를 듣겠다는 것인가? 부원군 생각도 좌의정과 같은가?"

선조의 추상 같은 물음에 류성룡은 반사적으로 몸을 움츠렸다. 선조는 윤두수와 류성룡을 갈라 놓은 후 윤두수 죄를 물을 작정이었다. 눈치 빠른 류성룡이 선조 마음을 모를 리 없었다. 윤두수가 관직에서 물러나기라도 하면 선조는 당장 압록강을 건널 것이고, 그러면 모든 일이 돌이킬 수 없게 된다. 류성룡은 힐끗 옆에 앉은 윤두수를 살폈다. 윤두수는 실눈을 감고 류성룡이 답하기를 기다리고 있었다.

"그러하옵니다. 예(禮), 의(義), 염(廉), 치(恥)는 나라의 사유(四維)이니, 사유가 베풀어지지 않으면 나라를 다스림이 어디에서 말미암겠나이까? 내부하는 것은 사유에 합당하지 않사옵니다."

당장 불호령을 내리기 위해 눈을 부릅떴던 선조가 끄응 신음을 뱉으며 허리를 뒤로 조금 젖혔다. 류성룡이 윤두수 편을 들 줄은 꿈에도 예상하지 못했던 것이다. 선조는 얼굴이 차츰 붉으락푸르락해졌다.

'이 자리에 들기 전에 이미 입을 맞춘 것이 분명하다. 그러고도 내 의향을 떠보다니, 괘씸한 일이다. 군왕을 기만하는 게 아니고 무엇이랴!'

"좌상!"

"예, 전하."

"풍원 부원군."

"예."

"그대들이 언제부터 지음(知音, 서로를 잘 아는 친구)이 되었는가? 웅창자화(雄唱雌和, 새의 암컷과 수컷이 서로 사이좋게 노래한다는 의미로, 여기서는 일하는 데 서로 손발이 잘 맞음을 비유한 말)가 따로 없구나. 그대들 두 사람은 조선 팔도에 소문난 앙숙이 아니었는가? 그런데 이제 와서 힘을 합쳐 과인 뜻을 거역하겠다? 과인이 의주에 있으면 전쟁에서 승리하고 과인이 요동으로 들어가면 전쟁에서 패한다는 것은 곧 전쟁의 승패가 과인에게 달려 있다는 뜻이 아닌가? 되풀이해 새기자면 이 전쟁은 과인이 책임져야 한다는 의미이다. 그대 둘은 도의를 위해 목숨을 내어놓는 척하면서 과인에게 패전 책임을 돌리고 있다. 과인이 양위하기를 바라는가? 내부하려면 분조의 동궁에게 모든 권한을 넘기고 가라는 뜻인가? 좋다. 오늘이라도 당장 동궁에게 왕위를 넘기도록 하겠다."

윤두수가 황급히 선조 말을 끊었다.

"전하, 양위를 논한 것이 아니옵니다. 무릇 자식은 제 아비 옆구리에도 미치지 못하는 법이옵니다. 동궁께서 아무리 총명한들 어찌 전하께 미치겠사옵니까. 전하께서 양위하신다면 신들도 관직에서 물러나 초야에 묻힐 것이옵니다."

"좌상! 또 그런 식으로 과인 말을 비트는구나. 송강도 그렇고 좌상도 그렇고, 그대가 이끄는 서인들은 하나같이 고지식하기가 만년설과 같다. 때로는 흐르거나 맴돌 줄도 알아야 하건만 언제나 홀로 옳고 홀로 고상한 척은 다 하니 원착방예(圓鑿方枘, 둥근

구멍에 모난 촉꽂이. 사물이 서로 잘 맞지 않는 일을 뜻함.)란 소릴 듣는
게다. 좌상! 풍원 부원군이나 대제학 이덕형을 본받도록 하라.
그래 가지고서야 어디 명나라 원군을 제대로 맞을 수 있겠는가?"

드디어 선조는 요동으로 들어가는 것을 잠시 유보하기로 어심
을 돌렸다.

"왜군이 영변까지 올라오면 그땐 지체 없이 압록강을 건너겠다."

"압록강을 건너시면 아니 되옵니다."

윤두수가 또다시 반대하고 나섰다.

"영변에서 의주는 지척이다. 앉아서 죽으란 소린가?"

"아니옵니다. 영변까지 왜적이 올라오면 그땐 군선을 타고 전
라도로 내려가셔야 하옵니다. 원균과 이순신이 해로를 완전히 장
악했사오니 아무런 어려움 없이 전라도에 닿을 수 있을 것이옵
니다."

류성룡은 가슴이 뜨끔했다. 그가 이순신으로부터 수군의 움직
임을 은밀히 전해 듣는 것처럼, 윤두수도 원균과 연통을 취하고
있음이 분명했다. 그러니까 전라도가 안전하다고 장담하며 바닷
길로 내려갈 것을 주청하는 것이다.

"수군의 승전보는 이미 전해 들었다. 하나 원균과 이순신의 반
목이 심하지 않은가? 그런 장수들을 믿고 전라도로 내려갈 수는
없다."

류성룡은 다시금 놀랐다. 그와 윤두수처럼 선조 역시 수군 동
태를 자세히 알고 있었다. 비밀스럽게 사람을 풀어 수군을 감찰
하고 있는 것이 분명했다. 원균과 이순신의 반목을 알 정도라면

보통 연통망이 아니다. 이런 상황에서 전라도행을 고집하는 것은 선조가 파 놓은 덫에 걸리는 것이다.

"영변까지 왜적이 올라오면 전하 뜻대로 하시옵소서. 신은 끝까지 전하를 따르겠나이다."

회의는 그 정도에서 끝이 났다. 윤두수는 류성룡의 마지막 발언이 못내 섭섭한 듯 눈을 흘겼다. 그러나 일단 내부를 막은 것은 큰 수확이라고 여겼던지 류성룡에게 인사를 건넸다.

"고맙소."

"고마운 건 오히려 접니다. 좌상의 용기에 탄복했소이다."

"앞으로도 서로 힘을 합치도록 합시다."

"이르다뿐입니까."

그러나 그 후로 두 사람이 뜻을 맞출 기회는 주어지지 않았다. 윤두수는 의주에서 임금을 호종했고 류성룡은 어명을 받들어 평안도와 함경도 일대를 돌면서 군량미를 모았다. 안주는 평양에서 의주로 가는 길목에 있기에 물물교환이 성행하여 곡물을 구하기 쉬웠다.

'오늘따라 윤두수가 못내 그립구나. 그와 나는 왜 동서로 나뉘어 아등바등 다퉜을까. 그의 용기에 내 균형 감각을 합쳤더라면 이렇게 맥없이 왜군에게 한양을 내주지는 않았으리라. 전하 말씀대로 지금부터 그와 나는 지음이 될 것인가. 전쟁이 끝나고 우리가 다시 한양으로 돌아가도 그가 내게, 내가 그에게 힘이 될 수 있을까. 어려울 것이다. 세상일이란 게 어디 원하는 대로 된다더냐. 그가 머무는 자리와 내가 서 있는 곳은 참으로 가까우면서도

멀다. 결국 우리는 어려울 때 잠시 만났다가 또다시 헤어져 각자
제 길을 걸어가리라.'

"대감, 주무시옵니까?"

환청인가. 류성룡은 눈을 비비며 문 밖으로 귀를 기울였다. 인
기척이 있었다.

"소인 용주이옵니다."

전라 좌수영에 갔던 류용주가 보름 만에 돌아온 것이다. 한 달
은 족히 걸릴 줄 알았는데 의외로 빠른 귀환이다.

"들어오게."

류용주가 앞장을 서고 삿갓을 눌러쓴 사내가 그 뒤를 따랐다.
두 사람은 나란히 류성룡에게 큰절을 했다.

"좌수사 막하에 있는 군졸이옵니다. 이곳 사정을 살피라는 좌
수사 명을 받고 함께 왔습죠."

류성룡은 삿갓을 벗은 사내 얼굴을 살폈다. 강한 눈빛과 두툼
한 입술이 인상적이다.

"날발이라 하옵니다."

"잘 왔네. 좌수사는 안녕하신가?"

"연전연승의 기운이 넘치십니다."

날발은 말조심을 했다. 류성룡은 고개를 끄덕이며 류용주에게
시선을 옮겼다. 류용주가 품속에서 이순신이 보낸 서찰을 꺼냈

다. 류성룡은 서찰을 펼쳐 양 손바닥 위에 올리고 천천히 읽어 내려갔다.

전세가 위급하여 글을 올리지 못했습니다. 대감께서 먼저 소식을 주시니 송구합니다. 원 수사와 저의 불화가 의주까지 알려졌다니 부끄럽기 이를 데 없습니다. 모든 것이 제가 부족한 탓입니다. 나무 한 그루로는 큰 집을 지을 수 없고 한 사람 힘만으로는 태평성대를 이룰 수 없다는 말씀 깊이 새기겠습니다.

모든 일을 덕과 예로써 이끄는 것이 군자의 대공지정(大公至正, 지극히 공정함)한 도리인 줄 압니다만, 나라의 위기가 간담을 태우는 오늘 제 엷은 덕으로 큰 일을 감당하기 힘이 듭니다. 염려하신 바와 같이 우리 연합 함대는 세 수사가 서로 합력한다면 좋으나, 혹 서로 견제한다 하더라도 어쩔 수 없는 상태입니다. 만약 적들이 우리 수군의 수뇌부를 이간하려고 모략한다면 크게 위험한 일입니다. 하나 누가 주장이 되어 이끌 것인가는 이곳에서 결정할 수 없습니다. 모쪼록 조정에서 이런 위험을 세밀히 살펴 주시기를 바랄 뿐입니다.

아울러 이번에 다행히 도움을 얻어 우선 쌀 500섬을 보냅니다. 왕실과 조정 중신들이 끼니를 거르는 일이 있어서는 안 될 일입니다. 힘껏 애써 가능한 대로 좀 더 많은 곡물을 모아 다시 보내도록 하겠습니다.

명나라 원군이 아직도 도착하지 않았다고 하니 답답할 따름입니다. 어찌 그 추운 안주 땅에서 겨울을 나실는지요. 인편에 솜옷과 솜이불을 보냅니다.

분조에서는 수군을 치하하는 서찰이 끊이질 않습니다. 세자 저하께서 삼남 백성들에게 버팀목이 되고 계십니다. 명나라 원군이 오고 의병이 일어나고 조선 수군이 이기기를 계속한다면, 새봄이 오기 전에 전세를 역전시킬 수 있을 것입니다.

대감.

호시절이 오면 대감을 모시고 좌수영 앞바다에서 뱃놀이를 즐기고 싶습니다. 아, 얼마나 깊고 푸른 바다입니까. 얼마나 순박한 백성입니까. 저들 손에 피를 묻히고 저들 가슴에 슬픔을 채우는 전쟁은 하루 빨리 끝나야 하겠습니다.

그럼 다시 서찰 올릴 때까지 내내 건강하십시오.

담백한 문장 속에 이순신의 고민이 담겨 있었다. 승전을 계속하고는 있으나 자중지란이 일어날 조짐이 보인다는 것이다. 어떤 군대든 내홍을 안고서는 승리할 수 없다.

'상황이 생각보다 나쁘구나.'

류성룡은 두려운 마음을 누르며 서찰을 접었다.

"며칠이나 머물려는가?"

날발 허리춤에 달린 뿔피리를 살피며 물었다.

"의복과 곡물을 실은 배가 의주에 닿았을 겁니다. 소인은 그 배에 동승하라는 군령을 받았습니다. 나흘 후에 다시 남하할 예정이니 모레까지 이곳에 머물게 하여 주십시오."

'여해가 저 군졸을 보낸 뜻은 사사로이 내 건강을 살피기 위함

인가. 고마운 일이로세.'

"좋도록 하게."

류용주와 날발이 공손히 절을 하고 물러갔다.

어느새 동녘이 훤히 밝았다.

세수를 하고 관복으로 갈아입었다. 의주를 출발한 유격 대장 심유경(沈惟敬) 일행이 도착할 시각이었다. 심유경은 유월 이십구 일에도 명나라의 병부 상서 석성(石星)의 밀사를 자처하여 압록강을 건너온 적이 있었다. 그때 그는 조선과 명나라는 이와 잇몸의 관계에 있으므로 곧 대군을 보내겠다며 큰소리를 쳤다. 그러나 아직까지 그 약속은 지켜지지 않았다.

심유경은 평양에 가서 고니시와 담판을 짓겠다면서 나흘 전 압록강을 건너 왔다. 의주에서 평양까지 각 고을 수령들에게 심유경을 극진히 모시라는 어명이 내렸다. 안주는 심유경이 거쳐 갈 첫 고을이었다. 예정대로라면 어제 저녁 심유경 일행이 안주에 도착했어야 했다. 그러나 산천 구경, 술 구경, 계집 구경에 넋을 잃은 심유경은 장승걸음이 느리기 그지없었다.

동헌 앞마당을 서성이며 심유경이 도착하기를 기다리는 류성룡은 마음이 편치 못했다. 영의정까지 지낸 신분으로 일개 유격 대장을 밤새 기다린 것이다.

'하나 어쩌랴. 심유경이 입 하나 잘못 놀리는 날에는 명나라의 원군이 오던 길을 돌이킬지도 모른다. 조승훈의 거짓 장계 때문에 얼마나 곤욕을 치렀던가.'

어떤 수모라도 참겠다고 다짐했다. 체면보다 나라를 구하는 것이 우선이었다. 심유경을 잘 구슬리면 명나라 조정 분위기도 알아낼 수 있을 터였다.

동헌 대청마루에는 잔칫상을 차리는 아낙네들 손길이 분주했다. 곱게 몸단장을 한 관기들도 귀한 손님을 모시기 위해 서둘러 모였다.

"어허, 이게 다 뭡니까? 백성들이 굶주려 죽어 가는데 잔칫상이라! 그래도 그렇지, 청렴하기로 소문난 서애 대감께서 이런 짓을 하시다니요? 어렵쇼. 관기에다 악사까지 부르셨네. 대감! 정신이 어찌 되신 게 아닙니까?"

눈귀를 비비며 동헌으로 들어서던 석봉 한호가 기가 막히다는 표정으로 혀를 차 댔다. 누가 보더라도 한호와 같은 마음일 것이다. 류성룡은 그 비난을 무시하고 한호의 손에 들린 종이를 빼앗듯이 잡아 펼쳤다. 힘이 넘치는 행서(行書)가 눈앞에 불쑥 다가섰다.

不戰而屈人之兵 善之善者也

한호가 고개를 갸우뚱하며 물었다.

"시키는 대로 쓰기는 썼습니다만, 대체 이 글을 누구한테 주실 작정이십니까? 싸우지 않고 적을 굴복시키는 것이 최선이다? 전쟁이 터진 마당에 이깟 글귀가 무슨 소용이 있겠습니까? 지나가는 개도 웃을 글입니다."

류성룡은 가타부타 말이 없었다. 군졸을 불러 정성을 다해 족자를 만들도록 시켰다.

"수고했네. 과연 웅문대필(雄文大筆, 뜻이 웅대하고 문장이 뛰어나면서 대단한 글씨체)이로세. 보상으로 탁주 세 방구리를 달라고 했던가? 방에 가서 기다리게. 내 곧 술과 안주를 보내 줌세. 마침 자네가 좋아하는 녹두 빈대떡을 했다더군."

한호는 궁금증을 풀지 못한 채 고개를 갸우뚱거리며 숙소로 돌아갔다.

술과 여자, 그리고 조선 제일 명필 한석봉의 글씨. 명나라 유격대장을 맞을 준비는 끝이 났다.

심유경 일행이 도착한 것은 오시가 훨씬 넘은 시각이었다. 쥐수염에 이마가 유난히 좁은 심유경은 어디서 벌써 낮술을 걸쳤는지 코끝이 불그스름했다. 류성룡은 정문 앞까지 나가서 정중히 손님을 영접했다.

"어서 오십시오. 풍원 부원군 류성룡입니다."

"아, 그대가 서애 대감이시오? 우리 조정에서도 대감 문장을 칭찬하는 대신들이 몇몇 있습디다. 구류(九流)를 두루 섭렵하셨다고 들었소만."

"과찬이십니다. 그저 들은 풍월이 잡다할 따름이지요. 자, 먼

길에 피로하실 터, 어서 안으로 드시지요."

심유경이 정문을 통과하자마자 풍악이 울렸다. 앞마당에 좌우로 벌여 서서 기다리던 십여 명의 관기들이 일제히 고개를 숙였다. 구절초 꽃잎처럼 희고 고운 살결이 돋보였다. 심유경은 얼굴에 금방 희색이 돌았다.

"무얼 이렇게나 많이 준비하셨소?"

"대국의 장군을 맞이하는 일이니 어찌 소홀히할 수 있겠습니까?"

"그런가요? 허허허."

관기들이 부어 주는 술을 마시며 심유경은 계속 웃음을 터뜨렸다. 의주에서보다도 더 융숭한 대접이었다. 류성룡은 분위기를 살피다가 한석봉의 글씨가 담긴 족자를 공손히 내밀었다.

"무엇입니까, 이것이?"

"한호라고 조선에서 첫손 꼽는 명필이 쓴 글씨입니다. 마음에 드실지 모르겠습니다."

"한호라면, 석봉 한호 말인가요? 그 사람 글씨가 왕희지에 버금간다는 소릴 듣긴 했소만 이렇게 직접 보게 될 줄은 몰랐소이다. 과연 천종지재(天縱之才, 하늘이 낸 재주)로다. 호랑이의 기세가 느껴지는군. 감사히 받겠소이다. 한데 이를 어쩌나……, 나는 서애 대감께 드릴 선물을 준비하지 못했는데."

"별말씀을 다 하십니다. 조선을 구하기 위해 찾아 주신 것만 해도 큰 은혜를 베푸시는 것입니다."

심유경이 술 한 잔을 쭉 들이켜며 잠시 뜸을 들였다. 공치사는 그쯤에서 접을 분위기였다.

"한데 이 글귀를 택한 이유는 무엇인가요?"

'됐어. 미끼를 물었다.'

류성룡은 속으로 쾌재를 불렀다. 심유경의 속내를 살피려고 『손자병법』에 나오는 낯익은 글귀를 선택했던 것이다.

"외람되게도 생각이 짧은 제가 장군의 마음을 미리 살핀 것입니다. 장군께서는 이 일을 도모하기 위해 압록강을 건넌 것이 아니신지요?"

"당치 않으신 말씀! 원군을 보내겠다는 명나라의 뜻은 확고하오이다."

"그렇다면 왜 서둘러 원군을 보내지 않는 것입니까? 귀국의 군사가 오지 않는 동안 보시다시피 조선 조정은 이렇게 의주까지 밀려났습니다. 원군을 보내지 못하는 피치 못할 사정이라도 있습니까?"

"천자의 군대를 어떻게 보고 그런 소리를 하시오? 조승훈의 기병이 패했다고 우리를 깔보는 겁니까? 요동 군사들만 압록강을 건너와도 왜군을 쓸어 버릴 수 있소이다. 내가 온 것은 바로 이러한 명명백백한 사실을 왜장에게 깨우쳐 주려는 것이오. 물러가지 않으면 죽음뿐이라는 걸 똑똑히 알릴 것이오."

심유경은 평양에서 왜장 고니시를 만나 후퇴를 종용할 작정인 듯했다.

"장군은 가도입명(假道入明)이란 말도 듣지 못했습니까? 왜군들은 애초에 명나라와 싸우기를 학수고대하며 바다를 건넜습니다.

조 부총병이 거느린 기병까지 물리쳐 그 기세가 하늘을 찌를 듯한데 장군의 말 몇 마디에 군사를 물리겠습니까? 왜군은 대명군을 이끌고 와야지만 겁을 먹고 후퇴할 것입니다."

심유경은 류성룡 질문에 짜증을 냈다. 의주에서는 임금과 대신들이 모두 머리를 조아리며 비위를 맞추었는데, 류성룡은 은근히 자존심을 긁었다. 진수성찬에 한석봉 글씨까지 준비하여 예의를 갖춘 류성룡은 만만히 볼 상대가 아니었다.

"걱정 마시오. 내 말 한마디면 천정(天庭, 중국)의 백만 대군이 즉시 압록강을 건널 것이오. 대국의 위엄으로 가르쳐 보고 그래도 안 되면 힘으로 다스리겠소."

"저들이 조선에 상륙한 것 자체가 이미 도의를 무시한 것이지요. 저들은 조선을 삼킨 후에 귀국으로 쳐들어갈 생각뿐입니다. 낭패를 겪기 전에 시급히 막아야만 합니다. 이것은 조선과 왜 사이만의 문제가 아니라 귀국과 왜의 문제이기도 하오이다. 원군을 보낼 수도 있고 아니 보낼 수도 있는 문제가 아니란 뜻입니다."

"어허! 왜 이렇게 보채시오? 그렇게 사정에 밝은 분이 왜의 침략을 막지 못한 이유가 무엇인지 궁금합니다그려."

심유경은 류성룡 가슴에 비수를 꽂았다.

'천하의 일을 손바닥 보듯 한다면 왜의 침입을 못 막는 까닭은 무엇이냐. 아무리 약은 체를 해도 결국 너희 조선은 지금 우리에게 구걸하고 있다. 군사들을 빌려 달라고 떼를 쓰고 있는 것이다. 제 나라 땅덩어리를 9할이나 잃은 자들이 무슨 할 말이 있는가. 우리가 군사를 보내든 말든, 우리가 왜장을 만나든 말든 그

것은 전적으로 우리 명나라가 결정할 문제이다. 조선을 쉽게 구해 줄 수는 없다. 궁지에 몰리면 몰릴수록 너희 조선은 우리에게 목을 맬 것이고 그때 가서 몇 가지 조건을 내걸면서 천천히 군사들을 움직이면 된다. 그래야지만 원군이 오지 않아도 이길 수 있었다는 뒷말이 나오지 않는다. 조승훈 예에서도 보았지만 왜군은 그리 만만히 볼 상대가 아니다.

타국인 조선에서 싸움을 벌일 때에는 왜국이나 명나라 모두 위험을 감수해야 한다. 조선을 위해 명군 목숨을 헛되이 버릴 수는 없는 일이다. 가장 작은 희생으로 가장 큰 전공을 거둘 방법을 찾아야 한다. 무턱대고 압록강을 건너 남하해서는 아니 된다. 왜군이 정말 요동을 칠 준비를 하고 있는지, 아니면 조선만 점령하고 전쟁을 종결할 것인지를 알아야 한다. 만주에 흩어져 있는 야인들이 하나둘 힘을 합치는 것도 심상치 않다. 명군이 조선을 돕는 사이에 야인들이 뒤통수를 치기라도 하면 참으로 큰일이다.'

"야인들이 조선에 원군을 보낸다는 소문을 들었소만……."

"뜬소문이오이다. 건주위가 원군을 보내겠다고 연통을 주었으나 우리는 단호하게 거절하였지요. 여우를 잡으려고 집안에 늑대를 들여놓을 수는 없는 노릇입니다. 왜나 여진은 강상의 도를 모르는 오랑캐입니다. 조선에 원군을 보낼 나라는 귀국뿐이지요."

"그런가요? 허허허."

심유경은 쥐수염을 쓰다듬으며 한참을 웃었다. 그러다가 웃음을 뚝 멈추고 정색을 하며 물었다.

"나는 조선과 왜와 여진이 모두 힘을 합쳐 명나라를 치지나 않을까 걱정했소이다."

류성룡이 깜짝 놀라며 말까지 더듬었다.

"어, 어찌 그런 말씀을 하십니까?"

"뭘 그렇게 놀라시오? 농담입니다. 농담! 한데 마음에 찔리시는 것이라도 있나 봅니다. 나는 그저 소진(蘇秦)이 만들었던 합종(合縱)의 길과 장의(張儀)가 만들었던 연횡(連橫)의 길을 잠시 생각한 것뿐이오. 혹 조선에 소진에 맞먹는 인물이 있는지 궁금했던 것이지요. 이렇게 오늘 대감을 만나니 대감이야말로 소진을 능가할 박식함과 혜안을 지녔다는 생각이 들었소이다. 그래서 농을 한 번 걸어 본 것이외다."

류성룡은 가슴이 철렁 내려앉았다. 심유경이 농담처럼 한 말에서는 명나라가 품고 있는 진짜 의심이 그대로 내비쳤다. 명나라는 진실로 조선과 여진과 왜가 뜻을 모을까 경계했던 것이다. 삼국이 힘을 합치면 명나라와도 맞설 수 있는 거대한 세력이 된다. 조선 임금이 의주까지 올라오고 왜군이 평양에 머물면서 여진족과 연통을 자주 가지는 것을 연합군을 형성하기 위한 움직임으로 의심하고 있는 것이다. 조선의 입장에서 보자면 터무니없는 일이지만, 만 리 밖에 있는 명나라 조정으로서는 충분히 의심할 수 있는 일이었다. 그 의심을 풀기 위해서는 조선의 입장을 거듭 천명해야 했다.

"장군께서는 당나라 시절 안록산(安祿山)과 사사명(史思明)이 난을 일으켰을 때 회흘(回紇)과 토번(吐蕃)에 원병을 청했던 일을 아시겠지요? 난이 평정된 후 당나라가 두 오랑캐에게 얼마나 고생

을 겪었습니까. 조선은 결코 그 같은 일을 감내하지 않을 겁이
다. 안심하십시오."

"그런가요? 류 대감께서 그렇게까지 말씀하시니 믿지요. 조선
은 사이백만(四夷百蠻, 모든 오랑캐)과 달리 공맹의 도를 아는 나라
임을 나도 잘 알고 있습니다."

심유경은 해가 질 때까지 술잔을 기울이더니 밤이 이슥하여 다
시 길을 나섰다. 동헌에서 밤을 보내고 내일 아침에 출발하도록
권했지만 심유경은 한사코 그 밤에 떠나겠다고 이짐(고집)을 썼
다. 류성룡은 하는 수 없이 다음 도착지인 숙천(肅川)에 파발을
띄운 후 심유경 일행을 배웅했다.

"류 대감 후의를 잊지 않으리다. 우리는 곧 다시 만나게 될 것
이오."

"무사히 다녀오십시오. 조선의 운명이 장군의 두 어깨에 달려
있습니다."

심유경 일행이 달빛 속으로 사라졌다. 그 뒷모습을 살피는 류
성룡의 허리가 유난히 구부정해 보였다.

타국의 도움을 받기란 이렇게 고되고 치욕스러운 일이었다.

속된 말로 세상에 공짜가 어디 있는가. 내게 이익이 되지 않는
다면 젓가락 한 짝도 빌려 주지 않는 것이 세상이다. 겉으로는
도를 논하고 예의를 강조하며 의리를 칭송하고 맹약을 남발하지
만 속내는 전혀 다르다. 주는 것이 있으면 받는 것이 있어야 하
고, 받는 것이 있으려면 필히 주는 것 또한 있어야 한다.

'명나라는 조선에게 무엇을 요구할 것인가. 또 조선은 명나라

에게 무엇을 줄 수 있는가. 백제와 고구려를 멸망시키고 삼국 통일을 이룩한 신라 역시 동맹국인 당나라를 물리치기 위해 수많은 피를 흘리지 않았던가. 그 넓은 만주 벌판을 완전히 강탈한 후에야 당나라는 마지못해 신라의 삼국 통일을 인정했다. 역사는 돌고 도는 법. 당나라가 그랬던 것처럼 명나라도 조선을 구한 후 우리 국토를 탐낼 것이다. 그때 조선은 어떻게 그 치욕과 맞설까. 신라는 용감하게 당나라와 전쟁을 벌였지만 우리 조선은 그럴 힘이 없다.'

전쟁에서 승리하기 위해 타국의 군사를 끌어들이는 일은 정말 피해야 할 일이다. 승전을 거두더라도 한 나라가 다시 올곧게 서기까지는 많은 시간이 걸린다. 그사이에 구원병을 파견한 나라에 의해 멸망할 가능성도 크며, 제후국으로 전락할 위험도 충분했다. 그러므로 원군의 도움을 받되 늘 경계하는 마음을 품지 않으면 안 된다. 전세가 유리해지고 조선 군사들이 많아지면 서서히 거리를 두어 원군을 되돌아가게 해야 한다. 멍청하게 전쟁이 다 끝날 때까지 원군을 믿고 의지하다가는 나라를 잃고 말 게 뻔했다.

'심유경처럼 약삭빠르고 세상 흐름에 밝은 이가 명나라에 한둘이겠는가. 저자 혼자 왜진에 가게 해서는 안 되는데.'

필히 조선 측도 사람을 보내어 심유경과 고니시가 무슨 대화를 주고받는지, 어떠한 약조를 하는지를 살펴야만 했다. 이덕형이라도 동행시켰어야 했다. 이제 전쟁 당사자인 조선을 배제한 채 명과 왜가 이 강토와 백성들의 운명을 논하게 된 것이다.

'엎질러진 물이다. 이번에는 그대로 심유경만 보냈지만 다음부터는 반드시 선전관을 동행시켜야 하리. 윤두수가 대범하기는 하지만 이런 사소한 부분까지는 신경 쓰지 못하는구나. 한음(漢陰, 이덕형의 호)이나 백사(白沙, 이항복의 호)는 도대체 무얼 했단 말인가. 저렇게 음흉한 허풍쟁이 심유경에게 이 나라의 운명을 내맡길 수 있다고 생각하는가. 안 될 일이다. 정녕코 안 될 일이다.'

지필묵을 꺼내 이덕형에게 보내는 서찰을 써 내려갔다. 왜와 명이 대화할 때 반드시 조선 대신도 동석해야 함을 역설하는 글이었다. 아닌 말로 저들이 지금을 기준으로 경계를 정하고 강화라도 맺어 버리는 날에는 그런 큰일이 없다. 조선은 하루아침에 영토를 잃고 마는 것이다.

물론 명나라가 쉽게 조선을 배신하지는 않을 테지만, 세상일이란 알 수 없었다. 명나라와 왜국은 조선과는 피 한 방울 섞이지 않은 이민족이며, 말도 글도 풍습도 전혀 다른 남이었다. 결코 그들의 회담으로 조선의 운명을 결정하게 해서는 안 된다.

조선은 이제 독자적인 목소리를 내야 했다. 그 목소리는 왜국은 물론 명나라에도 들리게 해야 한다. 조선이 아직 패망하지 않았음을 만천하에 알려야 하는 것이다.

류성룡은 입술을 깨물었다. 군사를 가지고 밀고 밀리는 것 이상으로 살펴야 할 위험이 많았다. 사방에 흉악한 폭풍이 휘몰아치는 한밤중, 이 나라를 지켜 내는 길은 위태롭고 험난하기 이를 데 없었다.

十二, 병마를 물리치는 일, 이문을 취하는 일

"대감, 의주에서 손님이 오셨습니다."

자정을 훨씬 넘긴 시각이었다. 멀리서 큰소쩍새가 울었다. 류성룡은 붓을 놓고 급히 방문을 열었다.

"대감, 소인 허준이옵니다."

"아니, 이 사람아! 이곳까지 웬일인가? 어서 안으로 들게."

오십 줄이 내일모레인 내의원 허준이 뭉툭한 주먹코를 실룩이며 방으로 들어왔다. 한양에서 의주까지 잠시도 몽진 대열에서 이탈한 적이 없는 그였다. 몽진 길 내내 허준은 임금을 비롯하여 왕자들과 중전, 그리고 후궁들의 잔병치레를 돌보느라 눈코 뜰 새가 없었다. 급히 한양을 떠났기에 약첩도 변변히 챙기지 못했고, 난리 통에 약재를 구하기도 쉽지 않았다.

방으로 들어선 허준은 류성룡에게 큰절을 올렸다. 일찍부터 류성룡은 과묵하고 총명한 내의원 허준을 아꼈다. 허준은 금원사대가에 밝을 뿐만 아니라 조선에서 생산되는 약재에 달통했고 돌림병에도 조예가 깊었다. 젊은 시절 직접 팔도를 돌며 약초를 캔덕분이라고 했다.

허준 역시 류성룡을 남달리 존경했다. 침술에 관한 지식이나 실력은 허준보다 못하지 않을 정도였고, 내의원에 대한 자상한 배려와 의술 전반에 대한 깊은 이해도 당대에 으뜸갔다. 전쟁이 일어나기 전에는 바쁜 시간을 쪼개어 함께 술을 마신 적도 여러 번이다. 네 살 연상인 류성룡은 늘 허준의 어려움을 살펴 주었고 허준은 류성룡을 친형처럼 믿고 의지했다. 의술을 논하며 밤을 지새운 적도 하루 이틀이 아니었다.

이제 허준 얼굴에도 연륜이 역력했다. 더 이상 이십대에 의관에 합격하여 이름을 드높인 청년이 아닌 것이다. 이 전쟁이 그들을 더 빨리 나이들게 했다.

"전하께서는 평안하신가?"

"옥체 강건하시어 큰 병이 없사오나 두통은 여전하시옵니다."

"증후를 더 자세히 말해 보시게."

"왼쪽 귀가 심하게 울리시옵고, 왼쪽 손등에 부기가 올라 손가락을 당기면 통증이 심하시옵고, 왼쪽 무릎이 시리시어 오래 거동하옵지 못하십니다. 왼쪽 겨드랑이에도 기류증(氣流症)이 있으십니다."

류성룡이 눈을 찡그리며 기억을 더듬었다.

"예전에는 오른쪽이 불편하지 않으셨던가?"

"그러합니다. 예전에는 오른뺨에 벌레가 기어가는 듯한 증상이 있으셨고 오른쪽 겨드랑이에서만 유독 땀이 흐르지 않으셨사옵니다. 또한 오른 수족의 냉기가 심하셨사옵니다. 몽진의 힘겨움으로 인하여 오른쪽에 막혀 계셨던 혈맥이 왼쪽으로 옮겨 간 것 같사옵니다."

"치료는 어떻게 하고 있는가? 도제조 윤두수 대감과 충분히 의논을 하는가?"

"좌상께서도 염려를 많이 하십니다만 대감처럼 의술에 학식이 깊으신 것은 아니시어서 대부분 소인에게 맡기십니다. 제대로 된 약첩을 구할 길이 없어 부득이 침으로 병을 다스리고 있지요."

의관(醫官)이 임금의 병을 치료하거나 침을 놓기 위해서는 반드시 도제조가 승인하고 감찰하는 법인데, 윤두수는 그 방면에 무지했다.

"처방을 말해 보시게."

"예. 우선 이명증(耳鳴症)을 치료하기 위해 면부(面部)의 청궁, 예풍, 수부(手部)의 외관, 중저, 후계, 완골, 합곡, 족부(足部)의 태계, 협계 등 각각 두 혈(穴)에 침을 놓았습니다. 또한 편허증(偏虛症)을 치료하기 위해 수부의 곡지, 통리와 족부의 삼리 등 각각 두 혈에 침을 놓았고, 또한 겨드랑이 밑 기류증을 다스리기 위해 족부의 곤륜, 양릉천, 승산 등 각각 두 혈에 침을 놓았습니다."

류성룡은 눈을 지그시 감고 허준이 불러 주는 위치를 그렸다. 명의답게 한 치의 오차도 없었다.

"잘했네. 곧 차도가 있으시겠지. 한데 예까지 웬일인가?"

내의원은 군왕 곁을 한시도 떠나서는 아니 된다. 특히 지금 같은 전시에는 더더욱 왕실을 비울 수 없는 것이다. 허준은 류성룡이 묻는 바를 잘 알고 있었다. 곧바로 본론을 꺼냈다.

"전하께서 보내셨습니다."

"전하께서? 무슨 일인가?"

궁금증이 더욱 커졌다. 옥체 평안하다면 의관을 이곳까지 보낸 이유가 무엇일까. 허준은 침을 꿀꺽 삼킨 후 대답했다.

"신성군 병환이 예사롭지 않사옵니다."

"무엇이라고? 신성군께서 병중이시란 말인가?"

신성군은 인빈 김 씨 소생으로 광해군과 세자 자리를 다투었을 만큼 선조의 총애를 받아 온 왕자였다. 의주까지 무사히 와서 큰 문제가 없을 줄 알았는데 그만 중병에 걸린 것이다. 왕자가 병을 앓으면 조정에서는 며칠 동안 정사를 미루고 그 책임을 따지는 경우가 많았다. 왕자의 병을 살펴야 하는 내의원에게는 목숨이 걸린 문제였다. 비로소 류성룡은 허준의 얼굴이 유난히 창백한 이유를 알았다.

"온몸에 창(瘡, 종기)이 가득하옵니다. 오풍(惡風)이 심하시고 한열왕래(寒熱往來)가 잦사옵니다. 머리카락이 빠지기 시작했사옵고 정신이 혼미해지면서 헛소리가 심하옵니다."

"당독역(唐毒疫, 성홍열)이 아닌가?"

"그러하옵니다. 소인도 당독역으로 보고 약을 쓰며 침을 놓았습니다만 전혀 차도가 없었사옵니다. 근자에는 고열 때문에 자주 정신을 놓고 계시옵니다. 전하께서 소인을 보내시어 대감께 의견을 받아 오라 명하셨사옵니다."

류성룡은 난감한 표정으로 눈을 감았다. 당독역은 초가을부터 겨울 내내 어린아이이게 곧잘 생기는 돌림병이다. 여름이 서늘하고 비가 잦으면 당독역에 걸리는 환자가 늘어났다. 고치기 힘든 병이긴 하나 허준과 같은 명의가 치료하지 못할 정도는 아니다.

문제는 다른 곳에 있었다. 전쟁을 겪으면서 여러 가지 돌림병들이 한꺼번에 창궐하여 지역과 성별을 무시하고 뒤섞여 버린 것이다. 기존의 처방으로는 실타래처럼 뒤엉킨 병마들을 퇴치할 수 없게 되었다. 하나를 치료하면 다른 병세가 악화되었고, 그것을 치료하면 또 다른 병마가 독버섯처럼 피어올랐다. 신성군 역시 그런 경우이리라. 당독역은 겉으로 드러난 병일 뿐이고 그 몸에는 이름을 알 수 없는 낯선 병들이 서로 힘을 합쳐 발버둥치고 있으리라.

"절망적인가?"

류성룡 역시 별다른 방도가 없었다. 내의원 허준이 치료하지 못하는 병을 자신이 어찌 다스릴 수 있겠는가. 답답한 마음에 허준을 보내기는 했겠지만, 선조 역시 류성룡에게 별다른 방책이 없음을 알고 있을 터였다.

"그러하옵니다."

"언제까지 치료를 계속할 수 있겠나?"

"올겨울을 넘기기 힘들 듯하옵니다."

'겨우 서너 달밖에 남지 않았단 말인가.'

류성룡은 선조와 인빈 김 씨가 상심할 모습을 그려 보았다. 아

들을 먼저 떠나보내는 부모의 절망은 임금이나 평민이나 마찬가
지이다.

"미안하이. 내게도 비방이 없네그려. 돌림병이 어전까지 침범
치 않도록 각별히 유념하시게."

류성룡은 좋은 말로 허준을 위로했다.

"대감! 청이 하나 있사옵니다."

"말해 보시게."

"팔도에서 수많은 백성이 돌림병으로 죽어 간다고 들었사옵니
다. 해로운 병이 우후죽순처럼 생겨나고 있사옵니다. 소인은 그
병마들과 직접 부딪치고 싶사옵니다. 원컨대 소인이 함경도와 강
원도로 갈 수 있도록 전하께 아뢰어 주시옵소서."

허준은 신성군 병을 고칠 수 없다는 사실에 절망하고 있었다.
지금까지 쌓아 올린 명성이 한순간에 무너지는 기분이리라. 더
이상 몽진 대열에 끼어 탁상공론을 할 것이 아니라 돌림병 환자
들과 직접 부딪쳐 병마를 물리치고 싶으리라. 그러나 류성룡은
허준을 보내 줄 수 없었다.

"안 될 말이야. 자네 심정을 내 어찌 모르겠는가. 하나 자네마
저 가 버리면 누가 전하와 왕실을 보살피겠는가? 답답하더라도
참고 기다리게. 신성군 병환을 고치지 못하는 것은 자네 탓이 아
니야. 이 세상 누구라도 그 병을 고칠 수 없을 걸세. 마음을 편
히 가지고 돌아가서 전하를 더욱 극진히 모셔 주시게. 자네가 전
하 곁에 있다는 사실 하나만으로도 나는 마음을 놓을 수 있으이.
비단 나뿐만이 아니라 이 나라 만백성이 그러할 게야. 가서 신성

군 병환을 치료하는 데 전심전력을 다하게. 나도 이곳에서 약초를 구해 보도록 함세."

"대감!"

"돌아가래도!"

류성룡의 목소리가 커졌다. 허준은 두 눈에 그렁그렁 눈물이 맺혔다. 그 눈물은 많은 것을 말해 주고 있었다.

새로운 병마가 국토를 휩쓸면서, 백성들은 완전히 낯선 고통으로 빠져들었다. 아픔을 치유하는 것이 의원들의 소임이지만 병마는 쉽게 꺾이지 않았다. 병이 생기는 것은 순간이지만 그를 연구하여 처방을 내리는 데는 수십 년이 필요한 것이다. 전쟁이 팔도를 휩쓴 지금 허준의 눈에는 막막한 어둠만이 보일 뿐이다.

마음이 급했다. 왜국에서 들어온 병증과 팔도의 피란민들 틈에서 이리저리 뒤섞여 고개를 든 질긴 병증들이 백성들 육체와 영혼을 갉아먹고 있었다. 지금이 아니면 창궐하는 병마를 잡을 수 없을 것 같았다. 류성룡은 붕붕 떠다니는 허준의 마음을 꽉 쥐고 놓지 않았다.

"『향약집성방(鄕藥集成方)』이나 『의방유취(醫方類聚)』를 능가하는 의서를 편찬하는 것이 자네 소원이랬지?"

"그러하옵니다."

"그런 방대한 의서를 편찬하려면 반드시 왕실과 조정의 도움이 있어야만 하네. 만약 지금 자네가 내의원 자리를 박차고 떠나 보게. 다시는 복직하지 못할 걸세. 의서 편찬도 물거품이 되는 것이야. 반대로 끝까지 자네가 몽진 대열을 벗어나지 않는다면 전하께서는 틀림없이 자넬 공신으로 책봉하실 걸세."

"공신이라 하셨사옵니까?"

"그렇다네. 전하께서 자네를 잊으실 리 있겠는가? 그러니 돌아가게. 가서 이 전쟁이 끝날 때까지만 참아. 전쟁이 끝나면 팔도에 사람을 보내 새로운 돌림병을 살피도록 하겠네. 그땐 자네도 팔도를 둘러볼 수 있겠지. 내 약속하겠네."

류성룡의 설득에 허준은 한결 표정이 밝아졌다. 선조가 가장 신임하는 류성룡이 도와준다면 의서 편찬도 한결 쉬워질 것이다.

"알겠사옵니다. 그럼 소인은 이만 물러가겠사옵니다."

허준은 황급히 작별 인사를 하고 자리를 떴다. 류성룡은 정문 밖까지 배웅을 나갔다.

붉디붉은 해가 동쪽 산자락으로 떠오르고 있었다. 병마가 들끓어도 전쟁이 터져도 어김없이 떠오르는 해를 한참 동안 바라보았다.

'어둠이 가면 밝음이 오는 것이 세상의 이치이건만, 우리는 이 전쟁에서 언제쯤 승세를 잡을 수 있을까.'

두 팔을 쭈욱 위로 뻗었다. 며칠 밤을 연거푸 새운 탓인지 어깨가 무겁고 뻐근했다. 심유경이 떠난 남쪽 길과 허준이 떠난 북쪽 길을 번갈아 쳐다보았다. 남자색 취국(翠菊)만이 흔들릴 뿐, 가고 오는 길에는 아무런 흔적도 남지 않았다. 길게 하품을 한 후 뒷목을 탁탁 두드렸다.

"풍원군 대감!"

왼쪽으로 꺾여드는 골목 안에서 문득 누군가 그를 불렀다. 류성룡은 놀라 돌아보았다.

"누군데 거기 숨어 날 찾는가?"

"헤헤!"

어둠 속에서 꼽추 하나가 웃음을 흘리며 툭 튀어나왔다.

"자넨 누구인가?"

"처음 인사 올립니다요. 소인 놈은 임천수라는 장사치입죠. 이번에 전라 좌수사 명을 받들어 의주로 의복과 곡물을 실어 날랐습니다요."

'이순신이 보낸 사람이구나.'

류성룡 표정이 부드러워졌다. 그러나 여전히 의심을 풀지 않은 눈으로 물었다.

"하면 의주에 닿았다는 배를 타고 왔는가?"

"그렇습죠. 이번에 하삼도에서 올라온 배들은 모두 소인 놈 배입니다요."

"몽땅 자네 배다 이 말인가?"

임천수가 다시 웃었다. 겉모습은 떠돌이 가난뱅이지만 정말 그 배들 임자가 이 사람이라면 대단한 부자가 아닐 수 없다.

"따르게. 들어가 차라도 한 잔 하면서 얘기하세."

임천수가 허리를 숙였다 펴며 답했다.

"아닙니다요. 소인 놈은 그저 인사만 여쭈러 왔습니다요."

"의주에서 예까지 왔는데 그냥 보낼 수야 없지. 따르게나."

임천수가 뒷머리를 긁적이며 말했다.

"동행이 있습니다요. 동생처럼 데리고 다니는 녀석입죠. 녀석이 말을 잘 몰아서 의주에서 한달음에 올 수 있었습니다요. 한데 좀 우락부락하게 생겨 놔서 대감께서 혹시 보시고 놀라시지나 않을지⋯⋯."

"어디 있는가? 데려오게."

류성룡 허락이 떨어지자 임천수가 왼손을 들어 빙빙 돌렸다. 임천수가 나온 골목에서 건장한 사내가 썩 등장했다. 수염이 턱과 목을 가렸고 등에는 쌍도끼를 멨다. 사내는 크게 허리를 뒤로 젖혔다가 숙이며 읍을 했다.

"천무직이라고 합니다."

"천무직! 반갑네. 한데 그 쌍도끼는 항상 등에 차고 다니는가? 무겁지 않아?"

임천수가 대신 답했다.

"저 녀석은 밤에 잘 때를 제외하곤 쌍도끼를 손발처럼 몸에 붙이고 다닙죠. 어렸을 때부터 저러고 다녀 힘든 줄을 모른답니다. 저 쌍도끼로 하삼도와 북삼도에서 곰도 잡고 호랑이도 때려잡았습죠. 타고난 사냥꾼입니다요."

"허어, 대단하군. 자자, 들어가세."

류성룡은 두 사람을 이끌고 방으로 돌아갔다.

"좌수영에서 누가 책임을 지고 배들을 호위하여 왔는가?"

"순천 부사입죠."

"순천 부사라면⋯⋯, 지략이 대단한 권 부사 말이로군. 한데 왜 같이 오지 않았나?"

"배에 실어 온 의복과 곡물을 내리고 다음에 가져올 물품을 조정 신료들과 의논하느라 짬이 없습죠. 대신 대감께 안부 여쭈어 달란 부탁을 받았습니다요."

류성룡은 찬찬히 임천수의 얼굴을 뜯어보았다. 눈썹이 없는 것은 그렇다 쳐도 작은 눈을 쉴 새 없이 비껴 뜨는 것은 아무리 보아도 족제비를 닮았다. 가슴속에 비수를 숨겼다가 틈이 보이면 곧바로 찔러 낼 것만 같다.

'좌수사는 저런 자에게 왜 이런 막중한 임무를 맡겼을꼬?'

그 마음을 읽기라도 한 듯 임천수가 입을 열었다.

"꼭 한 번 뵙고 싶었습니다요. 여러 고비를 넘기고 의주까지 무사히 몽진을 온 데는 부원군 대감의 공이 가장 크다는 걸 모르는 사람은 없습죠. 또한 이순신 장군을 전라 좌수사에 천거하여 오늘의 승전을 거두게 하셨고요. 의주까지 내몰린 전세를 뒤바꿀 계책은 오직 대감 흉중에 있다는 풍문이 파다합죠."

임천수는 잠시 말을 끊고 류성룡 표정을 살폈다. 한 점 변화도 없이 무덤덤한 얼굴이다. 속마음을 읽기가 힘들었다.

"고맙네. 하나 예서 이 정도 버티는 것은 다 주상 전하의 명에 따랐기 때문이라네. 나를 비롯한 조정 대신들과 전장의 장수들이야 어명에 충실하고자 노력한 것이지. 아무튼 자네가 좌수사를 돕고 있다니 고맙구먼. 언제부터 좌수사와 알고 지냈는가?"

임천수는 대답 대신 왼 소매에서 서찰 한 장을 꺼냈다. 목숨을 걸고 진해루에 가서 이순신으로부터 받은 바로 그 서찰이다. 류성룡은 서찰을 펼쳐 훑어 내렸다.

　이미 살피셨겠지만 이 서찰을 지닌 자는 전쟁을 승리로 이끄는
데 꼭 필요한 위인입니다. 무릇 전쟁이란 전장에서 칼과 창으로
하는 것보다 후방에서 군량미를 모으고 민심을 수습하는 것이 더
중요한 법입니다. 그러기 위해서는 대고(大賈, 큰 장사꾼) 한둘 정
도 거느리는 편이 나을 듯합니다. 대감께 큰 누가 되지 않는다면
이 사람을 도와주십시오. 나중에 따로 이 사람과 엮인 기연(奇緣)
을 적어 올리겠습니다.

　'기연?'
　두 글자가 가슴을 콕 찔렀다. 그냥 인연이 아니라 '기연'이다.
류성룡은 그 두 글자가 암시하는 바를 잠시 더듬어 보았다.
　어떤 이유에서인지는 모르지만 이순신은 임천수에게 이 서찰
을 써 주었다. 물론 임천수도 이곳으로 오기 전에 서찰을 미리
읽었을 것이다. 이순신은 '기연' 두 글자로 내게 이자를 믿어서
는 안 된다는 것을 은근히 밝힌 게 아닐까. 임천수가 서찰을 보
지 않는다는 보장이 있었다면 '기연' 대신 '악연(惡緣)'을 선택했
을지도 모른다.
　"좌수사와 자네의 인연은 차차 듣기로 하지. 좌수사가 보낸 사
람이면 나도 믿네. 서로 믿음을 지닌 사이이니 단도직입적으로
묻지. 내게서 무엇을 원하는가?"
　임천수는 펼쳐 든 서찰 위로 반짝이는 류성룡의 두 눈을 바라

보고 히죽 웃었다.

"역시 대감은 명쾌하시군요. 그러면 소인 놈도 솔직히 말씀 올리겠습니다요. 전세가 역전되어 왜군이 북삼도에서 물러나면, 인삼과 짐승 가죽 등 북삼도 산물을 팔고 사는 일을 소인 놈이 맡아 하도록 도와주셨으면 합니다요."

류성룡이 어제 전령을 통해 들은 소식을 떠올렸다.

"탑전에서는 대국을 오가며 장사할 수 있도록 해 달라는 청을 올려 윤허를 받았다고 들었네."

"그렇습죠. 성은이 하해와 같습지요."

"그러더니 내게는 북삼도의 특산물을 도맡아 거래할 권한을 달라? 좌수사에게도 따로 청을 넣었겠지. 결국 자넨 하삼도와 북삼도는 물론 대국까지 통틀어 굵직굵직한 거래를 독차지하겠다는 것이군. 욕심이 과하다는 생각은 해 본 적이 없나?"

"욕심이 아닙니다요. 장사를 제대로 한 번 해 보고 싶어 이러는 것입죠."

"장사를 제대로 해 보고 싶다?"

"그동안 조선 장사치들은 조선 팔도에 갇혀 아웅다웅 싸워 왔습니다요. 세상 전체를 놓고 보면 참으로 하찮은 다툼입죠. 감히 말씀드리자면 소인 놈 생각엔 대국과 조선 그리고 왜를 잇는 큰 거래를 하지 않고는 상도(商道)를 제대로 세우기 어려울 듯합니다요. 그 옛날 신라 장군 장보고가 청해진을 세워 아주 통 큰 장사를 하지 않았습니까요? 소인 놈도 장 장군을 백 분의 일이라도 닮아 보고 싶습니다요."

류성룡이 날카롭게 반문했다.

"장보고가 욕심을 부리다가 암살당했던 것은 모르고 하는 소리인가?"

임천수가 능숙하게 받아넘겼다.

"장보고 장군이 암살당한 건 조정에 연줄이 없어서였죠. 소인 놈은 이렇게 부원군 대감이 살펴 주시고 또 전하께서도 대국 장사를 은밀히 맡겨 주셨으니 갑자기 죽을 이유는 없습니다요. 소인 놈이 미덥지 않으시면 이 서찰을 한 장 더 보십시오."

임천수가 품에서 서찰을 또 꺼냈다. 류성룡이 서둘러 받아서 폈다. 한껏 멋을 낸 허균의 글씨였다.

세 치 혀 놀림만으로 소생에게서 2,000냥을 빌려 간 걸물입니다. 흉물스러운 욕심꾸러기라고 내치지 마시고 일단 그 장점을 살펴 주세요.

"균이하고는 언제 만났는가?"

임천수가 혀를 쏙 빼고 웃었다.

"인연이 깊죠. 이것 한 장 얻느라 꽤 공을 들였습니다요."

'이순신과 허균의 추천을 동시에 받을 만큼 대단한 장사꾼인가.'

류성룡이 날카로운 질문을 이었다.

"자넨 이번 전쟁을 즐기는 것 같군. 이 전쟁 때문에 고통 받는 백성들이 보이지도 않나?"

"물론 보입니다요. 대감보다도 소인 놈이 비참하고 안타까운 죽음을 훨씬 많이 보았을 겁니다요. 하나 그렇다고 소인 놈이 지닌 재물을 딱한 이들에게 그냥 줄 수는 없습죠. 백성들 고통이 끝나려면 바로 이 전쟁이 끝나야 합니다요. 소인 놈이 보기에 이 전쟁을 최대한 빨리 마치기 위해서는 조선이든 왜국이든 둘 중 한쪽의 힘이 절대적으로 커져야 합죠. 그러기 위해서는 물론 충분한 재력이 뒷받침되어야 하고 말입죠. 몇몇 불쌍한 이들 구하겠다고 소인 놈이 가진 재물을 모두 포기하면 전쟁은 점점 더 오래 계속될 겁니다요. 전쟁을 즐기다니요? 대감! 저도 조선 사람입니다요. 어찌 슬퍼하지 않을 수 있겠습니까요? 다만 그 슬픔을 가슴에 묻고 이렇게 조금이라도 대감과 전라 좌수사를 도와 드리고자 나선 겁니다요. 살펴 주십시오."

"알겠네. 하나 북삼도 특산물에 대한 거래를 지금 당장 자네에게 줄 수는 없으이. 이런 중차대한 문제를 내 마음대로 처결하는 것도 힘들어. 어명이 내린 후에야 배려할 부분이 생길 걸세."

임천수가 밝게 웃으며 답했다.

"잘 알고 있습니다요. 훗날 탑전에서 북삼도 특산물을 논하는 자리가 있을 때 소인 놈의 더러운 이름 석 자만 언급하여 주시면 충분합니다요. 다른 객주보다 소인 놈이 그래도 전쟁 통에 의주까지 의복과 곡물을 실어 날랐다는 걸 상기시켜 주십시오. 그거면 됩니다요."

"알겠네. 그리하지."

"감사합니다요. 천장지구(天長地久, 하늘과 땅처럼 길이 변함없음)하시어 오래오래 강녕하십시오."

대화는 거기서 끝이 났다. 왜소한 꼽추 임천수가 거한 천무직을 거느리고 대문을 나섰다. 류성룡은 문밖까지 배웅했다. 이순신이 부탁한 사람들이니 이유야 어찌 되었건 따뜻하게 챙길 필요가 있었다. 장보고를 흠모한다던 임천수 말이 자꾸 마음에 걸렸다.

'천하를 돈으로 사고 싶은 게야. 장보고가 되고 나면 여불위 흉내를 낼지도 모르지.'

방으로 돌아와 정오 무렵까지 정신없이 잠을 잤다. 천지가 개벽해도 깨어날 줄 모르는 곤한 잠이었다.

十三, 바다를 잃으면 모든 것을 잃는다

팔월 이십이일.

스산한 강쇠바람이 대숲을 흔들었다. 좌수영 앞바다는 전라 좌우 수영 군선들로 불야성을 이루었다. 유황과 화살을 옮겨 싣는 군사들의 진둥걸음(바쁘거나 급해서 몹시 서두르며 걷는 걸음)에서 출정이 임박했음을 알 수 있었다. 전라 좌우 수군들은 이제 한 식구처럼 손발이 척척 들어맞았다. 군호(軍號)와 복색(服色)을 통일시켜 함께 훈련한 지도 한 달이 넘었다. 한산도에서 대첩을 거둔 후, 이억기는 이순신 전략을 전적으로 믿게 되었다.

대숲을 가로지르는 이순신 발걸음이 어딘지 모르게 무거웠다. 너럭바위를 인 것처럼 허리를 구부정하게 숙이고 고개를 쉴 새 없이 좌우로 흔드는 모습이 꼭 밤손님을 닮았다. 느지막이 잠자리에 들었으나 잠을 이룰 수 없었다. 온갖 상념 속에 문득 박초회 얼굴이 어른거리자 가슴이 뻐근하여 홀연히 자리에서 일어났다. 평소라면 날발을 앞세우겠지만, 지금 날발은 평안도 류성룡 대감 곁에 가 있었다. 이순신은 홀로 군영을 나왔다.

저만치 조그만 이엉 지붕이 보였다. 문으로 빛이 새어 나오지 않는 것을 보니 이미 잠자리에 든 듯했다. 이순신의 입가에 근심 어린 미소가 떠올랐다 사라졌다. 천천히 마당을 가로질렀다. 섬돌 위에 신이 없었다.

방문 옆에 서서 귀를 기울였지만 아무 기척도 들리지 않았다. 이순신은 가만히 문고리에 손을 뻗었다. 갑자기 숨이 답답해졌다. 삐이걱. 열린 문 안으로 개켜 놓은 이불이 보이고 간단한 세간들이 눈에 들어왔다.

단정한 살림살이를 보는 순간 느낀 온기는 상상에 불과했다. 어둠에 잠긴 방은 얼음장 같은 냉기가 심장을 찔렀고, 오랫동안 사람 손길이 닿지 않은 을씨년스러움이 물씬 풍겨났다. 불길한 예감이 뇌리를 스쳤다.

'초희!'

방문을 벌컥 열고 방 안으로 뛰어들었다. 차디차게 식은 냉골 바닥에서 먼지 냄새가 올라왔다. 박초희는 없었다. 부엌에도 헛간에도 뒷마당에도 사람 사는 기척이라곤 남아 있지 않았다.

한마디 작별 인사도 없이 떠난 것이다. 혹시나 하는 마음에 부엌 세간을 살피고 다시 옷가지를 뒤졌다. 아무 흔적도 없었다.

방바닥에 털썩 주저앉았다. 한숨도 눈물도 화도 나지 않았다. 그 순간 곱게 접은 서찰 한 통이 눈에 띄었다. 황급히 펼쳐 들었다. 내용은 아주 짧았다.

　　고마움을 간직하고 떠납니다.

　이순신은 고개를 떨어뜨린 채 한참 동안 그대로 서 있었다. 어
깨가 조금씩 흔들리더니 굵은 눈물 한 방울이 서찰 위로 뚝 떨어
졌다. 박초희는 이순신을 위해 떠난 것이다.
　몇 달 전, 권준이 조심스럽게 박초희 일을 물은 일이 있었다.
담담히 털어놓고 말해 주었지만 권준은 계속 고개를 갸웃거렸다.
　"장군! 이해가 가지 않습니다. 영웅호색(英雄好色)이라는 말도
있듯이 장수가 여인을 탐하는 것은 허물이 아니지요. 하나 왜 하
필 그런 여인입니까? 객고를 달랠 여인이라면 얼마든지 더 합당
한 사람이 있지 않겠습니까?"
　이순신은 낯빛을 굳히고 가로막았다.
　"오해 마오. 그 여인을 내가 취하려 함이 아니라오. 오갈 곳
없는 딱한 처지이기에 거두고 있을 뿐이오."
　"장군께서 그 여인을 취하고 아니 취하고는 문제가 아닙니다.
박초희는 죄인이 아닙니까. 나카도리 섬에서 왜인과 살다가 돌아
온 계집입니다. 제 손으로 제 자식을 죽인, 금수만도 못한 천하
의 죄인이에요. 이 사실이 왜군에게나 경상 우수영에 알려진다면
어찌 되리라 보십니까? 참으로 큰일이 납니다."
　"왜인에게 잡혀 끌려간 것이 어찌 박초희 죄겠소? 황야에서 혼
자 해산을 하고 굶주림에 실성하여 자식을 죽인 것이 과연 그 여

인만의 죄겠소? 그렇다면 지금 이 땅에 죄인 아닌 자가 어디 있
겠소? 나라 땅은 거반이 왜놈들 손에 들어갔고 심성 고운 백성들
도 굶주림과 추위를 견디지 못해 화적 떼로 돌변하고 있소. 권
부사는 그들에게 죄를 물을 수 있다고 생각하오?"

"장군 마음을 소생이 어찌 모르겠습니까. 그런 말씀을 드리는
것이 아니지 않습니까? 박초희를 거두시는 것은 자진하여 화근을
품으시는 일입니다. 장군, 부디 두 번 생각하십시오."

'권준은 일이 이렇게 될 줄을 알고 있었던가.'

품으로 날아든 상처 입은 새를 잃어버린 심정이었다. 이순신은
막막한 심경을 다스릴 수 없었다. 자신도 모르는 사이에 두 눈에
서 끊임없이 눈물이 흘러나왔다.

이 땅에는 이제 수많은 백성들이 박초희와 같은 상처를 입고
있다. 박초희는 그들 속으로 들어간 것일까. 팔도에 궐기하는 의
병만큼이나 화적 떼도 늘어났고, 화적 떼 숫자만큼이나 왜군의
앞잡이가 되는 백성도 많아졌다. 처음에는 강요에 못 이겨 길 안
내를 하거나 관군 위치를 알려 주던 백성이 어느새 자진해서 왜
군 앞잡이가 되어 동포를 약탈했다. 왜인처럼 머리를 깎고 왜인
옷을 입으며, 조선 수군 현황을 염탐하여 적에게 알리고 포상을
받았다.

출정을 거듭함에 따라 이순신은 마침내 해안 언덕이나 나무 뒤
에 숨어 조총을 쏘는 무리에 조선인이 끼어 있는 것을 확인하고
야 말았다. 처음 강압에 몰려 왜인들 화살받이 노릇을 하는 조선
인들을 보았을 때에는 의분이 가슴을 찔렀지만, 왜인 손에 잡혀

가 결국 조선을 버리고 왜를 택한 자들을 확인했을 때엔 아뜩한 절망이 머리를 쳤다. 분노 다음에는 허탈감이 밀려들었다. 이 전쟁에서 조선이 이긴다면 그자들은 나라를 배반한 역적으로 능지처참을 당할 것이다. 그리고 왜가 승리한다면 그들은 한뉘 왜인 흉내를 내며 살아갈 것이다. 그러니 이 전쟁이 어찌 흐르든 간에 그들은 이제 돌아올 수 없으리라. 조선인이었던 과거를 모조리 지우고 왜인을 흉내내어 하루하루 낯선 삶을 끌어 가야 하리라.

이순신은 박초희를 통해 그 배반자들을 기다리는 운명을 볼 수 있었다. 그들은 이제 결코 고향으로 돌아갈 수 없다. 그릇된 길을 택해 목숨을 살리려 한 이상, 그들에게는 오직 죽음이 기다릴 뿐이다. 박초희와 마찬가지로.

이순신은 막막한 슬픔을 훑으며 서찰을 접었다.

'어디로 갔든지 살아만 있어라. 부디 살아 있어라!'

가랑비가 추적추적 내리기 시작했다. 군사들은 유황과 포탄들을 장막이나 갑판 아래로 감추느라 정신이 없었다. 나대용이 숙소 앞마당에서 기다리고 있었다. 그 역시 사천에서 얻은 총상이 덧나는 바람에 여름 내내 고생을 했다. 이제는 상처가 거의 아물었기에 그동안 못다 이룬 전공을 한꺼번에 만회하겠다며 큰소리를 치고 다녔다. 이순신은 그런 나대용의 호기가 싫지만은 않았다. 배 만드는 일에만 열중하던 과거의 나 선마가 아니었다.

"이 장대비에 어딜 다녀오십니까?"

이순신은 딱딱하게 굳은 얼굴을 고치며 나대용의 왼쪽 어깨를 가볍게 찍어 눌렀다. 나대용이 힘을 주며 버텼다.

"제법 어깨 힘이 좋아졌구먼. 언제 한 번 자네 각궁 솜씨를 보도록 하지."

나대용 얼굴이 금방 붉게 변했다. 이순신은 나대용이나 이언량을 앞에 두었을 때 간혹 얼굴을 바로 코앞에 들이밀며 말을 걸곤 했다. 나대용은 좌수사 얼굴을 그렇게 가까이에서 대하는 것이 무척 어색했지만, 이순신은 아무렇지도 않은 듯 갑자기 웃음을 터뜨리며 등을 툭툭 쳤다. 방 안에서 불빛이 새어 나오고 있었다.

"누가 왔는가?"

"이 수사와 정 만호가 오셔서 아까부터 기다리고 계십니다."

이순신은 나대용의 왼 어깨를 다시 꾹 눌러 잡은 후 돌아섰다. 나대용은 잠시 고개를 갸웃거리다가 왜군의 비선보다 더 날렵하고 빠른 군선을 그리러 숙소로 급히 발걸음을 돌렸다.

"한참을 찾았습니다."

정운이 뾰루퉁한 얼굴로 볼멘소리를 했다.

"잠시 천문을 살피러 갔더랬소. 한데 어인 일로……"

이억기가 시선을 피하며 고개를 숙이자, 정운이 두 눈을 부릅뜨고 소리쳤다.

"흉흉한 소문이 돌고 있소이다."

"흉흉한 소문이라니? 무슨 소문 말이오?"

"전라 좌수군은 부산포로 출정하지 않을 것이라는 풍문 말이외다. 거제를 기점으로 남서쪽 바다만 지킬 거라는……"

이순신이 도끼눈을 뜨며 말허리를 잘랐다.

"누가 그따위 소릴 지껄이는 것이오?"

정운이 이순신 눈을 응시하며 되물었다.

"부산포는 적의 본거지인 만큼 무모하게 쳐들어갈 수 없다고 여러 차례 말씀하지 않으셨소이까?"

이억기도 정운을 거들었다.

"지난봄과 여름에는 수군이 미처 전열을 정비하지 못하였기에 그 준비를 위해 부득이 시일을 늦춘 겁니다. 지금은 전라 좌우 수군이 힘을 합치고 경상 우도 수군이 길잡이 역할을 하면 승산이 있다고 봅니다."

이순신이 이억기를 보며 말했다.

"지금은 아무리 신중해도 지나치지 않을 때요. 지난 사월 전쟁이 시작된 후 관군 중에선 유일하게 조선 수군만이 승리를 거두고 있소. 그 덕분에 전라도 곡창 지대를 지킬 수 있었소. 지금 남해 바다를 잃으면 모든 것을 잃게 되오. 전라도는 불바다로 바뀔 것이고, 왜 수군은 남해와 황해를 돌아 곧장 의주에 상륙하려고 들 것이오. 우리 판옥선이 왜선보다 크고 단단하다 해도, 부산포에 정박하고 있는 왜 군선이 500척이나 된다고 하오. 우린 판옥선 80척을 포함하여 작은 배까지 모두 합쳐도 170척 정도요."

170 대 500의 싸움.

이순신이 군선 수를 구체적으로 들이대자, 이억기와 정운의 끓어오르는 기운도 한풀 꺾였다.

"그래도 비겁하게 바다를 지키는 것보단 나아가 부산포를 치는 것이……"

이순신이 목소리를 높였다.

"지금 날 겁쟁이로 모는 것인가? 정 만호 혼자만 용맹하다고 나서지 마오. 나도 두만강을 내달리며 수없이 야인들 머리를 베었다오. 부산포에 있는 왜군을 쓸어버리고 싶은 마음도 정 만호보다 내가 더 크오. 허나 신중한 것과 두려움에 떠는 것은 근본이 다르오. 지금 조선 수군의 주축은 전라 좌수군과 전라 우수군이요. 그들은 모두 전라도에서 차출되었소. 경상 좌도를 치다가 바닷길이 뚫려 전라도가 유린되는 날엔 조선 수군은 사기가 땅에 떨어지고 마오. 갈 때 가더라도, 부산포 전투에서 조선 수군이 어느 정도 피해를 입더라도, 전라도로 통하는 바다만은 지킬 수 있는 확실한 방책을 마련하고 떠나야 하오. 그래야 전라 좌우 수군 장졸들이 가솔을 걱정하지 않고 목숨 바쳐 왜군을 칠 수 있소. 다시 한 번 강조하지만, 지금은 호기를 자랑할 때가 아니오. 수적 열세를 극복할 비책을 고심하며 찾아야 하오. 아시겠소?"

이억기가 솔직하게 잘못을 인정했다.

"소장이 너무 성급했던 것 같습니다. 바다를 잃으면 모든 것을 잃는다는 장군 말씀이 참으로 옳습니다. 철저하게 준비가 끝나면 그때 함께 출정하도록 하죠. 하면 이만 가겠소이다."

웅천에 보낸 간자를 통해 이순신은 지난 칠월 팔일 한산도 앞바다에서 맞섰던 와키자카와 칠월 십일 안골포 앞바다로 나왔던 구키 요시타카, 가토 요시아키가 왜 수군의 으뜸 장수들임을 확인했다. 세 장수가 이끄는 군선들을 궤멸시켰으니 왜군들 사기는 땅에 떨어졌을 것이다. 그러나 왜선은 500여 척에 이르는 게 분명한 반면 조선 수군은 판옥선 80여 척에 협석 90여 척을 합쳐도 고작 170척 남짓이다. 함선 수가 세 배 가까이 차이 나는 적을 그 진지로 찾아가서 싸워야 하는 힘겨운 전투다. 이순신은 지금이야말로 정운의 용맹이 다시 한 번 필요한 때라고 생각했다. 이억기가 떠난 후 정운이 물었다.

"이번 부산포 해전의 선봉장은 누구에게 맡길 계획이십니까?"

이순신이 주저하지 않고 답했다.

"녹도 만호 정운, 그대가 우부장을 맡아 선두에 서 주오."

정운이 왼 주먹으로 오른 가슴을 퉁퉁 치며 말했다.

"장군! 이제야 소장 마음을 헤아려 주시는군요. 이 몸이 앞장서지요. 믿고 맡겨 주십시오."

"믿다마다! 좌수영에 정운 그대만 한 장수가 하나만 더 있어도 이 전쟁에서 쉽게 승리할 수 있을 것이오. 난 정 만호가 누구보다 큰 전공을 세우리라 믿소."

정운의 둥근 볼과 어깨에 딱 붙은 목덜미가 더욱 붉게 상기되었다.

"왜선을 모조리 격침하겠소이다."

"부디 자중하오. 이번 전투는 앞선 전투보다 열 배는 더 위험하오. 왜군도 반격이 만만치 않을 것이니 특히 몸조심을 하오."

정운이 껄껄 소리 내어 웃었다.

"선봉이 몸조심을 해서야 어찌 전투에서 승리할 수 있겠소이까? 등과 후 지금까지 사시사철 왜인들과 맞서 왔지만 털끝 하나 다치지 않았소이다."

"정 만호!"

이순신 목소리가 착 가라앉았다. 정운이 대답 대신 눈만 멀뚱멀뚱 떴다.

"정 만호는 내게 불만이 많지요?"

갑작스런 물음에 정운이 말을 조금 더듬었다.

"그, 그게……"

"성격이 범 같은 정 만호의 눈엔 내가 군무(軍務)를 보는 방식이 너무 느리고 답답할 게요. 낯설기도 할 게고. 부임하던 날, 정 만호와 벌인 활 시합이 생각나는군. 그때 정 만호는 정말 대단했소."

"소장을 이긴 건 장군이십니다."

이순신이 낮게 웃었다.

"후후후, 내가 이기긴 했지. 하나 정말 어려운 승부였소. 각궁이라면 나도 자신이 있는데 정 만호의 솜씨는 놀라웠소. 정 만호! 정 만호가 내 일에 다른 뜻을 밝힌 것도, 또 내가 정 만호를 꾸짖고 질책한 것도 모두 어떻게 하면 바다를 더 잘 지킬 수 있을까 하는 충정에서 나온 것이오. 정 만호가 의견을 낼 때마다 속으로 나는 무척 기뻤소. 말대답을 하면서도 결코 기분이 상하지 않았소. 정 만호와 같은 엄한 장수가 좌수군에 있기 때문에 기강이 바로 설 수 있었소이다. 늘 정 만호가 고마웠소."

"자, 장군!"

정운은 눈시울이 촉촉이 젖었다. 이순신이 그토록 자신을 아끼는 줄 미처 몰랐다.

"정 만호! 정 만호 주장처럼 개전 직후인 사월에 전라 좌수군을 이끌고 서둘러 나갔다면 대패를 면하기 어려웠을 게요. 하나 이렇듯 군선과 무기를 모두 갖추고 출정하니 정 만호가 용맹을 마음껏 뽐낼 수 있게 되었소. 삼도 수군 장수들이 저마다 가진 장점을 이번 해전에서 선보일 준비가 이제 갖추어졌구려. 정 만호, 나는 늘 싸워서 반드시 이길 자리를 찾아 왔다오. 이제는 준비한 승리를 기필코 거둬 낼 차례요."

"심려 마십시오. 소장이 꼭 적진을 궤멸하겠소이다."

이순신 얼굴에 따뜻한 웃음이 피어올랐다.

"정 만호에게 너무 무거운 짐을 지우는 것 같아 미안하오. 진정 중요한 전투에서 선봉에 서게 되었구려. 하나 궁리하고 궁리해도 이 일을 맡길 이는 그대 정 만호뿐이오. 조선 수군의 부산포 진격을 승리로 이끌 장수는 바로 정운이오. 내 그대를 믿겠소."

"지켜봐 주십시오. 꼭 그 믿음에 보답하겠소이다."

정운이 물러가고 잠시 시간이 흐른 뒤 권준과 이언량이 들어왔다. 권준은 크고 맑은 눈을 아래로 내린 채 가만히 숨을 골랐으나 이언량은 분을 참지 못하고 계속 식식거렸다.

"정 만호에게 선봉을 주시다니요? 다음 전투에서는 거북선 돌격장인 소장에게 선봉을 맡기겠다고 약조하지 않으셨습니까?"

"부산포 앞바다에 자네를 선봉으로 세울 수는 없네. 경험 많고 용맹한 정운이 먼저 나가면 자네는 곧이어 두 번째로 적진으로 달려들게."

"하나 정 만호는 장군이 하시려는 일에 늘 따지고 들고…… 또 원 수사가 특별히 아끼는……"

곁에 앉은 권준이 침착하고 낭랑한 목소리로 이언량을 달랬다.

"적선 500여 척이 웅거한 곳으로 달려드는 것이오. 선봉이 잘못하면 모조리 침몰당할 수도 있지요. 정 만호라면 그 위기를 극복할 담력과 지략을 지녔소."

권준이 잠시 말을 끊은 후 이순신과 눈을 맞추며 물었다.

"이제 부산포를 치지 않을 수 없게 되었습니다. 하나 이번 해전은 장군을 잡는 덫이 될 수도 있습니다."

"덫이라니?"

"부산포를 공격하다가 만에 하나 실수하여 바닷길이 뚫리면 책임을 따질 것은 불을 보듯 뻔하지 않은지요?"

이순신이 움찔 몸을 떨었다. 권준이 정확하게 핵심을 짚은 것이다.

"옳은 지적이오. 거제도를 지나 부산포까지 깊이 들어갔다가 잘못하면 퇴로를 끊겨 큰 낭패를 볼 수도 있소."

"그렇습니다. 가덕도에서 부산포까진 격군들이 잠시 의지하여 쉴 변변한 섬도 하나 없지요. 왜선들이 해안에 정박하고 있다가 그 사이를 치고 들어온다면 힘든 싸움을 치르게 될 겁니다."

"이렇게 하는 건 어떻겠소? 날렵한 협선들을 미리 보내 척후를 맡깁시다. 또한 가장 크고 멀리 날아가는 천자총통을 실은 판옥선들을 해안 가까이 집중적으로 배치하여 만약에 대비하는 것이오. 또한 중군장이 책임지고 가덕도와 부산포 사이를 살피다가, 만약 적의 급습이 있다면 책임지고 전투를 벌이며 퇴로를 확보하도록 합시다. 그리고 재빨리 연통을 넣어 조선 수군이 부산포에서 빠져 다시 바닷길을 튼튼히 지키는 것이오. 물론 급습이 없다면 계속 부산포를 공격하는 것이고."

"퇴로를 확보하고 선봉과 후군을 오가며 전황을 살피는 중군장 역할을 소생에게 맡겨 주십시오."

"권 부사가 중군을 맡는다면, 나도 안심이오."

권준과 이언량이 물러간 후 이순신은 다시 한 번 해도를 펼쳐 놓고 가덕도와 부산포 사이 해안을 살폈다. 작은 붓을 들고 왜 군선이 은밀히 숨어 있을 만한 곳에 점을 찍었다. 파도 소리가 귓속을 파고들었다.

十四. 수라장에 흩어지는 목숨을 줍다

남장을 한 박초희는 하동, 함양, 안의를 지나 거창으로 접어들 었다. 전쟁을 피해 전라도로 들어오는 피란민들과 어깨를 부딪히 며 반대로 걷고 있는 것이다. 몇 번이고 마주 오던 사내들이 앞 을 막아서서 노골적으로 물었다.

"왜 경상 우도로 넘어가는 거요? 왜놈들한테 볼일이라도 있소?"

그때마다 박초희는 고개를 숙인 채 급히 걸음을 옮겼다. 순천 부사 권준의 설명을 듣고 전라 좌수사 곁을 떠난 후 한동안 정처 없이 떠돌았다. 갈 곳이 없었던 것이다. 고향으로 돌아갈 수도 없고 시댁으로 향할 수도 없다. 어디로 가든 돌팔매밖에는 얻을 것이 없었다. 우선 바다로부터 먼 곳으로 가기로 했다. 바다를 보면 이순신이 그리울 테고, 또 혹여 전라 좌수군과 우연히 맞닥 뜨릴 수도 있었다.

'부사님 말씀대로야. 나는 수사 나리 곁에 있어선 안 돼. 내가 세상에 드러나는 날엔 그분께 크나큰 화가 닥칠 거야.'

다시는 이순신 앞에 나타나지 않으리라 마음먹었다. 이 전쟁이 끝난 후에도 영원히 돌아가지 않으리라. 멀리서, 멀리서 천천히 그를 잊으리라.

권준이 건넨 돈을 챙겨 가지고 전라도 땅에 머물러 편히 지낼 수도 있었다. 아무도 모르는 심심산천에 숨어 전쟁이 끝나기를 기다리는 상상을 잠시나마 하기도 했다. 그러나 박초희는 전라도를 등지고 의병과 왜군 사이에 치열한 전투가 벌어지는 경상 우도로 향하고 있었다. 홍의대장 곽재우를 찾아가 그곳 진중에서 다친 의병들을 치료하고 싶었다. 부상을 당해도 변변히 치료조차 못 한 채 죽어 간다는 풍문을 들었던 것이다. 약을 짓지는 못하지만 다친 사람들을 돌보는 일은 할 수 있을 것이다.

곽재우 부대를 찾는 것도 쉽지 않았다. 눈부신 활약을 펼친 홍의장군에게 왜군들은 거액의 현상금을 내걸었다. 왜군뿐 아니라 돈에 눈이 먼 조선인들조차 곽재우를 잡으려고 돌아다닌다 했다. 피란민들에게 곽재우 부대가 어디에 있느냐고 물었지만 아는 이가 없었다. 설령 안다고 해도 혼자서 경상 우도로 넘어온 곱상한 사내에게 선뜻 가르쳐 주지 않을 것이다.

다리도 아프고 목도 말랐다. 괴나리봇짐을 내려놓고 잠시 느티나무 그늘에 앉았다. 저만치에 옹기종기 자란 참취가 눈에 띄었다. 오래전, 유모 진안댁을 따라 언덕에 올라 나물 뜯던 기억이 떠올랐다. 진안댁은 비슷비슷하게 생긴 여러 가지 취를 하나하나

손으로 가리키며 예쁜 이름들을 일러 주었다. 벌개미취, 화살곰취, 각시서덜취, 국화수리취. 이제 다시는 돌아갈 수 없는 꿈 같은 시절이다.

갑자기 멀리서 소 울음이 들렸다. 물까치 두 마리가 서로 어르며 한가롭게 날아다녔다. 전쟁이 터져 나라님이 몽진을 떠난 나라 같지 않았다. 등을 나무에 대고 깊게 숨을 들이마시자 시원한 바람 한 줄기가 목구멍을 타고 아랫배까지 내려갔다.

'이순신!'

이름 석 자와 함께 그 여윈 얼굴이 눈앞에 어른거렸다. 날카로운 콧날과 짙은 눈썹이 선명한 얼굴. 잊겠다고 하루에도 몇십 번씩 맹세하지만 자꾸자꾸 그리운 것을 막을 수는 없었다.

'아, 말 한마디 없이 떠난 것을 알고서 그분은 얼마나 낙심하셨을까. 내가 은혜를 저버렸다 여기실 테지. 결국 배반하고 가버렸다 여기실 테지.'

스르르 잠이 들었던 모양이다. 총소리에 놀라 다시 눈을 떴다. 바로 눈앞에 피범벅이 된, 머리 잘린 사내의 몸뚱이가 보였다.

'악!'

비명이 혀끝까지 밀려 나왔지만 억지로 참았다. 비릿한 피 냄새가 코로 마구 밀려들었다. 눈을 내리니 잘려 나간 팔이 보였고, 눈을 치뜨니 찢어진 두 다리에서 피가 뿜어 나왔다. 박초희의 가슴과 배에도 많은 피가 묻어 있었다. 부상당한 이들이 토해내는 신음 소리가 점점 커졌다. 오른쪽 졸참나무숲 길 어귀에서

부터 또다시 비명이 터져 나왔다. 총을 든 왜병들이 아직 목숨이 다하지 않은 조선 사내들 목을 잘라 내고 있었다.

달아나기는 이미 늦었다. 대여섯 걸음도 딛기 전에 총을 맞을 것이 뻔했다. 죽은 척 누워 있어도 위기를 넘길 것 같지 않았다. 왜병들은 긴 칼을 마구 휘둘러 시체를 난도질했다.

'그냥 누워 죽느니 몇 걸음이라도 달아나자.'

박초희는 고개를 살짝 들어 왜병들 위치를 파악해 보려 했다.

'우선 저 느티나무 뒤로 몸을 숨긴 다음 곧장 아랫마을을 향해 뛰어야지.'

하지만 그 사이에는 몸을 숨길 곳이 전혀 없었다.

'주여! 불쌍한 여식을 굽어 살피소서.'

기도를 마친 다음 허리에 힘을 주며 상체를 일으켰다.

말발굽 소리가 들린 것은 바로 그 순간이었다. 박초희가 느티나무 쪽으로 몸을 피한 것과 동시에 철전들이 허공을 갈랐다. 화살에 놀란 왜병들이 허둥지둥하는 사이 말을 탄 사내들이 들이닥쳤다. 왜병 대여섯 명이 쓰러졌다.

"모조리 죽여라! 한 놈도 살려 두면 아니 된다."

흰 말 위에서 붉은 옷을 입은 사내가 명령했다.

'혹시 저분이!'

박초희는 느티나무 뒤에 숨어 사내 얼굴을 뚫어지게 살폈다. 관복을 입지 않은 것을 보니 의병이 분명했다. 기세에 눌린 왜병은 조총을 쏠 여유도 없이 뒷걸음질을 쳤다. 그러나 의병의 완승으로 끝날 것 같던 전투는 왜군이 반격함에 따라 다시 혼미에 빠져 들었다. 숲으로 달아났던 왜병들이 전열을 정비한 후 조총을 쏘아 대기 시작한 것이다.

"퇴각하라. 서둘러라."

붉은 철릭을 입은 의병장은 침착하게 명령을 내린 후 말머리를 돌렸다. 의병들이 물러간 자리에 곧이어 왜군이 또 들이닥쳤다. 그들은 좌우를 살피며 의병들이 달아난 쪽으로 몰려갔다.

박초희는 느티나무에 등을 딱 붙이고 숨을 죽이고 있었다.

사나운 왜바람이 불어 지나간 듯했다. 부상당한 이들의 신음만 간간이 들려왔다. 조심조심 느티나무에서 몸을 떼고 걸어 나왔다. 이십여 구나 되는 시체들 사이에서 몇몇 사람들이 마지막 삶의 기운을 뿜어 내고 있었다. 어떤 이는 고통을 참지 못해 몸을 마구 굴렸고 어떤 이는 양손을 허공에 치켜들고 흔들어 댔다. 이미 절명한 듯 꼼짝도 않는 왜병 시체 옆을 지나는데 갑자기 누군가 왼 발목을 움켜잡았다. 황급히 달아나려 했지만 몸의 균형을 잃고 엉덩방아를 찧었다. 왜병은 양손으로 박초희 허벅지를 짓누르며 가슴까지 얼굴을 들이밀었다.

"아악!"

비명을 지르며 고개를 돌렸다. 피비린내가 얼굴을 확 뒤덮었다. 그러나 왜병은 더 이상 덮쳐 오지 않았다.

실눈을 떴다. 앳된 얼굴이 보였다. 열다섯 살을 갓 넘겼을까. 젊다 못해 어리다는 표현이 어울릴 얼굴이다. 그 입에서 붉은 피가 주르르 흘러내린다.

"제발…… 살려줘요. 물……, 물 한 모금만! 목이 타요."

초점을 잃은 두 눈에 눈물이 가득 고였다. 박초희는 저도 모르게 소년 왜병을 꼭 끌어안았다. 목소리가 점점 작아졌다.

"어머니! 어……."

박초희의 눈에서도 굵은 눈물이 쏟아졌다.

'누가 이 소년을 낯선 숲에서 죽였는가. 누가 이 소년의 미래를 빼앗아 갔는가. 얼마나 많은 이들이 원하지도 않은 죽음을 맞이해야 하는가.'

"그이는 이미 죽었으니 이리 와서 날 좀 도와주오."

고개를 돌렸다. 어느 틈에 낯선 사내가 창끝에 배를 찔린 왜병을 돌보고 있었다. 박초희는 가슴에 품었던 소년을 내려놓고 그에게 다가갔다.

"뭘 그리 보는 게요? 어서 저 무명천으로 여기와 여기, 피 나오는 곳을 누르시오. 지혈을 해야 하니까 세게! 뭘 하고 있소?"

박초희는 황급히 무명천을 집어 들고 왜군 가슴을 꾹 눌렀다. 사내는 대침을 꺼내 머리에 침을 놓기 시작했다. 손놀림을 보건대 오랫동안 수련한 의원임이 분명했다. 조선인 의원이 어찌하여 이토록 낯선 곳에서 왜군을 치료한단 말인가. 왜병이 정신을 잃어 가며 지껄였다.

"사, 살려 주오. 나에겐 아내가…… 딸이……."

침을 놓던 사내가 답답한 표정으로 고개를 저었다.

"말하지 마. 말할 힘이 있으면 조금이라도 더 견뎌. 대체 뭐라는 건지……?"

박초희가 기어들어가는 목소리로 답했다.

"아내와 딸이 보고 싶다고 하네요."

침을 놓던 사내가 고개를 돌려 박초희 얼굴을 뚫어져라 보았다.

"……여자였소? ……왜말을 아오?"

박초희가 무명천을 더욱 힘껏 누르며 답했다.

"어서 침이나 계속 놓아요. 여자이고 왜말도 압니다."

사내는 다시 대침을 들고 혈을 짚어 나갔다. 그러나 그 왜병은 피를 너무 많이 흘려 죽고 말았다.

사내는 다른 부상자가 있는 곳으로 옮겨가는 도중에 자기 소개를 했다.

"최중화라고 하오."

최중화. 어쩐지 귀에 익은 이름이었지만, 박초희는 최중화를 알아보지 못했다. 자신이 이 사람 손에 생명을 얻었던 것도 기억나지 않았다.

"의원이시군요, 조선인과 왜인을 가리지 않고 다친 사람을 치료하는."

박초희가 또 재빨리 끼어들었다. 최중화는 박초희 얼굴을 다시 한 번 쳐다본 후 화살에 맞은 왼 어깨를 붙들고 앓는 소리를 내는 의병 앞에 앉았다. 다행히 상처도 깊지 않고 정신도 또렷했다.

'박초희가 분명하다. 좌수사 군영에 있을 줄 알았는데, 어찌 이런 곳에 나타났을까.'

"아플 게요. 하나 지금 뽑지 않으면 독이 뼈까지 스며 나중엔 이 어깨를 잘라 내야 하오. 선택하시오. 고통을 참겠소, 아니면 나중에 외팔이로 살겠소?"

서른을 갓 넘긴 듯한 의병이 최중화를 노려보며 물었다.

"왜놈들은 왜 치료하는 게요? 당신 누, 누구요?"

최중화가 혀를 차며 답했다.

"그런 소릴 하는 거 보니 참을 만한가 보구면. 내가 누구든 그게 무슨 상관이오? 왜병을 치료하든 의병을 치료하든 그건 내 마음이라오. 왜병을 치료한 의원이기 때문에 나한테 치료 받기 싫다 이거요? 하면 그냥 가리다."

"아, 아니오. 제발!"

의병이 눈살을 찌푸리며 어금니를 깨물었다. 최중화가 오른 어깨를 잡으며 다짐을 받았다.

"한 가지만 약조하오. 이걸 뽑고 치료가 끝난 후에 저기서 신음하는 왜병들을 죽이지 않겠다고. 다친 몸으로 서로 치고 받으면 모두 죽고 말 게요."

"저 간교한 왜놈들이 먼저 공격하면 어찌하오?"

최중화가 박초희와 눈을 맞춘 후 답했다.

"그건 내가 책임지리다. 어쨌든 치료가 끝나면 각자 군영을 찾아 떠나는 거요. 약조하오."

"아, 알겠소. 어서 치료나 해 주오."

"하면 우선 이 나무 막대를 입에 꽉 무시오. 자, 어서 이쪽으로 돌아서서 오른 어깨를 잡아요. 아니, 그렇게 잡지 말고 환자가 움직이지 못하도록 목과 어깨를 동시에……, 그렇지."

박초희는 등 뒤에서 사내를 끌어안다시피 붙잡았다. 최중화는 다시 한 번 화살이 박힌 깊이와 방향을 살핀 후 왼손으로 사내의

빰을 밀며 오른손으로 부러진 화살을 잡아 쥐었다. 그러고는 단번에 뽑아냈다. 화살이 뽑히는 것과 동시에 붉은 피가 최중화의 얼굴과 양손에 튀었다.

"으윽!"

의병은 고통을 참지 못하고 몸을 부들부들 떨다가 자기 피를 보고 정신을 잃었다. 최중화는 다시 이십 보 정도 떨어진 곳에 있는 왜군에게 달려갔다. 의병 어깨를 살피며 미적거리는 박초희를 큰 소리로 불렀다.

"그 사람은 그냥 두오. 잠시 정신을 잃은 것뿐이라오. 피도 이제 더 나오지는 않을 게요. 그보다 이 사람이 더 급하오. 와서어서 말을 좀 걸어 주오. 왼 머리를 얻어맞은 듯한데, 오른손과 오른발을 올려 보라고 말해요. 빨리!"

박초희가 뛰어와서 왜말로 말했다. 왜군은 온힘을 다하여 오른손과 오른발을 들어올리려 했지만 꿈쩍도 하지 않았다.

"자기 손발이 아닌 것 같대요."

최중화가 고개를 끄덕인 후 대침을 놓기 시작했다.

최중화는 왜병 다섯 명과 의병 세 명을 치료했다. 땀이 비 오듯 흘렀지만 잠시도 쉬지 않았다. 왜병들은 도움을 받자 거듭 감사 인사를 했다. 조선인 의원 덕분에 목숨을 건지리라고는 상상도 못했던 것이다. 그들을 치료하는 데는 박초희의 도움도 컸다. 왜말로 어디가 아픈지를 정확하게 물어볼 수 있었던 것이다. 그들이 모두 떠나자 최중화는 다시 팔을 걷어붙이고 일어섰다. 박초희는 오른손 검지로 눈꼬리를 어르며 그 뒤를 따랐다. 최중화는 먼저 갈가리 찢겨 나간 머리나 몸통, 팔과 다리를 박초희가 숨었던 느티나무 아래로 모았다. 박초희는 차마 그것들을 줍지 못하고 머뭇거렸다.

"시신을 파묻는 게 가장 좋으나 지금은 여력이 없으니 우선 모아 두기라도 합시다. 토할 것 같으면 저쪽으로 물러나 있으시오."

"아, 아니에요. 돕겠어요."

박초희는 가슴과 목에 화살을 맞고 죽은 왜병 시체로 다가갔다. 그러고는 등을 보인 채 뒤돌아서서 피 묻은 두 발을 양손으로 동시에 잡았다. 쉽게 움직일 것 같던 시체는 의외로 무거웠다. 어깨에 잔뜩 힘을 준 다음에야 겨우 걸음이 떨어졌다.

한 구를 옮겼을 뿐인데 벌써 등이 땀으로 축축했다. 최중화는 머리가 북쪽으로 가도록 시체들을 차례차례 뉘었다. 사지가 찢긴 시체도 이리저리 맞추어 제 꼴을 찾아 주었다. 왜병 시체 스물과 의병 시체 다섯이 나란히 놓였다. 최중화는 공손히 양손을 모은 후 절을 두 번 했다. 그러곤 눈을 지그시 감고 침묵했다. 박초희는 절을 하지 않고 두 손을 모은 채 기도를 올렸다.

'주여! 이들을 굽어 살피소서. 젊어 하늘의 부름을 받았사오니 그 애통함을 어루만져 주소서. 왜군이든 조선의 의병이든 구별하지 마시고, 다만 그 영혼을 아껴 살피소서. 이 땅에서는 적으로 만나 서로의 목숨을 노렸으나 그곳에서는 친구로 지내게 하소서.'

박초희가 기도를 마치기를 기다려 최중화가 먼저 입을 열었다.

"남장을 하고 어디로 가던 길이오?"

"홍의 대장 곽재우 장군을 찾아 예까지 왔습니다."

"홍의 대장? 젊은 처자가 홍의 대장을 왜 찾는 게요?"

최중화는 시치미를 뚝 떼고 물었다. 왜 전라 좌수영을 떠났느냐고 묻고 싶었지만 참았다. 박초희가 이번에도 시선을 내린 채 답했다.

"작은 힘이나마 보태려고요. 다친 의병들 돌보는 일이라도 할까 하고……."

"가족은 없소? 전쟁터는 아녀자들이 함부로 다닐 곳이 못 되오. 갈 곳이 있거든 지금이라도 돌아가오."

'크나큰 위험을 무릅쓰면서까지 이 장군은 그대를 거두었소. 왜 그 곁을 떠난 거요? 혹시 또 어떤 불행이 닥치기라도 하였소?'

"돌아갈 곳이…… 없습니다."

"갈 곳이 없다? 가족도 없소?"

"모두…… 죽었습니다."

"왜군에게 당한 거요? 어디서?"

"아, 아산에서요."

답하는 박초희의 음성이 유난히 떨렸다. 최중화의 물음이 이어졌다.

"아산에서 거창까지 혼자 내려온 게요, 그럼?"

"예!"

이번에는 박초희가 최중화에게 물었다.

"아까 붉은 옷을 입은 의병장을 보았어요. 느티나무 뒤에 숨느라 얼굴을 제대로 살피지는 못했지만 목청이 굵고 어깨통이 넓으며 명령에 절도가 있었답니다. 혹시 그분이 홍의 대장 곽재우 장군이 아니신가요?"

"그럴 수도 있고 아닐 수도 있다오. 왜군들이 홍의 대장을 잡으려고 혈안이 되어 있소이다. 홍의 대장도 여럿이라는 풍문이오. 잡아도 잡아도 결코 진짜 홍의 대장은 잡히지 않을 거라고 하오. 홍의 대장을 찾아가는 일은 포기하구려. 뜻은 갸륵하나 자칫 잘못하면 왜군을 만나 큰 화를 입을 수도 있다오."

박초희가 물음을 이었다.

"의원님은 왜 예서 이런 일을 하시는지요? 왜군과 조선 의병을 함께 돌보는 이는 아마도 의원님 한 분뿐이실 겁니다."

"의원이 환자 치료하는 거야 당연하지. 뭐 대단한 일이라고 그러시오?"

"그래도 돈 한 푼 받지 않고 이 위험한 곳을 다니는 건 아무나 할 수 있는 일이 아니죠."

최중화는 서둘러 말머리를 돌렸다.

"자, 어서 서두릅시다. 해가 지기 전에 안의(安義)까지 바래다주겠소. 일단 전라도 땅으로 몸을 피하시구려."

박초희가 고개를 저었다.

"아니 가겠습니다. 홍의 대장을 뵙지 못한다면 의원님을 돕고 싶습니다."

"허어, 나는 그런 도움 필요 없소. 의술도 모르는 처자가 어찌 날 도울 수 있단 말이오?"

박초희가 또 거짓말을 지어냈다.

"제 아비는 역관이었습니다. 특히 왜말을 잘하셨지요. 저 역시 어려서부터 어깨 너머로 왜말을 배워 서툴지만 간단히 묻고 답할 수는 있습니다. 의원님이 계속 전장을 돌아다니며 왜군 부상병들을 치료하실 것이라면, 제가 통(通)하여 역(譯)하는 일을 하겠습니다."

최중화는 잠시 말이 없었다. 박초희는 이순신에게 돌아가지 않을 뜻이 분명해 보였고, 안전한 전라도 땅에 숨을 생각도 없는 것 같았다. 그렇다면 차선책으로 자신이 당분간 박초희를 보호하는 것도 나쁘지 않았다. 아닌 게 아니라 왜병들을 치료할 때는 적잖게 도움이 될 터였다.

"뭘 믿고 날 따르겠다는 것이오? 우린 오늘 처음 만났다오."

"오래전부터 알던 분 같아요. 왜군이든 조선 의병이든 가리지 않고 치료하는 분이시니 믿을 수 있지요."

"고생이 심할 게요. 험한 산도 올라야 하고 깊은 물도 건너야 하고, 잠자리가 불편할 수도 있소. 사내들 틈에 끼어 자야 할지도 모른다 이 말이오. 전투가 벌어지면 목숨을 잃을 수도 있소. 그래도 나와 동행하겠소?"

"예, 따르겠어요."

최중화도 결심이 선 듯 고개를 끄덕였다.

"좋소. 하면 우선 마을로 내려가서 수염부터 구해 붙입시다. 남장을 하면 무엇하오? 그렇게 맨들맨들한 턱을 들고 다니면 누구든지 그대가 처자임을 눈치 챌 게요. 왜병들과 왜말로 대화를 하기 전까지는 벙어리로 지내시오. 입을 여는 순간 변장도 다 들통나고 말 테니까. 할 수 있겠소?"

박초희가 왼손 검지를 눈초리에 대며 밝게 웃었다.

"잘할게요. 정말 고마워요."

十五、맹장_{猛將}이 장렬히 죽다

팔월 이십사일 좌수영을 떠난 연합 함대는 곧장 부산포를 치지 않고 전라도와 경상도 해안을 훑으며 엿새 동안이나 수색을 벌였다. 계속되는 항해로 격군과 궁수도 점점 지쳐 갔다. 이러다간 부산포에 이르기도 전에 장졸들 사기가 바닥에 닿을 터였다.

이십구일, 조선 수군은 동래 장림포(長林浦) 앞바다까지 접근했다가 다시 가덕도로 물러났다. 장림포 앞바다에서 왜 대선 네 척과 소선 두 척을 불태워 격침한 원균이 호탕하게 웃으며 정운의 판옥선으로 건너왔다.

"장군! 어서 오십시오."

해도를 살피던 정운이 황급히 원균을 맞이했다.

'표정이 평소만큼 밝지 않군. 큰 싸움에서 선봉을 맡았으니 긴장한 탓이겠지!'

"자주 찾아뵙지 못해 송구스럽습니다."

"허어, 우리 사이에 무슨 그런 소릴 다 하오. 그나저나 역풍이 멈추지를 않으니 큰일이오."

"몰운대(沒雲臺)로 들어가기만 하면 바람 방향이 바뀔 겁니다. 몰운대에서 부산포까지는 엎어지면 코 닿을 거리이니 단숨에 적을 칠 수 있소이다."

"역시 정 만호는 믿음직한 장수요. 이번 전투로 수군의 으뜸 장수가 정해질 것이라는 소문이 파다하오. 하나 내게는 군선이 부족하오."

정운이 너털웃음을 터뜨렸다.

"허허허, 어찌 그리 약한 말씀을 하시는가요? 천하의 원 장군께서 군선이 부족한 걸 탓하시다니요. 전투가 어디 군사나 군선 수로 하는 것이오이까. 오늘도 왜선을 여섯 척이나 가라앉히지 않았소이까. 그동안 보여 주신 일당백의 기개로 왜적을 압도하십시오. 소장이 선봉에서 치고 들어가면 원 장군께서 뒤를 받쳐 주세요."

원균이 정운 손을 맞잡았다.

"내 꼭 그렇게 하리다. 전라도 수군 장수들이 모두 정 만호와 같다면 이 전란을 쉽게 끝낼 수 있을 게요. 하하하."

정운은 따라 웃지 않고 웃음소리가 그치기를 기다렸다.

"장군! 한 가지 청이 있소이다."

"말해 보오."

정운이 왼주먹을 오른 가슴에 대고 말했다.

"오래전부터 생각한 것입니다만, 오늘 꼭 말씀드리고 싶군요. 장군! 이 수사를 누르려 들지 마십시오. 그분이 세운 전공을 인정하십시오. 우리 수군이 거둔 연이은 승전에서 가장 전공이 큰 장수가 바로 이 수사십니다. 소장도 이 수사 언행이 모두 다 마음에 들지는 않소이다. 그래서 처음엔 화도 내고 따지기도 했지요. 뭐랄까, 이 수사는 보통 장수들과는 아주 다르게 말하고 행동합니다. 진법도 매우 독특하며, 단 한 명의 군졸도 단 한 척의 군선도 잃지 않겠다는 자세 또한 낯선 것이 사실이외다. 어디서부터 그런 언행이 비롯되었는지는 모르겠지만, 이 전란에선 이 수사께서 세운 전략이 승전으로 이어지고 있습니다. 왜적을 업신여기면 반드시 패한다는 그분 주장이 옳았어요. 이제 조선 수군의 중심이 이 수사란 걸 인정할 때가 되었소이다. 옛 방식대로 싸우고 옛 전과(戰果)를 들먹이는 것은 모두 어리석은 일이외다. 그러니 이 수사와 화해하십시오. 먼저 손을 내밀고 그분 휘하로 들어가십시오. 원 수사께서 이 수사께 힘을 합쳐 주신다면 조선 수군은 백 배 더 강해질 겁니다."

'정운 이놈이!'

원균은 당황했다. 용맹한 정운은 확실히 자기 편이라고 믿었는데, 그래서 이렇게 격려하기 위해 직접 찾아오기까지 했는데 꼭 그렇지도 않은 것이다. 자신에 대한 존경만큼이나 이순신의 전략에 대한 신뢰도 컸다. 정운이 저렇게 이순신을 높게 평가한다면, 전라 좌수영의 나머지 장수들도 더하면 더했지 못하지는 않을 터였다.

"나보고 이 수사 휘하에 숙이고 들라 이 말이오?"

정운이 곧바로 답했다.

"힘드실 줄은 잘 압니다. 장군이 경상 우수군 군선을 대부분 잃고 처량하게 전라 좌수군에 합류했던 지난 오월 초가 떠오르는군요. 그때도 장군은 계속 호언장담을 했으나 소장은 장군의 속울음을 들을 수 있었소이다. 이 수사 아래 들어가려니 자존심이 허락하지 않고, 따로 해전을 벌이려니 군선과 장졸 무기가 부족하였겠지요. 이러지도 못하고 저러지도 못하는 상황을 참기 힘들었을 겁니다. 내가 만약 장군이라면 어떠했을까, 몇 번 생각했소이다. 아마도 내가 나를 용서할 수 없어 자해를 하거나 자살을 시도했을지도 모르지요. 장군의 고뇌는 짐작하고도 남음이 있어요. 그러나 그렇다고 마냥 이대로 어정쩡하게 계속 갈 수는 없소이다. 조선 수군이 더욱 강해지기 위해선 단 한 사람의 으뜸 장수로부터 단 하나의 군령이, 수사에서 격군까지 일사불란하게 내려가야 하오이다."

"그 으뜸 장수가 왜 이 수사가 되어야 하오? 군선이 많기 때문에? 지금까지 해전에서 쌓은 전공이 나보다 높기 때문에?"

정운이 고개를 저었다.

"아닙니다. 군선이 많아서도 아니고 전공이 높아서도 아니외다. 솔직히 말씀드리지요. 조선 수군이 왜군과 맞서 계속 이길 수 있도록 계획을 세우고 빈틈없이 준비하며 싸울 장소와 길일을 택하여 장졸들을 이끌 수 있는, 어떤 위협에도 흔들림 없는 담력과 지략을 지닌 장수는 오직 이 수사뿐입니다. 장군과 소장은 이

수사가 세운 지략에 따라 힘껏 나아가 싸우는 돌격장 역할이면 족하지요. 우리의 용맹은 그렇듯 작은 것이고 이 수사의 담력과 지략은 그렇듯 큰 겁니다. 장군이 지난 사월 경상 우수군을 왜 제대로 이끌지 못하였는지 곰곰이 생각해 보십시오. 소장은 장군이 옥포 앞바다 싸움부터 많은 왜선을 쫓아가서 격침하는 광경을 지켜보았소이다. 그게 바로 돌격장 아닙니까? 나이가 많다거나 함경도에서 벼슬이 더 높았다는 것 따윈 이제 아무 소용없소이다. 조선 수군을 승리로 이끌 장수는 이 수사뿐이에요."

"그만!"

원균이 주먹으로 탁자를 쾅 소리 나게 내리쳤다. 정운이 말을 멈추고 원균의 부들부들 떨리는 주먹을 쳐다보았다.

"정말 장군을 위하여 드리는 말씀입니다. 조선 수군에는 장군의 용맹이 앞으로도 계속 필요합니다. 그러니 욕심을 버리십시오. 이 수사와 화해하고 그 휘하로 자청하여 들어오세요. 그 길뿐이외다."

"나는 절대 그럴 수 없소."

원균은 자리를 박차고 뛰쳐나갔다. 정운은 긴 한숨을 내쉬며 고개를 설레설레 저었다. 그러곤 다시 해도를 찬찬히 뜯어보기 시작했다.

구월 일일, 축시(새벽 1시~3시)가 채 끝나기도 전에 출항 명령이 떨어졌다. 선잠에서 깨어난 군사들은 황급히 제자리를 찾아 뛰어다녔고, 진군을 알리는 송희립의 북소리가 어둠을 찢으며 퍼져 나갔다. 정운이 예상한 바와는 달리 몰운대로 접근할수록 역풍은 점점 심해졌다.

진시(오전 7시~9시)에 겨우 몰운대를 지나자 이순신은 군령을 내려 속도를 늦추고 척후선을 띄워 화준구미(花樽仇末)로 접근하도록 했다. 화준구미에서 왜 대선 다섯 척을 찾아내어 격침한 후, 조금 더 육지 쪽으로 접근하여 다대포 앞바다에서 다시 왜 대선 여덟 척을 침몰시켰다. 그 다음에는 서평포(西平浦) 앞바다에 이르러 왜 대선 아홉 척을 당파했고, 절영도(絶影島) 앞바다에서 또다시 왜 대선 두 척을 불태워 가라앉혔다. 이순신은 해안을 샅샅이 수색하며 나아갔다.

경상 우수영 장수들은 원균이 탄 지휘선으로 모여들었다. 기효근과 우치적, 이운룡과 이영남은 침묵을 지키며 원균이 출정 명령 내리기를 기다렸다. 벌써 전라 좌수영 군선들이 절영도 초량목[草梁項]을 향해 나아가는 것이 보였다. 입정 사나운 김완의 송골매가 어지럽게 하늘을 날았고 송희립 형제가 치는 북소리도 점점 더 크고 빨라졌다. 뒤를 이어 전라 우수영 군선들이 움직이기 시작했다.

초량목은 부산포로 들어가는 마지막 협로였다.

소리를 죽이고 척후선에 접근하던 이전과는 달리 연합 함대는 크게 북을 치고 독전기를 휘두르며 나아갔다. 우부장 정운이 탄 판옥선이 선봉에 서고, 이언량의 거북선과 이순신(李純信), 권준,

신호의 판옥선이 그 뒤를 따랐다. 초량목까지 나왔던 왜 대선 네 척이 순식간에 격침되었다. 좌우로 복병을 살피며 조심스레 접근 하기에는 시간이 부족했다. 연합 함대는 초량목을 지나면서 자연 스럽게 장사진(長蛇陣)을 형성했다. 긴 뱀이 꿈틀대듯이 해안을 따라 길게 늘어선 군선들이 일제히 깃발을 흔들며 총통을 쏘기 시작했다. 해안에 정박해 있던 470여 척의 왜선들은 지레 겁먹은 듯 맞대응을 하지 않았다. 왜군은 바닷가 언덕으로 몸을 피해 그 곳에서 조총과 대포, 그리고 불화살을 쏘았다. 모과만 한 대철환 (大鐵丸)과 주발덩이만 한 수마석(水磨石)이 아군 판옥선 위로 쏟 아졌다.

"왜선만 공격하지 말고 언덕을 향해서도 천자 총통을 쏘아라."

이순신은 적의 저항이 육지에서 비롯됨을 알아차렸다. 왜선들 을 당파하고 불 지르는 동안 언덕에서 발사된 왜군 포탄이 날아 들고 있었다.

펑, 퍼엉!

좌수영 군선들이 일제히 천자총통을 발사하였다. 폭음과 함께 자욱한 흙먼지가 언덕 여기저기에서 피어올랐다. 피 흘리며 절규 하는 왜군들이 먼지 속에서 뿌옇게 모습을 드러냈다. 조선 수군 들이 깃발을 흔들며 함성을 질렀다.

날이 저물고 있었다.

이미 백여 척을 침몰시켰지만, 왜선은 아직도 사백 척 가까이 남아 있었다. 주위가 어둑어둑해지면서 왜군들 저항이 눈에 띄게 거세졌다. 시야가 좁아짐에 따라 날아드는 탄환을 놓치기 일쑤였다. 물러설 때가 된 것이다.

갑자기 왜 대선 세 척이 이순신이 탄 지휘선을 향해 곧장 나아왔다. 총통을 피해 좌우로 넓게 사이를 벌리더니 포위하여 협공할 태세를 갖췄다.

"당황하지 마라. 총통을 쏴라. 불화살을 날려라!"

이순신이 거듭 군령을 내렸지만 갑판 위 군사들은 동요하는 빛이 역력했다. 그 순간 선봉에서 싸우던 정운의 판옥선이 어느 틈에 진로를 바꾸어 왜 대선 한 척을 천자 총통으로 격침했다. 나머지 한 척도 불화살을 맞고 화염에 휩싸였다.

"정 만호!"

이순신이 소리쳤다. 정운이 몸을 날려 두 번째 왜 대선에 올라탄 것이다. 검술에 능한 왜인들과 맞붙어 싸우지 말라는 지시를 내렸건만, 정운은 가슴속에 활활 타는 분노를 삭일 수 없었던 듯했다. 있는 힘을 다해 왜군을 베며 나아갔다. 검술을 자랑하던 왜군도 정운의 검에 목과 사지가 뚝뚝 잘렸다. 왜군을 모조리 벤 연후에 정운은 무사히 자신의 판옥선으로 돌아왔다. 조선군이 모두 귀선한 것을 확인한 후 이순신은 천자 총통 발사를 명했다.

다시 혼전이 거듭되었다.

조선 수군의 화력에 겁을 먹은 왜선들은 더 이상 바다로 나아오지 않았다. 짙어 가는 어둠에 숨어 언덕 위에서 조총을 쏘고 화살을 날렸다. 녹도 만호 정운이 상륙하여 싸울 수 있도록 허락해 달라고 전령을 보내 왔다.

"결코 허락할 수 없다!"

이순신은 절대 불가라는 군령을 내렸다. 칠흑 같은 밤이 찾아들 것인데 지금 부산포에 상륙하는 것은 자살 행위다. 이번에는 정운이 직접 군선을 끌고 다가왔다.

"고맙소! 정 만호가 내 목숨을 구했소."

정운이 크게 웃으며 장검을 휘둘렀다.

"장군, 왜적은 조선 수군이 두려워 제대로 싸우지도 못하고 있소이다. 횃불을 들고 끝까지 싸우도록 합시다. 장군! 지금은 하늘이 준 기회이오이다."

그러나 이순신은 정운의 청을 냉정하게 물리쳤다.

"군중 회의에서 결정한 대로 해가 질 때까지만 전투를 하겠소. 날이 저물면 적의 복병선들이 퇴로를 봉쇄할 것이오. 그러면 우린 우물 안 개구리 신세가 되고 마오. 격군들도 더 이상 노를 젓지 못할 만큼 지쳤소. 자, 이제 군선들을 거두어 가덕도로 일단 물러났다가 내일 다시 옵시다."

"장군!"

이순신이 좋은 말로 정운을 달랬다.

"이 정도면 충분히 왜군에게 타격을 주었소. 귀환합시다. 선봉에서 참 잘 싸워 주었소. 이번 해전에서 가장 높은 전공을 세운 장수는 정운 바로 그대요."

정운이 입가에 미소를 지으며 고개를 끄덕였다.

"그럼 먼저 가덕도로 가십시오. 군선들이 모두 물러나는 것을 확인한 연후에 소장도 뒤를 따르겠소이다."

"선봉에서 싸우느라 지치지 않았소? 그 일은 이 첨사에게 맡겨

도 되오."

"아닙니다. 마무리까지 소장이 해야지요. 먼저 물러나십시오. 나중에 뵙겠소이다."

먼저 달려드는 것도 선봉의 책무지만, 마지막까지 적과 맞서며 아군의 후퇴를 지키는 것 또한 선봉이 할 일이었다. 정운은 군선을 몰아 해안으로 돌진했다. 최대한 왜선에 가까이 붙어 싸워 아군의 후퇴를 감추기 위함이다. 정운이 탄 군선이 왜선 두 척을 당파하고 해안으로 다가선 바로 그때, 언덕 위에서 왜군 대포들이 한꺼번에 불을 뿜었다. 포탄이 어지럽게 날아들었고 이물에서 군사들을 독려하던 정운이 휘청대며 쓰러졌다. 대철환에 이마를 맞은 것이다.

"정 만호!"

가장 근접해 있던 이언량이 다급하게 소리쳤다. 배를 급히 몰아 정운의 군선 앞으로 나아간 후 천자 총통을 있는 대로 쏘았다. 그제야 왜군들 반격이 뜸해졌다. 이언량은 나는 듯이 군선을 옮겨 탔다.

"이럴 수가!"

머리 부분에서 붉은 피가 콸콸 흘러나왔고, 갑옷은 벌써 온통 피로 질척거렸다. 군졸들은 감히 시신 가까이 접근하지도 못했다. 이언량은 성큼 앞으로 나아가서 머리 없는 정운의 시신을 품에 안았다.

"으흐흐! 정 만호! 이게 무슨 일입니까?"

이언량은 미친 사람처럼 울부짖었다. 둘러선 군사들도 엎드려 주먹으로 뱃바닥을 치며 눈물을 쏟았다.

"퇴각 명령이 내렸습니다. 어서 피하시지요."

눈물을 훔치며 뒤돌아보니 연합 함대 군선들이 뱃머리를 돌려 초량목으로 빠져나가고 있었다. 더 이상 지체하다가는 낙오할 판이었다. 이언량은 깊게 숨을 들이마시며 마음을 진정시켰다. 양손과 얼굴, 가슴이 온통 정운이 흘린 피로 뒤범벅이었다.

"퇴각하라!"

정운의 군선과 이언량의 거북선이 나란히 뱃머리를 돌려 후퇴하기 시작했다. 처음에는 돌격장 바로 뒤에서 부산포의 왜선을 공격했던 중군장 권준은 이순신과 미리 정한 약속대로 후미로 점점 처져 퇴로를 확보했다. 협선들을 미리 보내 복병선을 살피는 것도 그의 몫이었다. 부산포 해안은 불붙은 왜선들로 불야성을 이루었다.

구월 이일 밤, 연합 함대가 여수에 닿자마자 이순신은 곧장 이언량의 거북선으로 달려왔다.

이언량은 임시로 만든 관에 안치한 시신 앞에 향을 피우고 있었다. 이순신에게 고개를 돌린 그는 깜짝 놀랐다. 방으로 들어서는 이순신의 두 눈에 눈물이 철철 흘러내렸던 것이다.

이순신은 관 위에 쓰러져 대성통곡했다. 시신의 손과 발을 주무르고 가슴을 어루만지더니 뻥 뚫린 이마를 보고는 잠시 까무러치기까지 했다. 그런 이순신을 바라보며 장졸들은 눈시울을 붉혔다.

이순신은 돌연 정운 가슴 위에 놓인 장검을 뽑아 들려고 했다. 이영남이 뛰어들어 팔을 잡아 만류했고 이언량이 함께 나서서 장검을 빼앗았다. 이순신은 몸부림을 치다가 다시 혼절했다. 권준이 어깨와 가슴의 맥을 짚어 깨어나게 했다. 이순신은 망연자실 앉았다가 한숨을 내쉬며 나대용을 찾았다.

"가져왔는가?"

나대용이 붉은 보자기에 싼 것을 공손하게 내밀었다. 평소에 정운이 탐내던 이순신의 흑각궁이었다. 방진이 아껴 쓰다가 이순신에게 물려준 바로 그 활이다. 이순신은 흑각궁을 정운의 가슴에 올려놓으며 겨우 슬픔을 가다듬었다.

"그대와 나 함께 죽기를 맹세하고 이 전쟁에 나섰소. 그대의 충심은 좌수영에서 으뜸이며 그대의 기개는 조선 수군의 자랑이었소. 왜적을 칠 때는 언제나 선봉에 섰으며 죽음을 무릅쓰고 돌진하기를 즐겼소. 네 번이나 이긴 큰 바다 싸움 모두 그대 공이라오. 내 그대를 의지하여 이 전쟁을 승리로 이끌려고 했건만, 어찌 그대 먼저 북망산으로 갈 수가 있단 말이오. 그대에게 줄 것이 아직도 뒤에 많이 남았는데, 이 흑각궁도 아직 그대에게 선사하지 못했는데 그대 어찌 먼저 내 곁을 떠날 수가 있소. 정 만호, 부디 이 못난 사람을 용서하오. 내 그대 이름을 가슴에 새겨 그대 몫까지 싸우리다. 그대 머리가 되고 눈이 되고 코와 입이 되어 왜선을 격침하리다. 정 만호, 부디 그곳에서도 조선 수군의 앞날을 살펴 주오. 정 만호!"

十六. 원균, 새 책사(策士)를 얻다

벌써 열흘째 술이다. 고추장에 대충 무친 우엉을 씹으며 마시고 마시고 또 마셨다. 아들 사웅이 눈물로 호소해도 손에서 술잔을 놓지 않았다. 깨어나면 가슴을 치고 목을 뒤로 젖힌 채 흘러내리는 눈물과 함께 술을 들이부었다.

"아, 정운! 정녕 갔단 말인가? 이렇듯 덧없이! 이제 전라 좌수군에는 날 알아주는 이가 하나도 없겠구나……."

우치적과 기효근이 원균의 판옥선으로 건너왔다. 활달하게 휘하 군선을 독려하던 경상 우수사가 열흘 동안 꿈쩍도 하지 않던 것이다. 이순신이 불러도 병을 핑계로 나가지 않았고, 병문안을 오겠다는 연통도 받아들이지 않았다. 기효근이 먼저 나섰다.

"장군! 이제 술은 그만 드십시오. 정 만호 복수를 하려면 진법 훈련을 해야지요. 슬픔이 큰 줄은 알지만 이런다고 죽은 정 만호

237

가 살아 돌아오진 않습니다."

우치적은 아예 탁자 위에 있는 술통과 원균 손에 들린 술잔을 강제로 빼앗았다. 원균이 눈을 부라렸다.

"이게 무슨 짓인가? 어서 술잔을 내놓지 못하겠는가?"

우치적은 원사웅에게 술통을 건넨 다음 술잔을 바닥에 내동댕이쳤다.

"이놈이!"

원균이 자리에서 벌떡 일어섰지만 한 걸음도 내딛지 못하고 비틀대며 엉덩방아를 찧었다. 술을 너무 많이 마신 것이다. 우치적이 무릎을 털썩 꿇으며 소리쳤다.

"장군! 장군만 믿고 여기까지 왔습니다. 경상 우수군 군선들이 대부분 유실되고 장졸들이 뿔뿔이 흩어졌을 때도 장군은 손에서 검을 놓지 않으셨습니다. 갑옷을 벗지도 않으셨습니다. 장군! 전라 좌수군이 수적인 우세만 믿고 경상 우수군을 깔볼 때도 소장은 장졸들에게 자신 있게 말했습니다. 우리에겐 경상 우수사 원균 장군이 계시지 않으냐고. 원 장군 한 분이 판옥선 오십 척과 맞먹는다고. 그러니 허리 펴고 당당하게 다녀라, 장졸 수가 적다고 주눅 들 필요 없다고. 한데 장군! 술로 나달을 보내시다니요? 장군이 이러시면 경상 우수군은 누굴 믿고 해전을 치른단 말입니까?"

원균이 천천히 자리에서 일어섰다. 그리고 성큼 우치적에게 걸어갔다. 이상하게 비틀거리지도 않았다. 우치적 어깨를 꽉 틀어잡은 원균이 그를 일으켜 세웠다.

"날 너무 믿지 마라."

정운을 잃은 슬픔과 함께 지독한 무력감이 밀려들었다. 언제부터인가 군중 회의에서 목청을 높여도 호응이 없었다. 이순신은 팔짱을 낀 채 눈을 감았고 이억기는 두 선배 장수 안색을 살피며 침묵했다. 전라 좌수영 장수들은 슬그머니 빠져나가 사라지거나 고개를 숙인 채 눈길조차 마주치기를 꺼렸다. 처음에는 이순신을 찾아가서 항의도 하고 설득도 해 보았다. 건천동 시절 추억을 떠올리며 믿음을 키워 보려고도 애썼다. 그러나 이순신은 좋은 낯으로 맞이하면서도 자신이 정한 전술은 바꾸려 들지 않았다. 이억기도 찾아갔지만, 미리 이순신과 뜻을 맞추기라도 한 듯 출정하여 왜적을 치는 일에 소극적이긴 마찬가지였다.

정운이 전사했다는 비보를 접하고 곧장 이언량의 거북선으로 달려갔을 때 역시 원균은 또 한 번 좌절을 맛보았다. 거북선 안으로 들어서자마자 이순신의 곡소리가 귀를 찔렀다. 향 냄새를 맡으며 정운의 시신이 안치된 방으로 들어섰다. 전라 좌수영 장수들은 통곡하는 이순신을 위로하느라 바빠 원균이 향불 앞에 들어와 서서야 겨우 그를 알아차렸다.

원균은 털썩 왼 무릎을 꿇었다. 정운 가슴에 올려진 흑각궁이 눈에 띄었다. 이순신이 늘 아끼고 자랑하던, 방진으로부터 물려받은 흑각궁이었다. 그사이 이언량은 다시 혼절한 이순신을 업고 의원에게 보이기 위해 방을 나갔다.

'정 만호! 내가 꼭 저 부산포 왜군들을 싹 쓸어버리겠소.'

원균은 울음을 삼키며 일어선 후 전라 좌수군 장수들을 향해 외쳤다.

"내일이라도 당장 부산포로 가야 하오. 정 만호 복수를 합시다. 출정 준비를 하오."

원균을 바라보는 장수들 눈빛이 싸늘했다. 권준이 부드럽지만 빈틈없는 목소리로 이의를 제기했다.

"바로 어제 부산포 앞바다에서 500척이나 되는 왜선과 싸우고 돌아온 장졸들입니다. 지금 다시 출정한다는 것은 불가합니다. 군선을 정비하고 격군들도 휴식을 취해야 합니다."

원균이 언성을 높였다.

"우리가 힘들면 부산포에 웅크린 왜군도 힘들 게요. 저들이 다시 전열을 가다듬기 전에 쳐야 하오. 내가 앞장서겠소. 갑시다."

이번에는 이언량이 나섰다.

"원 장군이 앞장서든 말든 그건 우리가 알 바 아니외다. 하나 우리는 전라 좌수사이신 이 장군 군령만 따를 뿐입니다. 이 장군은 좌수영에서 군선을 정비하라는 군령을 이미 내렸소이다."

"무엇이라고? 이 수사 군령만 따르겠다?"

나대용이 덧보탰다.

"경상 우수군은 원 장군 군령을 따를 게 아닙니까? 부산포로 가고 싶다면 우수군을 이끌고 가십시오. 우리에게 이래라 저래라 말란 말입니다."

'이놈들이 이제 날 완전히 무시해!'

원균은 어금니를 짓깨물었지만 어찌할 도리가 없었다. 그대로 분함을 삭이며 거북선을 떠났다.

'아아, 답답하구나. 이순신이 경상 우수사고 내가 전라 좌수사였다면 얼마나 좋았을까!'

원균은 자주 속으로 이순신과 자신의 위치를 바꿔 보곤 했다. 자신에게 많은 배가 있고 이순신이 궁벽한 처지였다면, 자신은 격의 없이 이순신을 확 끌어안은 후 적극 공세를 펼쳤으리라. 이 일과 서찰이 오고가긴 해도 차마 이런 처지를 의논할 수는 없었다. 나이로 보나 연륜으로 보나 조선 수군의 주장이어야 할 원균 자신이 두 후배 장수들로부터 따돌림을 당하는 형편이 미칠 듯이 안타깝고 서럽기만 했다.

'오십 평생 이런 적은 단 한 번도 없었다. 언제나 앞서 달리면 많은 장졸들이 호응하며 뒤따르지 않았던가. 진심으로 목숨을 걸고 싸우면 승리하지 않았던가. 정운은 내게 이순신과 화해하라 했다. 먼저 고개를 숙이고 이순신 밑으로 들어가라 했다. 그러나 나는 결코 그럴 수 없다. 어찌 내가 이순신 휘하에서 돌격장이나 하며 늙어 갈 수 있단 말인가.

이순신과 좌수영 장수들은 점점 더 나를 배제하려 들 것이다. 우치적이나 기효근은 의리를 아는 사내들이지만, 저 꾀돌이 권준이나 능구렁이 같은 신호하고는 맞설 수 없다. 이 난관을 뚫고 나갈 방법이 없다. 아, 답답하다!'

열흘 동안 취하든, 열흘 동안 진해루에서 속을 끓이든 어차피 마찬가지였다. 차라리 가배량에서 남은 장졸들과 함께 장렬히 마지막을 맞는 편이 나았다. 이순신과 손을 잡으라는 이운룡의 권고를 듣는 게 아니었다.

'한데 이영남은 어디로 갔지? 어디로 갔기에 안 보인담?'

또 이순신에게 갔을 거라는 생각이 들었다. 뒤미처 부글부글 분노가 끓어올랐다.

'그놈은 내 장수다. 이 원균이 가르치고 키운 경상 우수영 장수다! 한데 이순신은 이제 내 장수들에게까지 손을 뻗어 제 맘대로 불러다가 달콤한 술과 간교한 말로 유혹한다. 제 사람으로 만들려 획책한다. 안 될 일이다. 가만 두지 않겠어.'

원균은 다시 뒷걸음질을 쳐서 탁자 앞에 앉았다.

"무옥아!"

부르기를 기다렸다는 듯이 무옥이 고운 아미를 드러냈다.

"무옥아! 검무를 추고. 오랜만에 네 춤이 보고 싶구나. 정운을 위해 한 판 멋지게 벌여 보아라. 사웅이는 갑판 위에 거추장스러운 것들을 모두 치우고 장졸들을 둥글게 앉혀라. 무옥아! 칼바람을 일으켜 다오. 왜적들을 향한 복수심을 활활 불태워 다오."

"예, 그리하겠어요."

술판이 끝나고 춤판이 시작되었다. 갑판에 모여 앉은 장졸들은 술 냄새를 풍기며 나타난 원균을 말없이 쳐다보았다. 그가 열흘 넘게 술독에 빠져 지낸 것을 모르는 이는 없었다. 장검이나 창을 어깨에 걸친 군졸들 표정 역시 매우 어두웠다. 원균이 원 안에 들어서서 좌중을 한 번 훑어본 다음 큰 소리로 외쳤다.

"답답한가? 나도 답답하다. 싸우고 싶은가? 나도 목숨을 걸고 싸우고 싶다. 이기고 싶은가? 나도 승리의 깃발을 동래와 부산포에 휘날리고 싶다. 물론 조선 수군은 계속 이기고 있다. 부산포 앞바다 싸움도 우리가 이겼다. 그러나 이렇게 이기는 것은 지는 것보다도 편치 않다. 이겼으되 승자의 기쁨을 누릴 수 없는 이유는 무엇인가? 아군에게 전적으로 유리한 길목에 숨어 적을 기다리기만 했기 때문이다. 멀리서 적을 향해 총통만 뻥뻥 쏘기 때문이다. 달아나는 적을 복병 때문에 쫓지 않기 때문이다. 오랑캐와 싸워 이런 식으로 승전을 거두리라고는 그대들도 나도 일찍이 생각하지 못했다. 이건 비겁한 전투며 떳떳하지 못한 승리다. 그 비겁을 단숨에 쓸어버리고자 우리는 부산포로 진격했다. 그리고 정운은 죽고 나만 살아남았다. 열흘 동안 술을 마셨다. 그러나 단 한순간도 취하지 않았다. 정운의 원혼이 저 바다에서 내 이름을 부르고 있기 때문이다. 내일부터 나는 다시 진법 훈련을 시작하겠다. 그대들도 오늘 하루만 마음껏 마시고 대취하라. 정운의 원혼을 달래는 검무부터 시작하겠다."

잠시 침묵이 흐른 뒤 장졸들 함성이 일제히 터져 나왔다. 원균과 함께 완전한 승리를 거두겠다는 결의를 다졌다.

늑대 가죽을 어깨에 두른 무옥이 원 한가운데로 뛰어든 것은 바로 그 순간이었다. 양 볼과 양손을 온통 붉은 빛으로 물들였다. 멀리서 보면 사냥을 끝내고 먹잇감을 뜯기 시작한 늑대와도 같았다. 무옥은 양손에 들린 장검을 갑판에 찍으며 빙글 한 바퀴 공중제비를 돌고 왼 무릎을 꿇으며 앉았다.

무옥이 항상 원균의 판옥선에 머무른다는 사실이야말로 조선 수군들 사이에서 가장 많이 구설에 오르는 일이었다. 우치적이나 기효근조차도 그녀가 지휘선에 머무는 것을 못마땅하게 여겼다.

군선에 여자가 출입하는 것은 엄격히 금하고 있었던 것이다. 노를 젓고 총통을 발사하며 비바람과 맞서 싸우는 곳에 여자가 낄 자리는 없었다. 가끔 경사스러운 날에 관기들을 불러들여 흥을 돋운 적은 있지만, 군선에서 먹고 자며 머무른 여자는 무옥이 처음이었다. 이영남이 조심스럽게 좋지 못한 뒷공론을 전했을 때 원균은 껄껄껄 웃었다.

"무옥은 군사 백 명 몫을 하고도 남아. 지금이라도 자네와 검술로 맞선다면 난 무옥이 이기는 쪽에 걸겠네. 북삼도 그 차디찬 변방에서도 내 곁에 머무른 여인일세. 절체절명의 위기에서 내 목숨을 구해 준 적도 있었다네. 전라 좌수사나 우수사에게 가서 전하게. 뒷구멍으로 험담하지 말고 불만이 있으면 직접 면전에서 말하라고 말이야."

무옥의 칼날이 현란하게 허공을 가르기 시작했다. 처음에는 전후좌우로 반복되는 예측 가능한 발놀림을 보였다. 장졸들도 주먹으로 갑판을 치며 절도 있는 동작을 따라갔다. 넓은 이마는 조약돌처럼 희고 단단했으며 두 눈은 시퍼런 독기를 뿜어냈다. 양팔을 높이 추켜올리는가 싶더니 빙글빙글 원을 그리며 돌기 시작했다. 처음에는 허공에 떠돌다 내리는 두 발이 보였는데, 점점 빨라지면서 언제 발이 닿고 언제 떨어지는지를 가릴 수 없었다. 그러다가 갑자기 뚝 걸음을 멈추고 섰다. 마침 샛바람이 불어 머리카락 몇 가닥을 서쪽으로 흩어 놓았다.

"탓!"

외마디 고함과 함께 곧바로 하늘을 향해 차올랐다. 두 발이 땅에 닿는 것과 동시에 장검을 휘돌려 대기 시작했다. 나아가는 듯 물러서고 찌르는 듯 베었다. 눈앞에 적들이 달려드는 착각이 생길 정도로 거센 검무가 이어졌다.

"좋구나. 정말 좋아!"

갑자기 원균이 곁에 있던 군졸이 메었던 장창을 빼앗아 들었다.

"아버님!"

원사웅이 창을 붙들고 만류했다. 기효근도 원사웅을 도왔다.

"취기라도 가신 후에 하시지요."

원균이 고개를 저으며 눈짓으로 무옥을 가리켰다.

"저대로 두면 미쳐 버릴 게야. 벌써 수십 명을 베지 않았는가? 정운의 원혼이 편히 쉴 수 있도록 마무리는 내가 해야지. 걱정 말게."

원균이 쿵쿵 갑판을 울리며 무옥에게 나아갔다. 예리한 칼날이 머리와 어깨 위로 날아오며 한기를 뿌렸지만 원균은 간단히 허리를 움직여 피했다. 곧 머리 위로 장창을 들어 올린 다음 빙빙 돌려 대기 시작했다. 무옥 역시 양발을 죽 뻗으며 등 뒤에서 날아오는 장창을 스쳐 지나가게 했다. 두 사람은 사생결단을 하는 적수처럼 뒤엉켜 살기를 뿜어냈다. 때로는 박쥐처럼 날아가고 때로는 호랑이처럼 달려들었다. 장졸들은 겁먹고 엉덩이를 밀며 물러났다. 뱃머리로 달리던 무옥이 뒤돌아서서 원균을 향해 몸을 날렸다. 원균이 허리를 낮추는 순간 무옥이 바람에 날리는 잎사귀처럼 원균 어깨 위로 올라섰다. 그로써 춤사위는 끝났다.

장졸들은 원균의 두 뺨을 타고 내리는 눈물을 보았다. 무옥의 눈에도 눈물이 흘렀고, 우치적과 기효근, 원사웅의 눈에도 눈물이 가득 고였다.

"장군! 웬 스님이 뵙기를 청합니다."

하선하여 주변을 살피던 군졸의 목소리가 들려왔다. 원균은 무옥을 내려놓고 성큼 소리가 들려온 쪽으로 갔다. 원정립(圓頂笠, 승려들이 쓰는 갓)을 쓴 불제자가 군졸 뒤에 서 있었다. 우치적이 큰 소리로 물었다.

"누구요? 여긴 살생을 금하는 불제자가 올 곳이 못 되오. 돌아가시오."

불제자는 대답 대신 원정립을 벗었다. 그렁그렁 눈물을 머금었던 원균의 표정이 차츰 밝아졌다.

"올라오게 하라. 정 만호의 원혼을 마지막으로 달랠 적임자가 왔군."

원균은 불제자가 올라설 갑판에 미리 가서 기다렸다. 이순신이나 이억기가 와도 이렇듯 환대한 적은 없었다. 원사웅은 아버지가 그 불제자와 인연이 있다는 느낌을 강하게 받았다.

"장군! 그간 평안하셨는지요?"

불제자가 양손을 모으고 공손히 허리를 숙였다. 원균이 덥석 그 손을 감싸 쥐었다.

"월인! 왜 이제야 온 게요? 얼마나 그댈 기다렸는데……."

월인이 미소를 가득 머금은 채 답했다.

"전쟁으로 신음하는 중생들을 둘러보고 오느라 잠시 늦었습니다. 이렇듯 환대하시니 감읍할 따름입니다."

"자자, 예서 이럴 게 아니라 들어갑시다."

원균은 방금까지 술통을 끼고 정운을 그리워하던 자기 방으로 월인을 이끌려 했다. 월인이 원균 곁에 서 있는 장수들을 살피며 말했다.

"장군! 먼저 소승이 데려온 승병들을 경상 우수군에 포함시켜 주셨으면 합니다."

"승병이라 하였소? 어디 그 승병이 있단 말인가?"

월인이 삿갓을 허공으로 힘껏 던지자 떡갈나무 숲에서 불제자들이 모습을 드러냈다. 장졸들의 환호성이 터져 나왔다.

"장군을 모시고 결사 항전할 각오로 온 불제자들입니다. 장봉에 능한 계룡갑사 광수 스님을 비롯하여 백여 명이 됩니다. 경상 우수군에 속하여 다른 장졸들과 똑같이 지내고 싶습니다. 받아 주십시오."

원균이 다시 한 번 월인의 손을 꼭 쥐었다.

"대단하오. 받아 주다마다. 그대는 이제부터 내 장자방(張子房, 한고조 유방의 전략가 장량. 훌륭한 참모를 비유하는 말.)이라오. 또한 저 승병들도 당연히 경상 우수군이 되는 게요."

"감사합니다. 이 목숨이 다하는 순간까지 장군을 위해 싸우겠습니다."

"자자, 어서 들어갑시다. 할 말도 들을 말도 참으로 많다오."

원균과 월인이 먼저 방으로 들어가고, 기효근, 우치적, 무옥이 그 뒤를 따랐다. 원사웅은 갑판을 정리한 후 장졸들에게 내릴 술과 고기를 마련하기 위해 하선했다.

자리를 잡고 앉자마자 원균이 농담부터 건넸다.

"곡차는 다들 좀 하시는가? 오늘은 밤새 술을 마셔야 하는
데……."

월인이 미소를 잃지 않고 답했다.

"마다할 사람은 없을 겁니다. 하나 저희를 위해 술을 내는 거
라면 그리 아니하셔도 됩니다."

원균이 고개를 저었다.

"아니오. 겸사겸사라오."

"겸사겸사라시면?"

우치적이 아직도 미심쩍은 얼굴로 코를 벌렁대며 답했다.

"녹도 만호 정운의 넋을 기리기 위함이오이다."

"녹도 만호 정운이라면 부산포 앞바다 전투에서 장렬히 전사한
장수를 말씀하시는 겁니까?"

"그렇소이다."

월인이 고개를 좌우로 흔들었다.

"이상하군요. 녹도 만호라면 전라 좌수영 장수가 아닙니까? 친
분이 있었다고 해도 그이가 죽은 지 열흘이 지났는데 경상 우수
영 지휘선인 이곳에서 그 넋을 위로하다니 이해할 수 없군요. 하
면 그 반대는 없습니까?"

"반대라니?"

기효근이 월인의 질문을 되받아쳤다.

"전라 좌수사가 아끼는 경상 우수영 장수는 없느냐 이겁니다."

"무엇이라고?"

기효근과 우치적이 동시에 자리를 박차고 일어섰다.

"앉게."

원균이 차분하게 명령했다. 그는 벌써 머릿속에 이영남을 떠올렸다가 지웠다. 월인의 추측대로 경상 우수영 장졸 몇몇은 이미 이순신에게 마음을 빼앗겼던 것이다.

'날카롭군. 판단력과 용기는 여전해.'

더욱 믿음이 갔다. 원균 왼편에 앉은 무옥이 월인 얼굴을 똑바로 쳐다보며 물었다.

"금란굴에서 원 장군을 구해 주신 사연을 들었습니다. 월인 스님이 아니었다면 도적 떼에게 죽임을 당했을 거라고 하셨지요. 듣자 하니 서산 대사를 따르는 불제자들이 팔도에서 승병을 일으켰다고 합니다. 월인 스님도 그러하신가요?"

서산 대사 휴정의 명에 따라 원균을 찾아왔느냐는 물음이다. 월인이 답했다.

"소승을 만나지 않았더라도 원 장군은 소생하셨을 겁니다. 작은 재주를 그리 칭찬하시니 부끄럽습니다. 원 장군 곁에 늑대처럼 용맹하고 학처럼 아리따운 여진의 춤추는 보석이 있다더니 헛소문이 아니었군요. 서산 큰스님을 오랫동안 곁에서 모셨으나 여기에 온 것은 소승이 혼자 결정한 것입니다."

"왜 서산 대사를 돕지 않고?"

원균이 궁금한 듯 물었다.

"자질이 부족해서입니다. 소승도 힘껏 큰스님을 모시고 싶었으나 더 이상 당신께 손발을 묶이지 말고 수행길을 떠나라 하셨습니다."

"어디어디를 둘러보시었소이까?"

우치적이 더욱 의심스러운 표정으로 물었다. 서산 대사와 연결된 승병도 아닌 것이다.

"의주에서부터 평양과 송악, 도성과 계룡산 일대를 돌아 전라도까지 내려왔습니다."

"의주라면 그곳까지 몽진을 간 조정 대신들을 혹시 보지 못하였소?"

월인 얼굴에서 웃음이 조금씩 사라져 갔다. 이제 핵심을 이야기해야 한다.

"보다뿐입니까? 큰스님과 함께 탑전에도 나아갔습니다."

"탑전? 하면 용안을 우러러 뵙는 광영을 누렸단 말이오?"

"그렇습니다. 불제자로서는 감히 꿈꿀 수도 없는, 다시 없는 광영이지요. 전하께서는 큰스님께 승병을 일으키라 하명하셨습니다."

"원반(鵷班, 품계에 따라 늘어선 문무 백관의 반열) 대신들 중에는 누구누구를 만났소?"

"탑전에 급히 나아가느라 많은 분들을 뵙지는 못하였습니다. 다만 큰스님과 평소에 친분이 두터운 풍원 부원군 대감을 뵈었습니다."

원균의 두 눈이 더욱 커졌다.

"풍원 부원군! 서애 대감을 뵈었다 이 말이오?"

월인이 고개를 끄덕였다.

"그래, 서애 대감이 수군에 대해 무슨 말씀이 있으시던가?"

월인이 기효근과 우치적 그리고 무옥과 차례차례 눈을 맞춘 다음 원균에게 시선을 돌렸다.

"전라 좌수사를 칭찬하셨습니다. 수군이 남해 바다를 지켜 낸 건 모두 좌수사 공이라 하더이다."

"이, 이런!"

우치적이 울분을 참지 못하고 이를 부드득부드득 갈았다.

"또 조선 수군을 더 강하게 만들 방책을 마련하겠다고도 하셨습니다."

"더욱 강하게 만든다? 의주에 있는 서애 대감이 어찌 수군을 더욱 강하게 만들 수 있다는 것이오? 지금 조정은 곡물이나 의복까지 전라도에서 공급받고 있지 않소? 장졸을 모아 줄 수도 없고 군선을 보충해 줄 수는 더더욱 없소."

월인이 분명하게 답했다.

"꼭 남해 바다에 와야 조선 수군을 강하게 만들 수 있는 것은 아닙니다. 서애 대감은 이제 부원군까지 되셨고 전하의 총애를 한 몸에 받고 계시니, 그때보다 더 큰 일도 하실 수 있습니다."

"더 큰 일이라면?"

원균이 짧게 물었다. 열흘 내내 가슴을 떠돌던 불길한 예감이 되살아났다.

"이순신 장군을 남병사의 군관에서 조산 만호로, 또 정읍 현감에서 전라 좌수사로 거듭 천거하신 서애 대감이십니다. 이제 또다시 그이를 조선 수군의 으뜸 장수로 올리지 말란 법도 없겠지요."

"으뜸 장수! 하나 조선 수군 전체를 통솔하는 벼슬은 없소."

월인이 간명하게 답했다.

"지금까지 없었을 뿐입니다. 벼슬자리야 만들면 되지요."

"벼슬을 새로 만든다?"

"삼도 수군을 모두 통제하는 벼슬을 만들고 그 자리에 전라 좌수사를 천거할 수도 있다는 말씀입니다."

"삼도 수군을 통제하는 벼슬!"

좌중은 모두 놀랐다. 월인의 주장이 상상 밖이었던 것이다. 원균은 고개를 숙인 채 앓는 소리를 해 댔다. 월인 말은 그의 가슴 속 불길한 예감을 정확히 짚었다. 이순신과 자신의 갈등은 점점 심해질 것이다. 조정에서는 두 장수 중 한 명을 선택하여 주장으로 올리자는 의논이 더욱 분분하리라.

"하면 어찌해야 하겠소?"

월인이 기다렸다는 듯이 답했다.

"조정 대신들과 연을 이으십시오."

"연을 이으라? 뇌물이라도 쓰라 이 말이오?"

월인이 갑자기 목소리를 높였다.

"서애 대감이 이 장군을 돕듯이, 장군을 탑전에서 적극적으로 추천할 대신과 친분을 쌓고 자주 내왕하시라는 말씀입니다. 이건 구차한 일도 아니고 뇌물을 쓰는 건 더더욱 아닙니다. 문신과 무신이 자기 자리에서 최선을 다하며 서로 돕는 게지요. 저들은 하고 있는데 장군께서 아니 하시면 장군만 어려움을 겪으실 겁니다."

기효근이 끼어들었다.

"누구에게 연을 대란 말이오이까?"

월인이 좌중을 쓰윽 살핀 후 자신 있게 답했다.

"그야 당연히 서인의 가장 웃어른인 오음 윤두수 대감이시지요."

"오음 대감?"

"일찍이 오음 대감은 신립, 이일 장군과 함께 원균 장군을 이 나라를 지킬 맹장으로 손꼽은 바 있습니다. 신립 장군이 전사하고 이일 장군은 패퇴하였으나 조정에서 오음 대감 힘은 조금도 줄어들지 않았습니다. 서인의 대소 신료들이 대감을 진심으로 믿고 따르고 있습니다. 장군께서도 오음 대감과 힘을 합치십시오. 사사롭게는 장군의 족친이 아닙니까. 그리하여 조선 수군의 으뜸 장수가 되십시오."

원균이 월인의 오른손을 굳게 잡았다. 오늘의 잠록한 먹구름이 걷히고 내일의 서광이 비치는 느낌이었다.

十七, 청천강에 휘도는 전운戰雲

계사년(1593년) 일월 삼일 오후.

류성룡은 이른 아침부터 청천강으로 나갔다. 살을 에는 높바람에 귓불이 얼얼했지만 한참 동안 장졸을 독려하며 군영을 설치할 장소를 물색했다. 바위와 돌을 치운 다음 땅을 평평하게 골랐고, 구원병들이 요기할 수 있도록 국과 밥을 마련했다.

"대감, 바람이 차옵니다. 동헌으로 드시지요. 명군이 오면 소인이 즉시 알려 드리겠습니다."

류용주가 상기된 얼굴로 돌아가기를 청했다.

"괜찮다. 이것 역시 내가 맡은 직분이니라."

지난달에 평안도 도체찰사로 임명된 류성룡은 평안도 관군과 의병을 총괄하고 있었다. 구원병인 명군에게 군량미를 대고 병영 설치할 장소를 물색하며 길 안내를 하는 것도 그가 맡은 일이다.

군사들의 손놀림이 어딘지 모르게 가볍고 힘이 넘쳤다. 이제 곧 평양을 탈환하리라는 희망에 추위도 잊은 듯했다.

이여송이 이끄는 명군 3만 명이 압록강을 건넌 것이 작년 십이월 이십오일이었다. 선발대로 조선에 건너와 있던 군사들과 합친 구원병은 4만 명이 훨씬 넘었고, 여기에 평안도 관군과 의병 15,000명을 더하니 조명(朝明) 연합군은 6만 명에 육박했다. 조선에 들어온 왜군이 20만이라고는 하나 상당수가 한양에 남았고 또 가토 군대는 함경도로 진격하고 있으니, 평양성을 지키는 왜군 숫자는 많아야 2만을 넘지 않을 것이다. 6만과 2만의 싸움. 아군이 수적으로 우세한 상태에서 치르는 첫 번째 전투다. 비록 왜군이 평양성을 방패막이 삼아 조총으로 무장하고 있지만, 명군 역시 성을 단숨에 파괴할 수 있는 대포를 지녔다.

'자개수염(양쪽으로 빳빳하게 갈라진 콧수염)이 볼썽사나운 심유경도 동행하고 있을까. 어쨌든 고니시의 군대를 평양에 주저앉힌 것은 심유경의 공이다. 평양으로 가서 어떻게 사탕발림을 했는지는 모르겠으나, 그의 입찬소리처럼 왜군은 50일 동안이나 평양에서 꿈쩍도 하지 않았다. 사흘 안에 압록강 물을 마시겠다느니, 분조를 이끌고 있는 세자를 볼모로 보내라느니 하는 오만한 요구가 있었지만 위협에 그쳤을 뿐이다.'

류성룡은 조정이 있는 북쪽 하늘을 말없이 응시했다. 새해와 함께 객성(客星)의 움직임이 예사롭지 않았다. 어떤 날에는 객성이 천창성(天倉星) 성좌에 나타났고 또 다른 날에는 왕량성(王良星) 성좌에 그 모습을 드러냈다. 객성의 움직임이 잦으면 큰 복이나 화를 입게 된다.

'어느 쪽일까. 이여송 역시 조승훈처럼 크게 패할까, 아니면 왜군을 물리치고 평양을 탈환할까.'

"용주야!"

류성룡은 조명 연합군이 승리할 것에 대비하여 준비를 끝내기로 마음을 굳혔다. 이여송이 패한다면 안주에서 적을 맞아 죽기 살기로 싸우는 일만 남는다. 그 결전은 따로 준비할 필요가 없다. 하나 승리한다면 패주하는 왜군에게 치명적인 상처를 입힐 수 있게끔 전략을 짜 두어야 한다.

"지금 당장 이 서찰을 황해도 방어사 이시언(李時言) 대감께 전하도록 해라."

서찰에는 평양에서 물러나는 왜군을 급습하라는 내용이 담겨 있었다. 류용주는 서찰을 소매 깊숙이 숨긴 다음 넙죽 절을 하고 남쪽으로 말을 달렸다.

'이여송, 이여송, 이여송이라!'

류성룡은 이여송의 이름을 몇 번이나 되풀이해서 읊조렸다. 이여송의 조부모가 조선인이라는 소문이 평안도 일대에 좌악 퍼졌다. 이산(理山) 독로강(禿魯江) 부근에 살다가 살인죄를 저질러 요동으로 달아났다는 것이다. 이여송 형제들은 장수의 자질이 특출나서 여송은 물론 아우 여백(如栢), 여장(如樟), 여매(如梅), 여오(如梧), 여정(如楨)이 모두 벼슬이 총병(摠兵)에 이르렀다. 백성들은 이여송이 조선인 후손이므로 더욱 힘써 조선을 도우리라고 기대했다. 그 조부모가 이 땅에서 죄를 지어 요동으로 도망쳤고,

이여송 형제들에게 조선에 대한 기억이 전혀 없다는 점은 애써 무시했다.

'천자의 나라에서 대장(大將)에까지 오른 인물이니 사사로운 옛정에 얽매이지 않을 것이다. 섣불리 동족입네 친근감을 드러냈다가는 큰 낭패를 당하리라. 그들은 이 땅에 피를 뿌리러 왔다. 그 피의 대가는 얼마나 클 것인가.'

류성룡은 문득 좌의정 윤두수가 작년 시월에 보낸 서찰 중 한 구절을 떠올렸다. 문맥은 다르지만 거기서도 윤두수는 '피의 대가'란 말을 썼다.

……우리는 피의 대가를 톡톡히 치러야 할 것이오. 굶어 죽고 병들어 죽고 칼과 활에 맞아서 죽어 간 백성들 저주가 들리지 않소? 이 전쟁이 모두 끝나면, 그 원혼들을 위로하기 위해서라도 제일 먼저 우리 목을 바쳐야 할 것이오. 하늘 아래 우리 죄를 씻을 곳은 없다오. 하나 이 하찮은 목숨을 끊기 전에 반드시 저 잔악무도한 왜적들에게도 피의 대가가 무엇인지를 가르쳐 주고 싶구려. 은혜를 원수로 갚는 자들의 종말이 어떠한지를, 사람의 도리를 저버리고 짐승처럼 행동한 결과가 어떠한지를 똑똑히 보여 주고 싶소. 그 전까지는 질긴 목숨 이어가면서 부끄러운 얼굴을 들고 지내야 할까 보오.

서애!

그대도 나와 같은 심정이리라 믿소. 다행히 그대가 추천한 이순신을 비롯하여 원균, 이억기의 수군이 연전연승을 거두고 있기

에 우리들이 부끄럽게 삶을 연장하는 것도 그리 길지 않을 듯하
오. 아니 그렇소, 서애?

윤두수는 비장한 어조로 백성들이 흘린 피의 대가를 대신들이
치러야 한다고 주장했다. 죄를 따지자면 임란 직전 귀양을 떠났
던 윤두수보다 좌의정이었던 류성룡의 죄가 백배는 더하리라. 한
양을 버렸으며 평양을 지키지 못한 것 역시 그가 책임질 몫이다.
그러나 지금 잘잘못을 따진다면 살아남을 신하가 몇이나 될까.
사후약방문일지라도 전쟁을 승리로 이끌기 위해 최선을 다할 따
름이었다.
　'그래도 윤두수가 있기에 전하께서 성심을 바로잡으시는 것이
다. 작년 십일월 오일 신성군이 기어이 세상을 버렸을 때도 윤두
수가 앞장서서 전하의 슬픔을 위로하고 나랏일을 보살피도록 주
청했지. 내의원 허준에게 죄가 돌아가지 않은 것도, 전하께서 요
동행을 고집하지 않은 것도 모두 그이가 조정 중심에 서 있었기
때문이다. 나 역시 그이와 같아야 한다. 내 나이 벌써 쉰둘, 아
쉬울 것이 무엇이겠는가.'

　요란한 말발굽 소리가 들리더니 흙먼지를 일으키며 붉은 깃발
을 든 군졸 하나가 황벽나무 아래로 나타났다. 접반사(接伴使)인
한성부 판윤 이덕형이 보낸 전령이었다.

"명군이 재 너머에 도착했사옵니다. 맞을 채비를 하시라는 한 성부 판윤 대감의 전갈을 가지고 왔사옵니다."

말발굽 소리가 점점 커지더니 이윽고 3만 명이 넘는 기병이 언 덕을 가득 메우며 위용을 드러냈다. 류성룡을 비롯한 장졸들 모 두 두 눈이 휘둥그레졌다. 조선 군사들은 대부분 보병이었다. 산 과 구릉지가 많고 벌판이 적은 한반도에서는 기병의 활동이 극히 제한적이었던 탓이다. 이에 비해 명군은 대부분 기병이었다. 끝 이 보이지 않는 요동 벌판을 달리며 전투를 치르기 위해서는 말 을 타는 것이 절대적으로 유리했다.

은빛 투구를 쓴 이여송이 진두에서 군사들을 이끌고 있었다. 그는 지체 없이 명군을 청천강가로 인솔하였다. 그 뒤를 기골이 장대한 명나라 장수 서넛과 접반사 이덕형이 따랐다.

안주 장졸들이 길을 막아서자 이여송은 짜증 섞인 낯으로 고개 를 돌려 통역관에게 물었다.

"이자들은 누구인가?"

통역관이 답하기도 전에 류성룡이 나서서 능숙한 중국어로 인 사를 건넸다. 젊은 시절 허봉과 함께 사신으로 명나라를 방문했 을 때 익혀 두었던 중국어였다.

"잘 오셨습니다. 이여송 장군. 이들은 귀국 군사들을 맞이하기 위해 나온 제 휘하 군졸들이오이다."

"그대는 대체 누구요?"

이여송은 류성룡의 침착한 답변을 듣고 어리둥절한 표정으로 물었다.

"평안도 도체찰사 류성룡이라 합니다. 장군의 높은 명성을 일찍부터 흠모하였는데 이렇게 만나 뵈니 무한한 영광이오이다."

이여송은 고개를 끄덕이며 알은체를 했다.

"그대가 바로 류성룡이오? 유격대장 심유경으로부터 그대 인품을 익히 들어 알고 있소이다. 우리 조정에도 그대의 학식을 칭찬하는 대신들이 계시다오. 특히 문(文)에 능통하시다고 들었소만."

"과찬이십니다. 잔재주일 따름이지요."

이여송은 요동에 머물면서 조선 조정을 이끄는 대신들 신상을 파악했다. 류성룡과 윤두수, 그리고 이덕형이 제일 윗자리를 차지하고 있었다. 문무를 겸비하였을 뿐만 아니라 세상 흐름에 밝고 손익 계산이 분명한 위인. 류성룡의 윤기 흐르는 볼과 잘 빠진 수염, 서글서글한 눈매는 호감을 사기에 충분했다. 접반사로 따라온 이덕형에게는 아직 딱딱하고 튀는 맛이 있었는데 류성룡은 그 언행이 부드럽기가 청천강 강물과도 같았다.

류성룡이 미리 닦아 놓은 자리에 군영이 설치되었다. 군사들 움직임은 빠르고 절도가 있었으며 사기 또한 하늘을 찌를 듯했다. 이여송이 군영을 살피는 동안 류성룡은 이덕형과 함께 먼저 동헌으로 돌아왔다. 대청마루에 준비된 음식과 관기들을 발견한 이덕형은 얼굴이 심하게 일그러졌다.

"대감, 저것이 다 무엇입니까? 이여송은 만만한 인물이 아니오이다. 의주에서도 전하께서 친히 어주를 권하셨다가 전쟁 중에 무슨 술이냐며 핀잔만 받았습니다. 어서 치우시지요."

"그, 그러지."

류성룡은 지난번 심유경을 맞이할 때처럼 성대하게 준비를 했을 따름이다. 그런데 이여송이 어주마저 물리쳤다는 이야기를 들으니 한편으로는 그 인품이 대견하기도 하고, 또 한편으로는 조선을 업신여기는 것 같아 불쾌하기도 했다.

"유격 대장 심유경이 보이지 않던데 어찌 된 일이오? 함께 오지 않았는가?"

"의주까지는 같이 왔는데 그 후론 자취를 감추었습니다. 척후에 따르자면 미리 평양으로 내려가고 있다고 합니다만, 아무리 물어도 대답을 해 주지 않습니다. 제 생각으로는 밀명(密命)을 받은 게 아닌가 합니다."

"밀명? 평양성을 탈환하러 가는 마당에 무슨 밀명이 따로 있단 말이오?"

"저도 그 점이 궁금합니다. 그렇다고 원병을 이끌고 온 장수에게 따질 수도 없는 노릇이지요. 백만 대군을 이끌고 오겠노라 큰소리를 쳤지만 원군은 5만 명을 넘지 않습니다. 명나라 전역에서 차출된 군사들이라서 서로 말이 통하지 않는 경우도 있습니다. 게다가 명나라뿐만 아니라 섬라(暹羅, 타이), 도만(都蠻, 티벳), 소서천축(小西天쓰, 인도), 면국(緬國, 미얀마) 등에서 온 군사들도 적지 않습니다."

언어와 관습이 다른 장졸들이 뒤섞였다면 부대를 일괄적으로 통솔하는 데 문제가 있을 수밖에 없다. 더욱더 이여송의 통솔력이 중요한 것이다.

"그대가 보기에 이여송은 어떤 인물이오?"

이덕형이 미리 생각해 두었다는 듯이 곧바로 대답했다.

"야심이 큰 인물이옵니다. 조금도 지망지망함(조심성이 없고 경박하게 촐랑댐)이 없습니다. 필승을 장담하기는 하지만 그동안의 전황과 왜군 전력을 살피는 데도 상당한 시간을 쏟고 있습니다. 조선에서 큰 공을 세워 입지를 탄탄히 굳힐 생각인 듯합니다."

"그러하오? 그렇다면 일단 안심이군. 공을 세우려 한다면 성심껏 싸우지 않겠소?"

"한데 대감, 이상한 점이 하나 있사옵니다."

"무엇이오? 말해 보시오."

"이여송은 의주에 도착하면서부터 유독 자신이 조선인 자손임을 입버릇처럼 되뇌고 있습니다. 의도적으로 그 점을 내세우는 듯합니다."

"우리 조정으로부터 호감을 사려는 계산이 아니오?"

"병조 판서 이항복도 대감과 같은 의견입니다만 소생은 약간 생각이 다릅니다. 이여송은 이번 평양성 전투에서 조선 조정의 개입을 완전히 차단하려고 합니다. 조선인 후손인 나를 믿고 모든 것을 맡겨 달라는 식이지요."

"하나 이미 서산 대사가 이끄는 승병과 이일 대장이 거느린 관군이 평양성 근처에 모여 있지 않소? 그들을 배제하고 전투를 할 수 있겠소?"

"내놓고 말하지는 않습니다만 심유경이 먼저 평양으로 떠난 게 아무래도 마음이 걸립니다. 우리만 빼고 자기들끼리 또 무슨 이야기가 오고갈 듯한데 그 내막을 알 수 없으니 큰일이지요."

류성룡은 작년에 심유경을 만난 후부터 이덕형과 똑같은 고민을 해 왔다. 꼬치꼬치 따져 물으면 천자의 나라를 믿지 못하느냐는 핀잔을 받을 것이고, 그대로 믿고 의지하자니 미심쩍은 구석이 많았다.

군영을 둘러본 이여송이 아우 이여백과 함께 동헌으로 들어섰다. 류성룡과 이덕형은 서둘러 뜰로 내려가 그들을 맞이했다. 이여송이 먼저 감사 인사부터 했다.

"류 대감께서 미리 자리를 살펴 주셔서 힘들이지 않고 군사들을 쉬게 할 수 있었소이다. 참으로 고맙소."

"별말씀을요. 당연히 할 일을 한 것뿐입니다. 부족하나마 고깃국과 반찬들을 준비했는데 귀국 병사들 입맛에 맞을지 걱정입니다."

"저런! 음식까지 준비하셨단 말씀이오? 역시 류 대감은 손님을 예로써 맞이할 줄 아는 조선의 명신이십니다. 내 오늘 일을 꼭 천자께 아뢰도록 하지요. 허허허."

이여송이 사람 좋게 웃었다. 좌중의 분위기가 한결 부드러워졌다. 류성룡은 준비해 두었던 지도를 탁자에 펼쳤다.

"「평양성도(平壤城圖)」올시다. 간자를 보내 성안에 왜군이 진을 친 곳을 상세히 살폈지요."

이여송 얼굴이 딱딱하게 굳었다. 그 역시 평양성 지도를 가지고 있었으나 그것은 여러 해 전 것이었다. 류성룡이 좌중을 둘러본 후 주필(朱筆)을 들고 이야기를 계속했다.

"점을 찍어 둔 곳이 평양성 대문들입니다. 내성에는 칠성문(七星門)이 있고, 외성에는 보통문(普通門), 정양문(正陽門), 함구문(含毬門)이 있습니다. 그 대문들에 각기 왜군이 배치되어 있지요. 우선 이곳 칠성문에 왜군 4,000명이 있고 외성의 세 문에는 각각 2,500명씩이 진을 치고 있습니다. 나머지 왜군들은 이곳 대동강 쪽 성벽을 지키거나 여기 모란봉에 잠복해 있소이다. 특히 모란봉에 숨어 있는 왜군들을 조심해야 합니다. 그들은 특별히 선발된 정예병들로, 칠성문이나 보통문을 치려는 조명 연합군 배후를 급습할 수 있습니다."

이여백 얼굴에 놀라움이 가득 찼다. 이여송은 표정을 감추기 위해 고개를 잠시 숙였다가 들었다.

"놀랄 뿐이오. 조선에 류 대감과 같은 신하가 있는 한 이 전쟁은 반드시 승리할 것이외다. 이렇듯 적의 형세를 손바닥 보듯 알았으니 승리는 여반장이겠소."

"이기기 위해서는 적의 약점을 간파해야 한다는 속언을 따랐을 뿐입니다. 이 장군과 같이 뛰어난 장수가 없다면 이깟 지도가 수백 장 있다 한들 무엇하겠습니까? 부디 조선을 구해 주십시오. 우리는 이 장군만 믿겠습니다."

이여송이 오른 주먹으로 가슴을 탕탕 치며 호쾌하게 답했다.

"걱정 마시오. 나 이여송도 조선인의 자손이외다. 따지고 보면 조선은 나의 조국과 진배없소. 죽기로 싸울 테니 류 대감은 지켜보기만 하시오."

"쉽지 않은 싸움일 겁니다. 왜군들에겐 조총이 있어요."

곁에 있던 이여백이 따지듯 말했다.

"하늘이 낸 군사들이 어찌 그깟 조총을 두려워하겠소. 그들에게 조총이 있다면 우리에겐 대포가 있소이다. 평양성 사대문 앞에 대포를 설치하여 동시에 발사하면 전투는 곧 끝이 날 것이오."

이덕형이 끼어들었다.

"평양성 안에는 조선 백성도 많이 있소이다. 함부로 대포를 쏘아서 그들까지 상하게 만들어서는 아니 될 것이외다."

이여송이 대답했다.

"지당하신 말씀이오. 하나 날아가는 포탄이 어찌 왜군과 조선 백성을 구별할 수 있겠소. 대감들이 미리 연통을 넣어 평양성 안에 있는 조선 백성을 성 밖으로 나오도록 유도하시오."

류성룡이 고개를 설레설레 저었다.

"간자를 보내긴 하겠지만 그리 쉬운 문제는 아닐 듯합니다. 왜군은 조선 백성에게 강제로 왜복을 입혀 조총을 들도록 강요하고 있어요. 또한 남녀노소를 막론하고 허드렛일을 시키고 있습니다. 상황이 이러하니 성안의 조선 백성들이 밖으로 나오기는 어렵지요."

이여송은 고개를 끄덕이며 차선책을 제시했다.

"그렇다고 조선 백성이 모두 탈출할 때까지 기다릴 수는 없는 노릇! 대문을 표적으로 삼아 집중적으로 대포를 쏠 것이니 조선 백성이 대문 근처로 접근하지 않도록 조처해 주시오. 대동강 쪽 성벽으로 물러나 있으면 안전할 것이외다."

"좋습니다. 그렇게 하지요."

명나라 대포가 대문과 성벽을 무너뜨리고 나면 성안 백성도 그 틈을 타서 밖으로 피할 수 있으리라. 혼란 중에 왜군으로 오인받아 화를 입을 수도 있겠으나 그 정도 희생은 감수할 수밖에 없었다.

평양성을 탈환한다는 것은 지금까지 수세였던 국면을 단숨에 반전시키는 일이다. 조금도 지체할 수 없었다.

이여송과 이여백이 돌아간 후 류성룡은 평양 출신이며 몸이 날랜 군졸 열 명을 선발했다. 평양성에 몰래 침투시킬 군졸들이었다. 이들을 먼저 보내고 류용주가 돌아오는 대로 다시 열 명을 잠입시킬 계획이었다.

"너희들은 지금 당장 평양성으로 숨어 들어가라. 만수대(萬壽臺), 밀덕대(密德臺), 창광산(蒼光山), 서기산(瑞氣山)에 각자 숨어 조명 연합군이 평양성을 탈환할 때까지 성안에 머물도록 하라. 조명 연합군이 평양에 도착하기 전에 백성들을 되도록 대동강 쪽 성벽으로 이끌어라. 그리고 전투가 시작되면 적극적으로 백성을 구하도록 하라. 나누어 준 비표(秘標)는 너희들의 신분을 보장해줄 것이다. 명군을 만나면 그 비표를 보이고 도움을 청해라. 다시 한 번 강조하거니와 성안에 있는 백성을 한 사람이라도 더 구해야 한다. 알겠느냐?"

"예."

평복으로 갈아입은 군사들은 그 밤에 길을 나섰다. 류성룡은 그들 한 사람 한 사람의 어깨를 어루만지며 격려를 건넸다. 왜적의 형세도 알아냈고 원병도 도착했고 조선 백성을 구할 간자까지 보냈으니 할 일은 다 마친 것이다. 피로가 엄습해 왔다.

날이 완전히 어두워진 후, 류성룡은 이덕형과 겸상으로 저녁을 먹었다. 명군에게 주려고 끓인 고깃국 냄새가 식욕을 돋우었다. 늙은 호박전도 입에서 살살 녹았다. 조선 관군과 의병들에게는 겨가 반쯤 섞인 보리나 밀을 먹이면서 명군에게는 흰쌀밥과 고깃국을 준다고 생각하니 마음이 울적해졌다.

"전하께서는 어떠하신가?"

신성군이 죽은 후 선조는 자주 눈물을 내비쳤다. 군왕이 슬퍼하니 대신들의 마음도 편치 않았고 백성들 얼굴에도 어둠이 가득했다. 류성룡은 직접 선조를 찾아가서 위로하고 싶었으나 안주 일이 바빠서 시간이 나지 않았다.

"여전히 슬픔을 떨치지 못하고 계시옵니다. 감정의 기복이 더욱 심해지셔서 감히 말씀을 올리지 못하는 형편이옵니다."

"큰일이구먼."

"저러시다 옥체 상하실까 걱정이옵니다. 끼니를 예사로 거르시니 신하 된 도리로 뵈올 낯이 없지요. 사유소(四有所, 마음을 바르게 하는 데 해가 되는 네 가지. 분치(忿懥), 공구(恐懼), 호요(好樂), 우환(憂患)을 이름.) 중 한둘이 성심을 가린 탓이라 사료됩니다."

"세자 저하에 대해서는 별말씀 없으신가?"

"지난가을까지만 해도 분조를 탓하는 말씀을 사흘이 멀다 않고 하셨는데 지금은 통 그쪽으로도 말씀이 아니 계십니다. 양위하겠노라는 말씀만 되풀이하시지요. 이번 전쟁의 책임을 지고 물러나시겠다는 겁니다. 모든 것을 체념하신 듯도 하고…….."

류성룡은 묵묵히 숟가락을 놀리면서 이덕형이 들려 주는 의주 분위기를 경청했다.

'고슴도치도 제 자식은 함함하다 했던가. 전하께서는 지금 자식을 잃은 아비로서의 슬픔을 가누지 못하고 계신다. 그러나 이번 전쟁에 자식을 잃은 부모가 어디 전하뿐이겠는가. 귀 기울여 보라. 자식을 잃은 수천 수만의 부모들과 짝을 잃은 원광(怨曠, 원부(怨婦)와 광부(曠夫) 즉 홀어미와 홀아비)들이 통곡하고 있다. 앞으로도 헤아릴 수 없는 많은 자식들이 부모보다 먼저 세상을 버리리라. 이제 이 땅에는 아들을 묻은 아비, 딸을 찾아 헤매는 어미, 아내를 버린 남편, 그 남편을 기다리다 목을 매는 아내들로 가득할 것이다. 이곳이 바로 유황불이 이글대는 지옥인 것이다.'

눈물 한 방울이 코촉상(통나무로 만든 둥근 상)으로 뚝 떨어졌다. 고깃국을 마시던 이덕형은 두 눈이 토끼 눈처럼 커졌다.

"대, 대감!"

참담한 조선 현실을 헤아리니 슬픔이 북받쳤다. 류성룡은 고개를 떨어뜨린 채 흐르는 눈물을 그대로 두었다. 몽진을 떠날 때도, 평양성을 물러날 때도 흘리지 않던 눈물이었다. 그러나 오늘은 왠지 울고 싶었다. 반백 년 삶이 주마등처럼 뇌리를 스치고 지나갔다. 나라를 이 지경으로 만들기 위해 과거에 응시했던 것이 아니었다. 만백성이 태평가를 높이 부르는 날 공맹의 대경(大經, 큰 가르침)으로써 천하만물을 다스리려 했다. 그러나 그것은 젊은 날의 미망이었다.

결코 전쟁이 일어나지 않으리라 공언하던 시절이 있었다. 죽을 자리를 평양에 정해 두고도 홀로 살기 위해 물러섰던 적도 있었다. 그 모든 것이 사대부로서 부끄러운 행적이다. 백번 죽어도 씻을 수 없는 큰 죄다. 군왕의 눈에서 피눈물이 나도록 만들었으니 신하 된 자는 오직 죽음으로써만 죗값을 치를 수 있다.

이윽고 류성룡은 눈물을 훔치며 자신의 심정을 시처럼 읊었다.

"천하의 도리는 땅에 떨어졌는데, 내게는 그것을 돌이킬 만한 힘이 없네. 변방에서 자식을 잃은 임금은 하늘을 우러러 큰 울음을 터뜨리고, 나약한 신하는 이웃 장수의 도움으로 생명을 부지하는구나. 밤은 깊고 길은 멀고 강물은 얼어붙고 백성들은 죽어가네. 그들에게 무슨 죄가 있으리요. 모든 것은 나라를 망친 간신들 탓이라네. 내 탓이라네."

十八、포성_{砲聲}에 묻힌 학살

일월 구일 새벽.

서기산 박쥐나무 아래에 땅을 파고 숨었던 류용주는 동이 트기를 기다렸다가 하산했다. 어젯밤 내내 천둥처럼 들려오던 대포 소리가 뚝 멎었다. 매복병을 피해 미끄러운 산등성이를 타다 보니 중심을 잃고 비탈로 굴러 떨어지기 일쑤였다.

"괜찮은가?"

류용주가 짧게 물었다.

"내레 끄떡 읍습네다."

밀덕대를 제집 앞마당처럼 누비고 다녔다던 강초웅(姜礎雄)이 옷을 툴툴 털며 비탈을 기어올라왔다. 키가 작고 몸이 호리호리하며 표창을 잘 쓰는 군사였다. 가족의 생사가 궁금하다며 내성 쪽으로 자꾸 고개를 돌리는 것이 애처로웠다. 가족이 있다는 것은 참으로 큰 행복이다. 조실부모하고 류성룡 집에서 더부살이를 해 왔던 류용주로서는 강초웅의 가족 걱정이 호사롭게 느껴졌다.

산을 거의 내려온 두 사람은 낮은 포복으로 바닥을 기었다. 왜진(倭陳)이 바로 코앞이었다. 한참을 기어가던 강초웅이 고개를 불쑥 들었다. 류용주도 이상한 느낌이 들어 몸을 일으켰다. 모닥불 잔해들만 여기저기 남아 있고 왜군들은 보이지 않았다.

"무시기 이런 일이 다 있슴매?"

강초웅이 혀를 끌끌 찼다. 류용주는 상황을 좀 더 알아보기 위해 왜진이 있던 곳으로 뛰어 내려갔다. 포탄을 맞은 흔적은 어디에도 없었다.

'자진해서 진을 옮겼다는 말인가. 이곳을 포기한다는 것은 조명 연합군에게 평양성을 내주겠다는 것과 다를 바 없을 텐데, 이상한 일이군.'

정적.

참으로 지독한 침묵이 평양성을 감싸고 있었다. 그 흔한 조총소리도 들리지 않았다. 까마귀들만이 까악까아악 울음을 토하며 뜯어먹을 시체를 찾아 어지럽게 날아다녔다.

"도망쳤나보옴매."

강초웅이 주위를 두리번거린 후 침을 탁 뱉었다.

'도망을 쳤다? 조명 연합군이 성을 완전히 에워쌌는데 어디로 달아났단 말인가? 그럴 리가 없다. 위급한 일이 있어서 진을 옮긴 것이리라. ……아니다. 정말 왜군이 단 한 명도 보이지 않는다. 성벽에 개미 떼처럼 붙어 있던 놈들이 깡그리 사라졌다. 여염집에서 빼앗은 도자기며 서책이며 보석들을 들고 콩 본 당나귀처럼 좋아서 낄낄거리던 놈들도 보이지 않는다. 놈들이 사라진 것은 틀림없는 사실이다. 평양성에 왜군이 없다! 그렇다면 조명 연합군이 승리한 것이다. 드디어 평양성을 탈환한 것이다.'

"저길 보기요."

강초웅이 함구문 쪽을 가리켰다. 조총을 아무렇게나 어깨에 걸 멘 사내들이 두런두런 이야기를 나누며 이쪽으로 오고 있었다. 아무리 살펴보아도 왜군은 아닌 듯했다. 그들도 강초웅과 류용주를 발견하고 잠시 경계하는 빛을 띠었다. 그러나 역시 조선인임을 확인하고 긴장을 푸는 눈치였다. 강초웅이 그들에게 다가서서 물었다.

"왜놈 아아들이 다 어디로 갔슴매?"

탄환에 맞았는지 왼쪽 다리를 심하게 절뚝거리는 사내가 퉁명스럽게 대답했다.

"간밤에 다 도망갔지비. 대동강으로 난 소문(小門)들 있지 않소? 장경문(長慶門)과 대동문(大同門)으로 빠지나가 꽁꽁 언 대동강을 건넜습네다."

이제 모든 것이 명확해졌다. 왜군들은 얼어붙은 대동강을 건너 야반도주를 한 것이다.

"쥐새끼 같은 놈들!"

류용주는 이를 부드득 갈았다. 참으로 이상한 일이었다. 왜군이 얼어붙은 대동강을 건너올 것을 염려하여 대장 이일이 군사들을 미리 대동강가에 매복시켜 두었다. 그런데 전투 한 번 벌이지 않고 왜군들은 무사히 빠져나갔다.

'심어 두었던 복병들을 누가 미리 거두어들이기라도 했단 말인가?'

콰르릉, 쾅!

갑자기 대포 소리가 진동하더니 흙먼지가 자욱하게 피어올랐다. 왜군들이 모조리 달아난 평양성을 향해 명군이 대포를 쏘기 시작한 것이다.

'지금 저 대포에 맞을 사람은 성안에 있는 조선 백성뿐이다. 성 밖의 조명 연합군은 왜군이 물러간 사실을 모르는 것인가? 서둘러야 한다. 급히 함구문으로 가서 왜군이 철수했음을 알려야 한다.'

"함구문으로 가자!"

류용주가 앞장을 서자 강초웅도 나는 듯이 뒤를 따랐다. 쏟아지는 포탄을 가까스로 피하며 쏜살같이 달려 나갔다. 여기저기 포탄에 맞아 피 흘리며 신음하는 백성들이 보였다. 지금은 그들을 보살필 시간이 없었다. 한 사람이라도 더 구하려면 빨리 성문을 열고 발포를 중단시켜야 한다.

멀리 함구문이 보였다. 류용주는 크게 숨을 쉬며 허벅지에 힘을 주었다. 대문이 열리더니 붉은 기를 앞세운 명군이 함성을 지르며 쏟아져 들어왔다. 눈을 씻고 찾아봐도 조선군은 없었다. 어제까지만 해도 함구문 밖에 김응서(金應瑞)가 이끄는 관군이 있었다. 그러나 지금 그들은 입성하지 못하고 있는 것이다.

'잘못 되어도 크게 잘못 되었어. 사라진 왜군, 무작정 쏘는 대

포, 성으로 들어오지 못하는 조선군…… 그리고 저들, 저 명나라 군사들!'

류용주의 불길한 예감은 금방 현실로 드러났다. 명군은 성안으로 들어서자마자 눈에 보이는 대로 다짜고짜 조선 백성의 목을 베기 시작했다.

"저, 저 되놈들!"

강초웅이 발을 동동 굴렀다. 주변이 순식간에 피로 얼룩졌다. 머리 없는 시체들이 아무렇게나 널브러졌다. 학살이 시작된 것이다.

"물러서!"

류용주는 강초웅 팔을 끌며 보통문으로 달아났다. 그곳 역시 마찬가지였다. 칼날을 피해 우왕좌왕 떼를 지어 달아나는 백성들은 서로 밟아 뭉개며 살기 위해 몸부림쳤다. 명나라 군사들은 목만 벨 뿐 다리를 자르거나 배를 찌르는 짓은 전혀 하지 않았다.

'저들은 지금 수급을 모으고 있다. 조선인의 수급을.'

류용주는 몸서리를 치며 뒤돌아섰다. 평양 백성들은 내성으로 피하기 위해 내성과 외성을 잇는 정해문(靜海門)으로 향했다. 그러나 정해문도 이미 명군이 점령한 후였다. 그들은 문을 굳게 닫고 아우성치는 백성들을 노루 몰듯 몰고 다니며 목을 베었다. 이러다간 평양성 조선인들이 모두 목숨을 잃을 판이었다. 끝없는 비명과 울부짖음과 피 흘림. 류용주는 손바닥으로 양 볼을 세차게 때렸다.

'제발 꿈이기를. 이 모든 것이 한순간의 악몽이기를!'

피비린내 나는 살육과 쌓여 가는 주검들은 꿈이 아니라 현실이었다. 조선을 돕기 위해, 왜를 물리치고 조선에게 승리를 안겨 주기 위해 압록강을 건너온 명나라 군사들이 조선인을 목 베고 있었다.

'삼강오륜을 목숨보다 중히 여길 저들이 아닌가. 공맹의 도를 이 땅에 전하고 군신의 예와 인간된 도리를 가르쳤던 저들이 아닌가.'

그러나 아니었다. 저들은 지금 사람 탈을 쓴 늑대, 피에 굶주린 이리였다. 조선인의 목을 치기 위해 찾아온 도부수였다. 그들은 사냥을 즐기고 있었다. 아이들 울음에 박자를 맞추고 아낙네들 비명에 춤을 추면서 사냥감을 이리저리 몰고 다녔다.

아무도 조선 백성들에게 죽어야만 하는 합당한 이유를 일러 주지 않았다. 어제는 왜군에게 살육당했던 백성들이 오늘은 명군에게 도륙당하고 있었다.

'명나라는 군자의 나라이며 우방이 아니었던가.'

구사일생으로 목숨을 건진 사람들이 다시 내성으로 통하는 주작문(朱雀門) 쪽으로 방향을 틀었다. 갑자기 강초웅이 사람들을 헤치며 앞으로 내달리기 시작했다.

"초웅이!"

이름을 불렀지만 이미 때가 늦었다. 류용주는 황새걸음으로 강초웅을 뒤따랐다. 한참 달리다 보니 대열에서 벗어나 둘만 남게 되었다. 강초웅이 힐끗 뒤를 돌아보았다. 그러나 멈춰 서지는 않았다.

주작문에도 명군이 십여 명이나 칼을 빼어 든 채 기다리고 있었다. 본진에 앞서 도착한 선발대인 듯싶었다. 강초웅은 품에서 손바닥만 한 나뭇조각을 꺼내 들었다. 류성룡으로부터 받은 비표였다. 비표를 머리 위로 들고 명군에게 접근했다. 열 걸음쯤 거리를 두고 강초웅은 걸음을 멈추었다. 고개를 갸웃거리며 비표를 살피던 명군들이 자기들끼리 무엇인가 쑥덕거렸다. 그러다가 갑자기 칼을 휘두르며 득달같이 달려들었다. 이제는 비표도 소용없는 것이다. 강초웅은 기다렸다는 듯이 품에서 표창을 꺼내 땅에서 하늘로 휘저으며 뿌렸다.

쉬이익!

앞서 달리던 군사 네 명이 썩은 고목처럼 쓰러졌다. 군사들이 머뭇대는 사이 강초웅은 다시 표창을 빼어 들었다. 이번에는 양손을 모두 좌우로 흔들었고, 나머지 여섯 명도 목숨을 부지할 수 없었다.

류용주가 주작문에 이르렀을 때는 강초웅이 이미 내성으로 들어간 후였다.

'밀덕대로 가는구나.'

그제야 류용주는 강초웅이 가는 곳을 짐작했다.

'두고 온 가족의 생사가 못내 궁금했으리라. 아비규환 속에서 가족을 구하고 싶었으리라. 그러나 우리가 평양성에 들어온 것은 철저하게 비밀에 부쳐야 한다. 사사로운 행동은 용납할 수 없다.'

류용주는 주작문을 지나 밀덕대로 정신없이 달렸다. 강초웅보다 먼저 밀덕대에 닿는 것이 급선무였다. 아직 내성 깊숙한 곳까지는 명군이 들어오지 않았다. 외성 백성을 모두 죽인 다음 내성으로 들어올 계획인지도 몰랐다. 발 없는 말이 천리를 간다는 속언도 있듯이, 내성 백성들은 벌써 소문을 듣고 허둥지둥 길을 나서고 있었다. 어젯밤 왜군들이 빠져나간 대동문과 장경문이 유일한 활로였다.

그러나 삶의 길은 쉽게 열리지 않았다. 명 기병 천여 명이 채찍을 휘두르며 달려오자마자 내성 역시 인간 사냥터로 바뀌었다.

말발굽 소리와 함께 등 뒤에서 서늘한 바람이 불어왔다. 말을 탄 채 능숙하게 칼을 휘두르며 달려오는 기병 하나가 눈에 들어왔다. 류용주는 자신도 모르게 품속 깊이 감추었던 칼을 빼어 들고 내달렸다. 그러곤 단칼에 그자의 오른팔을 잘랐다. 갑작스러운 반격에 명군은 응전도 못하고 안장에서 떨어졌다. 오른팔을 감싸고 울부짖는 그에게 백성들이 달려들었다. 알아들을 수 없는 고함과 괴성을 지르며 마구 밟아 댔다. 건너편 길목에서도 기병들이 우수수 쓰러지고 있었다.

'표창이다!'

류용주는 황급히 그곳으로 달려갔다. 아니나 다를까. 눈물을 줄줄 흘리며 미친 듯이 표창을 던지는 강초웅이 거기 있었다. 류용주가 달려가서 팔목을 붙들었다.

"이봐. 정신차려. 우린 지금 여길 빠져나가야 해!"

강초웅이 팔을 획 뿌리치며 소리쳤다.

"가긴 어딜 간단 말임매? 저기 핏덩이가 보임매? 되놈들이 하나뿐인 내 아들을……."

강초웅은 말을 맺지 못했다. 다섯 살쯤 된 사내아이의 시신이 목이 잘린 채 소달구지에 얹혀 있었다.

"내레 아니 가겠슴매. 여기서 자식놈 원쑬 갚겠슴매. 혼자 가기요."

"정신 차려!"

류용주가 사정없이 주먹뺨을 후려쳤다. 작달만한 강초웅 몸이 부웅 떠서 저만치 나뒹굴었다. 다시 멱살을 잡고 일으킨 다음 가슴과 등을 내질렀다. 강초웅이 신음을 삼키며 꼬꾸라졌다.

"우리가 가지 않으면 이곳 백성들은 전멸한다. 그래도 좋아?"

강초웅이 숨을 헐떡이며 천천히 고개를 들었다. 입술에서 피를 닦아 내는 그의 눈에는 아직도 눈물이 고여 있었다. 류용주가 휙 돌아서서 대동문을 향해 달리기 시작했다. 강초웅은 목 없는 아이 시신을 돌아보고 나서 결심을 굳힌 듯 류용주 뒤를 따랐다. 두 사람은 나란히 언덕길을 달렸다.

"다른 가족들은?"

"모르겠슴매. 모두 죽었겠지비."

대동문에 이르자 새로운 풍경이 펼쳐졌다. 조선인들이 굴비 엮듯 줄줄이 묶여 문을 나서고 있었다. 류용주와 강초웅은 잠시 솔숲에 숨어 명군 동태를 살폈다. 끌려가는 백성들은 몇백 명이나 되었다. 갑자기 강초웅 눈이 날카로워졌다.

"왜 그러는가?"

"오마님네다. 아내도 있시요."

대열에 끼어 있던 가족을 발견한 것이다. 류용주는 달려가려는 강초웅 소매를 잡아끌었다.

"기다려. 군사들이 족히 백 명은 넘네. 자네 혼자 상대하는 건 무리야. 저들이 백성들을 어디로 끌고 가는지 일단 따라가 보세."

두 사람은 감시가 소홀한 틈을 타서 대열 후미로 슬쩍 끼어들 었다. 대동문을 벗어나자마자 된새바람이 불어닥쳤다. 꽁꽁 얼어 붙은 대동강이 눈앞에 펼쳐졌다. 군데군데 구멍을 파고 모닥불을 피운 명나라 군사들이 보였다. 역시 조선군은 없었다.

류용주는 잽싸게 주위를 살폈다. 참으로 눈뜨고는 볼 수 없는 광경이 펼쳐졌다. 명군은 오랏줄에 묶인 백성들을 일렬로 세운 후 한 사람씩 얼음 구멍에 밀어 넣고 있었다. 물에 빠진 사람이 발버둥을 치자 그 뒤에 서 있던 사람도 균형을 잃고 얼음으로 빨 려 들어갔다. 아무리 뒷걸음질을 쳐도 사람들 몸은 점점 앞으로 만 쏠렸다. 울음과 비명의 도가니 속에서도 명나라 군사들은 히 죽거리며 조선인들 엉덩이를 발로 차고 얼굴을 짓밟았다.

갑자기 대열이 심하게 흔들렸다. 이곳에서도 살육이 시작되기 직전이었다. 참다 못한 강초웅이 뛰쳐나갔다.

류용주가 잡으려 했으나 이미 늦었다. 강초웅은 백성들을 얼음 구멍에 밀어넣기에 열을 올리던 명나라 군사들에게 표창을 날렸 다. 세 사람이 맥없이 꼬꾸라졌다. 다시 표창을 날리자 그 뒤에 서 모닥불을 쬐고 있던 자들 둘도 벌렁 나자빠졌다. 너무나도 순 식간에 일어난 일이었다. 강초웅이 또다시 표창을 빼어드는 것과 동시에 대라(大螺, 소라 껍데기로 만든 군용 악기인 나각 중에서 가장 큰 것) 소리가 울려 퍼졌다. 주위에 흩어져 있던 명나라 군사들이 새까맣게 몰려들기 시작했다.

류용주는 재빨리 대열에서 이탈하여 대동강을 가로질러 달리기 시작했다. 강초웅이 던지는 표창 소리가 귓가에 쟁쟁했다. 한참을 달리다가 뒤돌아보니 강초웅의 머리가 깃대에 높이 꽂혀 있었다. 표창을 모두 던진 후 곧 죽음을 맞은 것이다.

'부디 날 용서하게!'

류용주는 함께 죽지 못한 것이 못내 부끄러웠다. 그러나 오늘 이곳에서 일어난 일을 증명하기 위해서는 누군가 살아남아야만 했다.

'서애 대감도 꼭 살아 돌아오라고 신신당부하시지 않았던가.'

얼어붙은 대동강 아래 유유히 흐르는 강물을 그려 보았다. 그 강물과 함께 정처없이 떠내려가고 있을 백성들 주검을 떠올렸다.

'나라를 지키지 못하는 것이 이토록 참혹한 화를 부를 줄 누가 알았으랴. 이제 저들의 시신은 어머니 품과도 같던 대동강 깊은 곳에서 고기밥이 되리라.'

그들 중 누구도 차가운 강물에 잠겨 고기밥이 되기 위해 태어나지는 않았다. 그런데 어째서 그들은 그렇게 되어야만 했을까. 이유는 단 하나, 나라를 제 손으로 지키지 못했기 때문이다. 그것이 그들에게 돌아갈 유일한 죄명이었다. 이민족에 의지해서 나라를 되찾으려 했던 순진한 바람의 피비린내 나는 그림자였다.

十九. 오래 견뎌 승리하는 법

일월 이십육일 저녁.

보름이 넘도록 얼음 알갱이가 섞인 빗방울이 쏟아지고 있었다. 총통과 염초 그리고 유황을 비에 젖지 않도록 간수하라는 엄명이 각 군선에 내렸다. 궂은 날씨였지만 도롱이를 쓰고 방풍림 사이로 바삐 걸음을 옮기는 군졸들과 그들을 독려하는 장수들 표정은 어둡지 않았다. 조명 연합군이 평양성을 탈환했다는 소식이 어제 아침 전해졌기 때문이다. 십만 명이 넘는 조명 연합군이 밀물처럼 남하하고 있었다.

'도망치는 왜군이 되돌아갈 길을 바다에서 막아 섬멸하여 나라의 치욕을 크게 씻도록 하라!'

이 얼마나 신나는 일인가. 어명을 전해 들은 장졸들은 너나없이 부둥켜안고 웃었다. 조명 연합군이 남해안까지 왜군을 밀어붙이고 삼도 수군이 패잔병을 쓸어버리면 이 지긋지긋한 전쟁도 끝 나는 것이다. 장졸들은 때이른 봄비가 하루 빨리 그쳐 출정할 날 이 오기만을 손꼽아 기다렸다.

이순신은 순천 부사 권준과 한 그릇 멀건 닭국으로 저녁을 마 친 후 군관 이봉수(李鳳壽)를 불러들였다. 둥글넓적한 양 볼이 온 통 곰보 자국으로 얽은 이봉수는 화약 제조에 능한 군관이었다.

"염초는 얼마나 준비했는가?"

일찌감치 석 달 말미를 주고 일을 맡겼던 차였다.

"천 근이옵니다."

이순신이 만족한 듯 고개를 끄덕였다.

"하나 장군! 석유황(石硫黃)이 없으면 염초는 있으나 마나입니다."

염초는 유황과 혼합해야 비로소 가공할 폭발력을 지닌다. 전쟁 전까지는 유황을 대부분 왜국에서 들여왔는데, 전쟁이 시작되면 서 공급이 뚝 끊긴 것이다.

이순신은 이봉수가 물러간 후에도 입을 열지 않았다. 선전관이 연이어 좌수영을 다녀간 후부터 표정이 더욱 어두워졌다. 지금 당장 왜군이 되돌아갈 길을 바다에서 막으라는 어명이 부담스러 웠던 것이다. 어명을 충실히 따르려면 부산포 앞바다까지 가서 부산포에서 쓰시마로 이어지는 뱃길을 막아야 한다. 하나 그건 결코 왕실과 조정 대신들 바람처럼 쉬운 일이 아니었다.

지난 겨울 동안 수적 열세를 극복하기 위해 판옥선 십여 척을 증선했다. 그러나 배만 만든다고 해결될 문제가 아니었다. 판옥 선에 승선할 수군이 절대적으로 부족했다. 전투를 치르기 위해서는 판옥선 한 척당 수군이 최소한 150명은 있어야 했다. 그러니까 판옥선 여덟 척을 운용하기 위해서는 1,000명이 넘는 수군이 충원되어야 한다. 그러나 수군 수는 지난 겨울을 고비로 오히려 줄어들었다. 전라 감영에서 나온 소모사(召募使, 군사를 징발하는 관리)들이 전라도 해안을 돌면서 수군들을 징발해 가는 바람에 500명이나 되는 수군이 하루아침에 육군으로 탈바꿈한 것이다. 전라 감영에 항의 공문을 보내도 이 병폐는 개선되지 않았다. 연전 연승을 거두는 수군을 견제하기 위한 육군의 술책이라는 소문까지 돌았다.

다음으로 부족한 것은 총통이었다. 판옥선 한 척당 총통은 적어도 열 문은 배치해야 하고, 총통 한 문을 만드는 데는 강철이 150근 넘게 들었다. 판옥선 여덟 척을 모두 채우려면 12,000근이 필요하다. 하나 어느 누구도 선뜻 강철을 내놓지 않았다. 벼슬을 내리든지, 천한 신분을 올려 주든지, 아니면 병역을 면제해 주지 않는 이상 자진해서 강철을 가져올 사람은 없었다.

군사와 강철과 석유황 부족, 그리고 세찬 비바람과 손발이 꽁꽁 어는 추운 날씨. 이 상황에서 부산포를 치는 것은 자살 행위와 다름없었다.

'승리에 대한 갈망은 전투를 망치기 십상이다. 철저한 계획과 준비를 거쳐 필승의 조건이 성립할 때 승전할 수 있다. 지금은 아니다.'

조선 수군이 작년 부산포 해전 때와 달라진 것이 없는 반면 왜 수군은 훨씬 강해졌다. 그들은 더 이상 경상도 뱃길에 어둡지 않다. 일 년 동안 경상도에 주둔하면서 바닷물 흐름을 파악했으며 부산포로 가는 길목마다 복병선을 배치했다. 지금 출정하면 조선 수군은 부산포에 닿기도 전에 만신창이가 될 터였다.

더구나 북쪽에서 전해 온 소식을 전적으로 신뢰할 수 없다는 것도 문제였다. 평양성 탈환은 사실이겠으나 원군이 십만 명이라는 것은 과장인 듯했고, 왜군이 한꺼번에 무너져 왜국으로 달아날 것이라는 전망 역시 지나치게 낙관적이었다.

'들뜨지 말고 기다릴 일이다. 쉽게 군사를 움직여서는 아니 된다.'

"권 부사 생각은 어떠하오?"

권준 의견을 구했다. 전황을 누구보다도 정확하게 짚는 권준이 이번에도 묘책을 내놓기를 바라는 마음 간절했다.

"부산포를 곧바로 치는 것은 절대 불가합니다. 조명 연합군이 평양성을 탈환했다고는 하나 지금 부산포에 주둔하고 있는 왜군들은 조금도 타격을 입지 않았음을 잊지 말아야지요."

"바다로 나아가 왜군 퇴로를 막으라는 어명이 내려왔소. 퇴로를 막으려면 쓰시마 섬으로 이어지는 부산포 앞바다를 봉쇄해야만 하오."

해반주그레한(겉모양이 해말쑥하고 반듯함) 권준 얼굴에 웃음이 맴돌았다. 권준은 늘 그렇게 여유가 흘러넘쳤다.

"왜군은 결코 맥없이 돌아가지 않을 것입니다. 저들은 겨울 추위가 접히기를 기다리며 잠시 움츠렸다가 경칩을 맞은 개구리처럼 튀어오르겠지요. 조선 수군이 서둘러 출정할 이유가 없습니다. 마음 급한 조정 대신들 호들갑에 놀아나서는 아니 됩니다. 장군! 조명 연합군이 한양을 탈환했다는 소식을 들은 후에 천천히 출정하셔도 늦지 않습니다."

"그래도 어명에는 당장 군사들을 일으키라고 되어 있소. 나는 먼저 웅천(熊川)을 치고 싶소."

"웅천!"

권준이 그 지명을 혀로 감아 되짚었다.

"왜선들이 웅천에서 출항하여 남강(南江)을 타고 진주로 들어가거나 그 지류를 타고 안동, 고령, 거창을 자유롭게 왕래하고 있으니, 웅천을 공격하는 것은 곧 전라도로 진격하려는 왜군들 손발을 묶는 것이오. 그리만 되면 전라 감영에 조선 수군의 체면도 서고 소모사들이 함부로 우리 수군을 빼내 가는 것도 막을 수 있소. 또한 부산포에 웅크리고 있는 왜 선단 규모를 살펴볼 수도 있으며, 웅천을 빼앗지 않고는 부산포까지 나아가기 힘드니 당연히 어명을 받드는 일이기도 하오. 웅천을 치면 이렇게 일석사조(一石四鳥)의 이로움이 있소."

"그렇군요. 하지만 웅천은 너무 깊숙한 곳이 아닌가요? 자칫 잘못해서 퇴로를 차단당할 가능성도 있습니다."

이순신이 되물었다.

"그렇다면 권 부사는 어디를 치고 싶소?"

권준은 내심 거제도까지만 진격하고 싶었다. 거제도를 지나면 배를 숨길 섬도 줄어들고 해안에 설치된 왜의 대포도 훨씬 많아진다. 이순신은 머뭇거리는 권준의 표정을 살피며 자문자답했다.

"권 부사! 어명이 전라 좌수영에만 내려왔다고 보오? 아니오. 어명은 전라 우수영과 경상 우수영에도 내려갔을 것이오. 세 수사에게 동시에 출정 명령을 내린 다음 과연 누가 어명을 충실히 따르는가를 지켜보려는 게요. 나는 어명을 받들어 웅천으로 가겠소. 웅천에 있는 왜군을 섬멸하면 다시 부산포로 갈 준비를 해야겠지. 그건 웅천을 얻고 나서 차차 고민하도록 합시다."

권준은 마음을 고쳐먹었다. 웅천까지는 가야 할 터였다.

이순신은 유난히 희고 창백한 권준 얼굴을 응시했다. 그 눈길이 부담스러운 듯 권준이 고개를 내렸다. 이순신이 낮고 단호한 음성으로 자신의 생각을 펼쳐놓기 시작했다.

"이 전쟁은 쉽게 끝나지 않을 게요. 왜가 조선을 칠 때는 당연히 명나라가 개입할 것을 예상했을 터. 가도입명(假道入明)을 내세운 것은 곧 명나라와 한판 승부를 각오한 것이라오. 제아무리 천자의 군대라 해도 조총수 수만 명과 싸워 단숨에 승리하는 것은 불가능하오. 왜군은 추위와 굶주림을 어떻게든 견뎌 낸 후 새롭게 전열을 정비하려고 할 게요. 우리도 장기전에 대비를 해야 하오."

"무엇을 대비한단 말입니까?"

"장기전을 치르려면 재력이 뒷받침되어야 하오. 조선 팔도를 한번 둘러보오. 지금 농사 짓고 장사하는 곳은 전라도뿐이오. 전라도에서 만든 의복과 곡물에 힘입어 조선 장졸들이 전투를 벌여 나가는 형국이오. 장기전은 죽고 죽이는 것과 먹고 사는 일이 함께 이루어지오. 이젠 전쟁터뿐만 아니라 백성들 삶도 아울러 살

펴야 하오. 전라도 해안과 해상에서 이루어지는 교역을 수영에서
관장하는 게 어떻겠소? 거기서 산출되는 부를 장기전에 대비하여
비축할 필요가 있소."

"소생 뜻과 같습니다. 하나 장사치들을 단속하는 것은 수사의
본분이 아니니 혹 무슨 말썽이 있지 않을지……"

이순신이 말을 잘랐다.

"나도 아오. 전시가 아니라면 그런 짓을 할 필요가 없겠지. 하
나 지금은 장수가 싸움만 해서는 아니 되오. 승리를 거두기 위해
서는 문관들이 도맡아 하던 목민관 역할까지 함께 하여야 할 상
황이오."

권준이 걱정스러운 얼굴로 물었다.

"장군 말씀은 참으로 지당하십시다. 하지만 그 일이 월권으로
오해를 사면 어찌하시려는지요. 속 좁은 조정 대신들이 나중에
문제를 삼을지도 모릅니다."

이순신은 자기 뜻을 굽히지 않았다.

"남해 바다를 지키려면 전라도 백성들에게서 두터운 신망을 얻
어야 하고, 그를 위하여 다소 힘든 점이 있더라도 어쩔 수 없소.
그것이 전라도 수군, 나아가 조선 수군 전체를 살리는 길이라
믿소."

"알겠습니다. 장군 뜻에 따라 소생이 미리 몇 가지 준비를 하
겠습니다."

"부탁하오."

황급히 마당을 가로지르는 발소리가 들리더니 나대용이 문 앞

에 와 고했다.

"장군! 경상 우수사께서 이곳으로 오고 계십니다."

이순신과 권준이 시선을 마주쳤다. 역시 원균도 유서를 받은
것이다.

원균은 기효근과 함께 어둠이 완전히 깔린 좌수영으로 들어왔
다. 이슬비 사이로 내비치는 두 사람 표정이 어느 때보다도 비장
했다. 기효근은 남해현 일로 아직도 앙금이 남았는지 이순신에게
제대로 인사도 하지 않았다. 이순신과 권준, 원균과 기효근이 서
로 마주보며 자리를 잡았다. 기효근이 먼저 비꼬듯 입을 열었다.

"좌수영이 너무나도 평화롭소이다. 이 모두가 좌수사 공덕이
아닌지요?"

이순신은 기효근을 노려보았다. 기효근은 누런 이를 드러내며
벙글벙글 웃었다. 원균이 본론을 꺼냈다.

"당장 부산포로 진격하여 바닷길을 봉쇄하라는 어명이 내렸는
데 왜 아직 출정 채비를 갖추지 않았소? 때를 놓치면 도망가는
왜놈들을 잡을 수 없소이다."

권준이 막아섰다.

"아직 조명 연합군이 한양에도 이르지 못했습니다. 서두르다간
일을 망치는 법이지요."

원균이 도끼눈을 뜨고 권준을 노려보았다.

"지금 무슨 소리를 하는 게요? 권 부사! 어명을 거역할 셈이오? 왜군이 제 나라로 달아날 준비를 한다는 소문을 듣지도 못했소? 지금 당장 출정해야 하오. 정 만호 원수를 갚을 절호의 기회가 왔소."

이순신은 권준의 조언에 따랐다.

"차근차근 일을 해 나갑시다. 우선 전라 우수영에 연통을 넣고 척후를 보내 왜선들 동태를 살피고 나서 출정해도 늦지 않소이다."

기효근이 히죽히죽 웃으며 말했다.

"하하! 장군께서 그렇게 나오실 줄 짐작했소이다. 하나 이영남이 벌써 전라 우수영으로 갔고 척후도 우리가 미리 띄웠으니 속히 출정합시다."

이순신이 기효근을 꾸짖었다.

"지금 곧장 부산포를 칠 수는 없소. 잘못 나아갔다간 팔풍받이(팔방에서 불어오는 바람을 다 받는 곳)에 선 꼴이 되고 마오. 부산포 진격은 경상 좌우도 곳곳에 숨어 있는 복병선들을 쓸어 낸 후에야 비로소 논의할 수 있소. 함부로 경거망동 마오."

"부산포를 치지 않겠다? 어명을 거역할 셈이로군. 그러고도 살기를 바라는가?"

원균이 당장이라도 허리에 찬 장검을 빼어 들 기세였다. 권준이 이순신 얼굴을 살피며 재빨리 덧붙였다.

"먼저 웅천을 치는 것이 어떻겠습니까? 곧장 부산포로 가면 웅천에 있는 왜 선단이 틀림없이 조선 수군 옆구리를 찌를 겁니다.

웅천을 쳐 걱정거리를 없애고 교두보를 마련한 후 부산포를 쳐야
합니다."

기효근이 권준의 말을 잘랐다.

"또 변죽을 울리며 생색만 낼 작정이구려. 권 부사! 그대가 좌
수영을 망치고 있음이야."

이순신이 더 이상 참지 못하고 화를 버럭 냈다.

"닥쳐라! 뉘 앞이라 함부로 입을 놀리느냐?"

원균이 사태를 수습하고 나섰다.

"권 부사와 기 현령은 나가 있으시오. 당장!"

두 사람이 자리를 떴다. 원균은 이순신이 평상심을 되찾을 때
까지 잠시 기다렸다.

"기 현령의 무례함은 사과하리다. 우국충정에서 나온 말이니
널리 헤아리시오. 이미 어명이 내렸소. 장수 된 자가 어찌 어명
을 받고 지체할 수 있겠소. 평양을 탈환했으니 전세는 역전되었
소. 이 기세를 몰아 주저하지 말고 적을 쳐야 할 것이오. 무릇
장수는 군사들 사기를 다스리고〔治氣〕, 마음을 다스리고〔治心〕,
힘을 다스리고〔治力〕, 전세의 변화를 다스린다〔治變〕 했소이다.
출정하도록 합시다. 부산포까진 내가 앞장서겠소."

이순신은 원균의 설득을 받아들이지 않았다.

"부산포를 치기는 치되 지금 바로는 칠 수 없소. 무모함은 용
기와 구별되어야 하외다. 어명이 내렸다고는 하나 이곳 전황을
모르고 내려온 겁니다. 웅천부터 취한 후 충분히 준비하여 확신
이 선 뒤에 출정합시다."

어제 아침 원균은 부산포를 치라는 어명과 함께 대장군 이일이 보낸 서찰을 받았다. 파죽지세로 밀고 내려갈 터이니 부산포에서 해후하여 술판을 벌이자는 내용이었다. 후퇴에 후퇴를 거듭하던 이일이 이렇게 큰소리를 칠 정도라면 조명 연합군의 위세를 미루어 짐작할 수 있었다.

'그런데 이순신은 지금 바로 부산포를 치지 않겠다고 한다. 무엇을 믿기에 저다지도 도도하단 말인가.'

전라 좌수영 군선들이 움직이지 않으면 부산포를 치는 것은 불가능했다. 일단 웅천을 쳐서 분위기를 띄운 연후에 부산포로 몰아가는 수밖에 없었다.

"좋소. 함께 웅천을 치도록 합시다. 웅천을 취한 다음엔 곧장 부산포로 가야만 하오. 언제 출정할 계획이오?"

빗방울이 점점 굵어져서 장대비로 바뀌었다.

"나흘 뒤로 정했소이다. 비바람이 그치지 않는다면 연기할 수도 있소."

대화는 끝이 났다. 원균은 기효근이 난동이라도 부릴 것을 염려해서인지 술자리를 마다하고 자리를 떴다.

배웅을 마치고 돌아오자마자 주안상을 내오도록 했다.

기와에 부딪히는 빗소리가 유난히 크게 들렸다. 이순신은 아무 말 없이 연거푸 넉 잔을 부어 마셨다. 옆에 앉은 권준과 나대용이 걱정스러운 눈빛으로 이순신 얼굴을 살폈다. 이윽고 권준이 입을 열었다.

"원 수사는 결코 장군께 숙이고 들어오지 않을 겁니다. 그가 더 힘을 얻기 전에 장군께서 으뜸 장수가 되셔야 합니다."

나대용도 어깨를 으쓱 들어 올리며 맞장구쳤다.

"원 수사만 없으면 경상 우수영 장졸들도 모두 장군을 따를 겁니다. 시일을 늦추다가는 그들 모두가 기 현령처럼 개망나니 짓을 할지도 모릅니다."

이순신은 즉답을 피한 채 나대용과 권준의 잔에 술을 따랐다. 두 사람은 눈길을 교환하며 잔을 비웠다. 향기 은은한 머루주였다. 이순신 혀가 조금씩 말려 올라갔다.

"난 원 수사를 아오. 나만큼 그를 아는 사람도 드물지. 권 부사 말이 맞소. 원 수사는 지금 부산포를 치겠다는 생각뿐이고 그 때문에 우리는 큰 낭패를 겪을지도 모르오. 그에게 목민관 자질이 없는 것 또한 사실이오. 그가 큰 그림은 보지 못하고 작은 승리만 탐하는 것 또한 옳소. 하나 그렇기 때문에 나는 그를 구하고 싶소. 그와 함께 이 전쟁을 승리로 이끌고 싶소. 그를 설득하고 싶소."

권준이 단호하게 잘라 말했다.

"불가능한 일입니다."

이순신은 푹푹 바람 새는 소리를 내며 낮게 웃었다.

"후후훗!…… 육진 시절, 원 수사는 북삼도 장졸들의 자랑이었소. 백전불패의 용장. 적의 독화살을 두려워 않는 맹장, 부하들을 내 몸처럼 생각하는 덕장."

"장군! 지금은 감상에 젖을 때가 아니옵니다."

이순신은 눈을 부라리며 나대용을 쏘아보았다.

"나 선마! 네가 내 마음을 아느냐? 원 수사가 있는 것만으로도 여진족이 압록강을 건너지 못하던 때가 있었느니라. 나는 마지막 순간까지 그를 품고 가겠다. 나는 그를 칠 수 없다……. 나는 그를 치지 않을 것이야."

권준이 눈짓으로 나대용을 만류했다. 아무 대꾸 말라는 뜻이다. 이순신은 머루주 한 통을 모두 마신 후 갑옷을 입은 채 곯아떨어졌다. 두 사람은 이부자리를 살핀 다음 뜰로 나섰다.

어느새 장대비도 멎고 시원한 마파람이 허허바다(끝없이 넓고 큰 바다)에서 불어 올라왔다. 검은머리흰죽지와 댕기죽지가 무리를 이루어 꽉꽉대며 바다 위에 내려앉았다. 나대용이 눈동자를 굴리며 나지막하게 물었다.

"왜 말리셨습니까? 이번 기회에 단단히 따지고 싶었는데……."

권준이 입가에 잔잔한 웃음을 머금은 채 답했다.

"나 선마가 몇 마디 한다고 뜻을 바꿀 좌수사가 아니지."

"에잇! 군선도 우리가 많고 군사도 우리가 많은데 뭐가 그리 걱정인지 모르겠습니다."

"정녕 모르시겠소, 좌수사의 어두움을?"

"어두움이라고 하셨소이까?"

권준은 밤하늘을 우러르며 깊게 숨을 들이마셨다.

"가끔 그런 생각을 한다오. 여기까지 좌수사가 버텨 온 건 바로 저 어두움 때문이 아닐까. 언제나 낭떠러지 끝에 서 있기 때문이 아닐까. 단 한 번의 패배가 모든 것을 잃는다고 생각하기

때문이 아닐까. 그 누구에게도 의지하지 않고 자신만의 힘으로
디딘 나날들! 앞으로도 좌수사 홀로 많은 어두움을 감당할 것이
오. 지독한 어두움을 완벽한 빛으로 바꾸려 들 게요. 우린 결코
그 깊이를, 슬픔을, 고통을 알 수 없지. 그 막막한 어두움을 말
이오."

二十. 통한의 눈물이 한강수를 더하고

사월 이십일일 새벽.

한양에서 맞은 첫 밤, 두 사람은 토끼잠(깊이 들지 못하고 자주 깨는 잠)을 잤다. 잠을 청할수록 두 눈은 수리부엉이처럼 멀뚱멀 뚱했다. 류성룡이 자꾸 몸을 뒤치자 이덕형은 끝내 이부자리를 걷었다. 일 년 만에 한양으로 입성한 것이다. 그러나 한양은 이 미 웅장하고 아름다운 도읍지가 아니었다. 궁궐은 불탔고 백성은 흩어졌으며 거리는 썩어 가는 시체들로 가득했다.

이덕형은 자기도 모르게 한숨을 푸욱 내쉬었다. 이여송의 접반 사로 명군과 함께 제일 먼저 무악재를 넘는 동안 거리에는 개미 새끼 한 마리 없었다. 어두운 방에 숨어 퀭한 눈으로 거리를 주 시하고 있을 백성들의 파리한 얼굴이 뇌리를 스쳤다. 미래에 대 한 불안, 죽음에 대한 공포, 잃어버린 가족과 친지에 대한 그리

297

움! 그들은 떨고 있었다. 이 전쟁이 완전히 끝나기까지 그들은 나서기보다는 물러서야 하고, 웃거나 울기보다는 그저 견뎌야 함을 체득한 것이다.

"왜 벌써 기침하셨소?"

류성룡이 인기척을 느끼고 따라서 몸을 일으켰다. 이월에 전라, 경상, 충청 삼도의 도체찰사로 임명된 그는 조선군의 실질적인 총책임자였다.

"잠이 오질 않습니다. 잡념도 많고."

"그래도 눈을 좀 붙이시오. 내일부터 패주하는 왜군을 추격하려면 힘이 많이 들 게요."

이덕형이 고개를 돌렸다. 어둠 속에 희미하게 웃음 띤 류성룡 얼굴이 보였다.

"대감의 공이 크옵니다. 대감이 아니었다면 어찌 이렇듯 빨리 한양을 되찾을 수 있었겠습니까?"

명군을 먹일 군량미를 마련했을 뿐만 아니라 간자를 미리 보내 각 성읍 지도를 구한 것도 모두 류성룡 공이었다.

"전쟁은 이제부터요. 왜군을 바다 건너로 몰아내기 전까지는 마음을 놓아서는 아니 되오. 왜군은 물론이거니와 명군 움직임도 면밀히 살펴야 하오."

"대감께서도 뜬소문을…… 믿으시는군요."

이덕형의 목소리가 작아졌다. 문밖을 살폈지만 별다른 인기척은 없었다. 류성룡 역시 주위를 경계하며 단호하게 말했다.

"뜬소문이 아니오. 명군이 평양성 백성을 학살한 것은 사실이에요."

　류성룡은 지그시 눈을 감았다. 구사일생으로 목숨을 건진 류용주가 전한 소식은 참으로 믿기 힘들었다. 그러나 그 일은 일호도 틀림 없는 사실이었다. 평양성에서 왜군에게 퇴로를 열어 준 명군은 패잔병을 추격하지 않고 딴전만 피워 댔다. 밀약이 오고간 것이 틀림없었다. 그러면서 전공이 필요할 때면 조선인과 왜인을 구별하지 않고 무차별로 도륙했다. 몇 번이고 항의했지만 이여송은 오리발을 내밀었다. 명군 손에 목숨을 잃은 조선 백성이 누구누구인지 적어 오라는 것이다. 백성들 신원을 밝혀 줄 문서는 잿더미가 된 지 오래였다.

　"이 제독이 철석같이 약조를 했으니 오늘부턴 달라지겠지요. 어쨌든 예의를 아는 대국이 아닙니까?"

　이덕형 역시 명군 움직임이 심상치 않음을 눈치채고 있었다. 그러나 그는 평양에서 떠도는 소문을 믿지 않았다. 원병으로 와 준 군대를 명백한 증거도 없이 무턱대고 의심할 수는 없는 노릇이다.

　두 사람은 어제도 해 질 무렵 이여송을 찾아갔다. 한양을 되찾은 데 안주하지 말고 하루라도 빨리 왜군을 추적하자고 재촉하기 위해서였다. 이여송은 너털웃음을 터뜨리며 두 사람을 맞은 후 솔잎차를 내 왔다.

　류성룡이 찾아온 용건부터 꺼내놓았다.

　"이 제독! 여기서 지체해서는 아니 됩니다."

　이여송은 차를 홀짝홀짝 마시면서 빙그레 웃었다.

　"역시 조선 차는 맛이 좋소이다. 우리네 차보다 단맛은 덜하지만 향이 은은하고 그 운치가 입 안에 오래오래 맴도는군요. 허허, 두 분께서도 어서 드시오. 바쁠수록 돌아가라는 조선 속담도 있지 않소이까?"

이덕형이 류성룡을 거들었다.

"하삼도 의병들에게도 연통을 넣었습니다. 이 제독의 군대가 위에서 누르고 의병들이 뒤에서 공격하면 왜군은 곧 무너질 겁니다."

이여송은 웃음을 잃지 않고 이덕형을 곁눈질했다.

"허허허, 그래요? 그렇게 조선 의병이 대단하답디까? 그럼 우린 이쯤에서 물러날까 합니다만……."

"그 무슨 말씀이십니까?"

류성룡이 놀란 눈으로 말꼬리를 붙들었다. 지금 명군이 철수하면 다 잡은 승기를 놓치게 된다.

"대감도 생각을 해 보시오. 평양을 탈환했을 때는 천자의 정병을 학살자로 몰더니 한양을 되찾은 지금에 이르러서는 오합지졸 농사꾼과 비교하고 있지 않소이까? 이것은 귀국이 명나라를 업신여기는 것이에요. 계속 이런 식으로 나온다면 나는 경략(經略) 조선 군무 송응창(宋應昌) 대감께 위곡(委曲, 자세한 사정 또는 곡절)한 뜻을 아뢰고 철군하겠소."

송응창은 원병의 진군과 철군을 총괄하는 최고 책임자였다. 류성룡이 이덕형에게 어서 사과하라는 눈짓을 보냈다. 이덕형은 하는 수 없이 고개를 숙였다.

"이 제독! 용서하시오. 소생의 짧은 소견이 제독의 마음을 상하게 했나 봅니다. 지금 이 제독이 떠나면 우리 조선은 또다시 전쟁의 참화에 휩싸이고 말 것이오. 부디 조선을 지켜 주시오. 그 은혜 결코 잊지 않겠습니다."

이여송이 계면쩍게 양손을 비벼 댔다.

"됐소이다. 접반사를 꾸짖으려고 한 말이 아니에요. 류 대감!"

"예."

"내 몸에도 조선인 피가 흐르고 있다는 걸 잊지 말아 주시오. 나 역시 이 전쟁을 빨리 끝내고 싶소. 답답하더라도 나를 믿고 조금만 참도록 해요. 오늘 대감들이 이곳을 찾은 것은 패잔병을 추격할 계획을 듣기 위해서라고 생각하오만."

"그렇소이다."

"그래서 나도 대감들을 찾아갈까 고민 중이었소. 우리도 왜군을 뒤쫓고 싶으나 불행하게도 한강을 건널 배가 없소이다. 대감들께서 그 배를 마련해 주실 수 있겠소? 한 백여 척이면 충분하리라 생각되오만."

이여송은 강을 건널 배가 없다는 핑계를 댔다. 원병이 먹을 군량미와 입을 옷, 묵을 집, 그 외 필요한 물품들을 챙기는 일은 모두 류성룡 책임이었다. 그러니까 지금 명군이 움직이지 못하는 까닭은 이여송 탓이 아니라 류성룡의 준비 부족 때문이라는 것이다.

"좋습니다. 배를 구하도록 하지요."

시원시원하게 대답하고 물러나온 류성룡은 사진별장(四津別將, 한강변의 네 나루인 한강, 노량, 양화, 삼전 나루 책임자로 배치된 별장)에게 강을 건널 수 있는 배를 모두 징발하도록 영을 내렸다. 어부들이 몰려와서 밥줄이 끊긴다며 눈물로 호소했지만 지금은 그런

것을 따질 때가 아니었다. 훗날 열 배로 갚겠다는 약속을 해가면
서 인시(새벽 3시)까지 동분서주했다. 드디어 크고 작은 배 팔십
여 척이 노량 나루에 모였다. 이 정도면 부족하나마 원군을 실어
나를 수 있을 것이다.

류성룡과 이덕형은 강나루 근처 민가에 지친 몸을 뉘었다. 명
군의 도강을 도우려면 잠시라도 눈을 붙여야 한다. 그러나 잠이
오지 않을 것 같았다. 이덕형이 고개를 갸웃거리며 물었다.

"전하께서는 평양을 수복하자마자 하삼도 수사들에게 부산포
를 치라는 유서를 보내셨습니다. 한데 우리가 예서 이렇게 지체
하고 있으니 그들 목숨만 위태롭지 않을까 걱정입니다."

잠들기를 포기한 류성룡이 벗어 두었던 의복을 어둠 속에서 더
듬더듬 찾아 입으며 말했다.

"걱정 마시오. 이순신은 경거망동할 위인이 아니라오."

"어명이 이미 내려갔지 않았습니끼?"

류성룡은 잠시 뜸을 들었다. 이덕형은 아직까지도 원칙을 부여
잡고 있었다. 결코 어명을 어겨서는 안 된다는 원칙, 예의범절에
어긋나서는 안 된다는 원칙, 명나라에게 의리를 지켜야 한다는
원칙.

"난 가끔 이런 생각을 한다오. 이순신을 비롯한 우리 장수들이
어명에 곧이곧대로 따르기만 했다면 지금까지 살아남았을까? 공
자께서도 말씀하시기를, 무릇 군자는 굳고 곧아야 하지만 맹목적
으로 완고해서는 아니 된다 하셨소. 전하께서는 하루라도 빨리 이
전쟁에서 승리할 마음뿐이시오. 하나 평양에서 여수나 거제도 사정

을 알 수는 없는 법. 이순신은 스스로 판단해서 움직여야 하오."

"그랬다간…… 역심을 품은 것으로 간주될 수도 있습니다."

"역심? 후후후! 그럴 수도 있겠지. 하나 지금은 이순신을 믿는 도리밖에 없소. 어쨌든 전라도를 지켜 낸 것은 그이 공이니까. 그건 그렇고 이제 우리도 명군 뒤꽁무니만 따라다닐 것이 아니라 독자적으로 추격군을 편성하는 것이 어떻겠소?"

"독자적인 추격군이라시면?"

"동과 서로 나누어서 공격합시다. 동도군(東道軍)은 경기 방어사 고언백, 삼도 방어사 이시언, 평안 우도 병사 김응서, 이천 부사 변응성 등이 이끌고, 서도군(西道軍)은 전라 관찰사 권율, 전라 병사 선거이가 맡으면 될 것이오. 그들 관군이 남하하면서 각 지역 의병과 합세하면 우리 힘만으로도 능히 왜군을 공략할 수 있소."

류성룡은 주먹을 불끈 쥐며 전의를 불태웠다. 이덕형이 걱정스러운 눈빛으로 물었다.

"전하께서는 이 일을 아시옵니까?"

"아니오. 하나 내게 군권을 주셨으니 큰 문제는 없을 것이오. 동서 추격군이 패한다면 책임을 지면 될 것이고."

"이 제독에게 귀띔은 하셨는지요?"

"아니오. 이 제독이 우리 계획을 알면 당장 회군하겠다고 노발대발할 것이오. 군사들을 내려 보낸 후 천천히 수습할 작정이라오. 서도군은 한강 남쪽에 있으니 걱정하지 않아도 되고, 동도군만 무사히 도강하면 합동 작전을 벌일 수 있을 게요."

그제야 이덕형은 장수란 어명에 반하면서까지도 군사들을 승리로 이끌어야 한다는 류성룡의 주장을 이해했다. 그 말은 이순신을 두둔하는 것이면서 또한 도체찰사 류성룡 자기 자신을 향한 것이기도 했다.

그동안 류성룡은 대표적인 주화론자(主和論者)로 지목되어 왔다. 평양을 탈환한 후 윤두수나 정철 같은 주전론자들이 명군보다 앞서서 왜군을 치자고 했을 때 류성룡은 한사코 반대했다. 이여송이 류성룡을 신뢰하는 것도 명군 지휘하에 조선군을 배치하라는 명령을 그가 흔쾌히 받아들였기 때문이다. 그런 류성룡이 지금 목숨을 내걸고 조선군만의 독자적인 진공책을 모색하고 있었다. 진작부터 류성룡의 외유내강을 짐작했으나 이렇게 용의주도할 줄은 몰랐다.

"뭘 그렇게 빤히 쳐다보는 게요? 자, 잠자기는 틀렸으니 서둘러 나루로 나가도록 합시다. 일단 명군 태도를 살핀 다음 움직이는 것이 좋을 듯하오."

"예, 대감!"

두 사람은 자욱하게 깔린 밝을 녘 안개를 뚫고 노량 나루로 걸음을 재촉했다.

이여백이 이끈 군대는 사시(아침 9시)가 넘어서야 물박달나무 늘어선 나루에 도착했다. 바람을 맞은 새끼노루귀가 부드럽게 흔들렸다. 이여백은 나루에 모여든 팔십여 척이나 되는 배를 보고 깜짝 놀랐다. 이여송으로부터 배가 준비되지 않았을 터이니 엄히 꾸짖고 돌아오라는 지시를 받고 온 참이었던 것이다.

'역시 류성룡은 수완이 대단한 인물이군.'

류성룡과 이덕형이 다가왔다.

"어서 오십시오. 장군! 한데 제독께서는 아니 오셨는지요?"

이여백이 적당히 둘러댔다.

"천자께 올릴 장계를 마무리하느라 늦으신다고 하셨소. 한데 배가 죄다 낡은 것 같소이다. 저 배를 타고 도강하는 것은 무리인 듯하오."

류성룡이 각 배 선장들을 빈터로 불러 모았다.

"이 사람들은 평생을 한강과 더불어 살아 왔습니다. 수천 번도 넘게 강을 건넜지요. 배가 좀 낡고 작은 것이 흠이라면 흠이지만 저들을 믿고 배에 오르십시오. 새벽에 안개가 짙어 걱정을 했는데 해가 뜨니 바람 한 점 없이 쾌청합니다. 하늘도 조명 연합군의 도강을 축복하는 듯하오이다. 자, 어서 앞장을 서시지요. 제가 함께 가겠습니다."

이여백의 얼굴에 당황한 빛이 역력했다. 류성룡 주장을 꺾을 만한 핑계거리가 떠오르지 않았다. 그러나 류성룡이 이끄는 대로 강을 건널 수는 없었다. 형이자 상관인 이여송은 강을 건널 생각이 아예 없었던 것이다.

"아, 아니오. 나는 우리 군사들이 모두 강을 건넌 후에 가도록 하겠소."

"그러시겠습니까? 그렇다면 저도 나중에 가지요."

이윽고 강을 건너라는 군령이 내렸다. 명군이 색색가지 깃발을 앞세운 채 차례차례 배에 올랐다.

아침부터 시작한 도강은 해가 뉘엿뉘엿 질 때까지 끌었다. 이 밤만 지나면 모두 한강을 건널 수 있을 듯했다. 이여백은 얼굴이 점점 더 창백해졌다. 군령을 어길 상황이었다. 일그러진 이여송의 얼굴을 그려 보았다. 이여송은 형제간 우애보다도 군령을 더 중요하게 여기는 사람이었다. 이대로 군사를 모두 건너게 해 버렸다가는 자칫 목숨을 잃을 수도 있었다.

"장군! 안색이 안 좋으십니다. 위황(萎黃, 시들어 누런 빛을 띠는 병, 노랑병 혹은 누른오갈병이라 함)한 빛이 많습니다. 어디 몸이라도 아프신가요?"

이여백은 벌떡 일어서며 류성룡의 인사말을 되받아쳤다.

"대감은 내가 죽을 병에라도 걸렸으면 좋겠소? ……아악!"

이여백이 갑자기 오른발을 감싸쥐고 나뒹굴었다. 명군 호위병들이 재빠르게 류성룡과 이덕형을 에워쌌다.

이여백은 아무런 대꾸도 없이 절뚝거리며 가마에 몸을 뉘었다. 그리고 병이 위중하여 군대를 움직일 수 없다며 퇴각 명령을 내린 다음 위호(衛護)를 받으며 황급히 돌아가 버렸다. 군령이 떨어지자마자 강을 건너기 위해 나루에 늘어섰던 명군이 순식간에 어선들을 장악했다. 그러고는 강 건너편에 내렸던 군사들을 다시 실어 오기 시작했다. 모든 것이 눈 깜짝할 사이에 벌어진 일이었다.

"이게 무슨 짓이오? 군사를 되돌릴 수는 없는 일이오. 어서 강을 건너도록 하시오. 어서!"

아무리 설득해도 소용없었다.

'이럴 수는 없다. 이럴 수는 없는 일이야.'

분을 참지 못한 류성룡의 두 눈에 눈물이 그렁그렁 맺혔다. 처음부터 명군은 강을 건널 마음이 없었던 줄을 그제야 알았다.

'늑대를 물리치기 위해 호랑이를 불러들인 꼴이로다. 저들은 싸우지 않기로 왜군과 밀약을 맺은 것이 분명하다. 그렇지 않고서야 패주하는 적을 선선히 보내 줄 까닭이 없지 않은가. 이젠 명군에 대한 미련을 버려야 할 때가 되었구나. 그들이 싸우지 않겠다면 우리가 직접 나서야 하리.'

류성룡은 떨어지지 않는 발길을 되돌렸다. 도성으로 들어가자마자 이여송이 묵고 있는 곳으로 향했다. 그러나 이여송은 몸이 아프다며 만나 주지 않았다. 문전박대를 당한 것이다. 물러가지 않고 계속 연통을 넣자 아무렇게나 휘갈겨 쓴 짧은 서찰 한 장이 날아들었다.

송 경략(宋經畧, 송응창)의 공문이 도착했소이다. 왜군을 추격하지 말라는 엄명이오. 나도 대감과 함께 왜군을 공격하고 싶으나 이 일은 내 손을 벗어난 듯하오. 물러가시오.

류성룡은 그 밤에 은밀히 류용주를 불렀다. 그리고 경기 방어사 고언백에게 지금 당장 노량 나루로 가서 도강하라는 군령을 전했다. 도강에 틀개(훼방)를 놓는 자는 명군이라 하더라도 베고 지나가라는 말까지 덧붙였다.

　조선군은 길 떠날 채비를 서둘렀다. 자정 무렵부터 도둑고양이처럼 이동을 시작했다. 명군 눈을 피해 움직이는 것이므로 더욱 입조심을 했다. 고언백이 이끄는 조선군은 인시(새벽 3시)가 다 되어 노량 나루에 무사히 도착했다. 고언백은 먼저 십여 명의 척후를 내려 보냈다.

　그때 갑자기 주위가 환해지더니 칼을 빼어 든 명군들이 나타나서 척후의 목을 베어 버렸다. 순식간에 머리 잘린 시체들이 나뒹굴었다. 이여송이 이런 일을 짐작하고 군사들을 잠복시켰던 것이다. 명군의 수가 천 명이 넘을 뿐만 아니라 명군과 전투를 벌이는 것 자체가 천자에 대한 도전이기에, 고언백은 한양으로 철군할 수밖에 없었다.

　노량 나루 도강이 실패했다는 보고를 받은 류성룡은 다른 나루를 찾아 보도록 했다. 그러나 이미 명군이 도강이 가능한 나루를 모두 점령한 후였다. 처음부터 조선군의 동정을 은밀히 살폈음이 분명했다.

　그 밤부터 류성룡은 시름시름 앓기 시작했다.

　이틀 밤을 꼬박 지새운 것이 원인이었지만, 조선군을 마음대로 움직이지 못하는 억울함이 병을 더했다. 이덕형이 병문안을 오고 이여송까지 귀한 약재를 보내왔다. 단순한 몸살이겠거니 생각한 병은 쉽게 나을 기미를 보이지 않았다. 눈이 침침해지고 온몸이 퉁퉁 부을 뿐만 아니라 오줌에 피까지 섞여 나왔다. 병석을 지키는 류용주는 점점 안색이 흙빛으로 변해 갔다. 찾아오는 의원들도 처방전을 제대로 쓰지 못했다. 몸과 마음의 병이 깊어 올여름을 넘기기 어렵겠다는 암울한 추측만 할 뿐이었다.

그렇게 꼬박 보름이 흘렀다.

"용…… 용주야!"

류성룡 음성은 입천장까지도 이르지 못하고 턱턱 끊어졌다.

"예, 대감!"

류용주가 몸을 숙여 귀를 갖다 댔다.

"명군은…… 어, 어디에…….."

혼절을 거듭하면서도 조명 연합군의 근황을 묻는 것이다. 이여송의 군대는 보름 동안 한양에서 꿈쩍도 하지 않았다. 류용주는 차마 사실대로 아뢸 수가 없었다.

"대감! 모든 걸 잊고 몸 생각만 하십시오."

"이, 이놈들! 이 사학(肆虐, 포악한 행동을 마음대로 함)한 놈들!"

류성룡의 두 손이 허공으로 쭉 뻗어 올라갔다. 무엇인가를 움켜쥐려는 듯 열 손가락이 마디마디 뒤틀렸다. 얼굴이 벌겋게 상기되면서 턱과 뺨에 경련이 일었다. 검은자위가 자꾸 위로 올라가 이윽고 핏발 선 흰자위만이 남았다. 그르렁그르렁 식도를 긁어 대는 가래 소리가 귀를 어지럽혔다. 다시 정신을 놓았다. 온몸이 뻣뻣하게 굳어 오고 얼굴이 심하게 떨렸다. 류용주는 황급히 의원을 부르기 위해 문을 박차고 나갔다.

어둠이 이어졌다.

티끌 하나 없는 완전한 어둠이다. 시간이 흘러간다는 생각도 풍광이 움직인다는 느낌도 들지 않는 어둠. 그 어둠의 끝에서 환한 빛이 쏟아져 들어왔다. 똑바로 응시할 수 없을 만큼 밝고 거대한 빛이다. 차츰차츰 몸뚱이가 어둠에서 벗어나더니 빛의 중심을 향해 나아가기 시작했다. 가까이 갈수록 그 빛 속에서 행복과 평화가 느껴졌다. 어둠이 완전히 사라지고 사방이 빛으로만 가득 찼을 때 누군가 류성룡을 불렀다.

"서애!"

주위를 이리저리 둘러보았다. 눈부신 빛 때문에 말한 이를 찾을 수 없었다. 누구냐고 묻고 싶었지만 입술이 열리지 않았다. 빛 속에서 두 손이 불쑥 튀어나와 팔목을 붙들었다.

"나요. 율곡이오."

빛 속을 응시했다. 사내의 얼굴 윤곽이 점점 또렷하게 드러났다. 짙은 눈썹, 약간 위로 치오른 눈매, 튀어나온 광대뼈, 길고 윤기 나는 흰 턱수염. 율곡 이이가 분명했다. 류성룡은 그제야 비로소 입술이 떨어졌다.

"대감! 어디에 계셨습니까? 왜군이 침입한 걸 알고 계시는지요? 대감 예언대로 되었습니다."

율곡 입가에 잔잔한 미소가 맴돌았다.

"그것이 어찌 내 예언대로라고 할 수 있겠소. 일찍이 공자께서 '스스로 생각해서 의로우면 수천만 명이 반대하더라도 그 길을 가겠다.' 하신 대용(大勇)의 가르침을 따랐을 뿐이오. 그대 역시 나와 같은 길을 가고 있으니 너무 자책하진 마시오."

"하오나 그때 대감 뜻을 따랐다면 오늘 같은 대륙(大戮, 큰 치욕)은 없었을 터입니다. 소생의 어리석음을 꾸짖어 주십시오.”

율곡은 침착함을 잃지 않고 류성룡을 위로하기 시작했다.

“허어, 서애! 누가 누구를 꾸짖을 수 있단 말인가? 하늘의 재
앙은 피할 수 있으나 스스로 지은 재앙은 피할 수 없는 법이오.
이제라도 잘못이 없도록 언행에 조심하면 되는 것이오. 오늘 내
가 서애를 찾은 것은 충고할 것이 있어서요. 서애! 지금 앓고 있
는 마음의 병은 그대의 단견에서 비롯된 게요. 좀 더 넓게 멀리
까지 내다보도록 하시구려. 짧게 보면 불의와 부덕이 앞서 가는
것 같지만 넓고 길게 보면 세상만사가 정의와 덕으로 귀속된다
오. 공자께서 『춘추』를 지으신 것도 역사가 대의(大義)에 있음을
드러내기 위함이지 않소? 왕조는 창업(創業), 수성(守成), 경장(更
張), 멸망(滅亡)의 길을 가지만 역사는 오로지 대의에만 속한다는
것을 명심하시구려. 지금의 혼란에 마음 아파 하지 말고 오직 천
리(天理)의 뜻을 좇아 대도(大道)를 찾도록 하시오. 이 모든 더럽
고 추악한 세상일들을 기억하였다가 필주(筆誅)를 행사하는 것이
어떻겠소? 서애라면 대의에 합당한 글을 남길 수 있을 것이오.
부디 사마천의 궁핍했던 삶을 기억하오. 공자께서도 평생을 멸시
와 천대 속에서 지내지 않으셨소? 서애! 역사의 자리에 서시오.
사사로운 잘잘못을 따지지 말고 역사의 장강에 몸을 담그시구려.
그곳이 그대와 내가 만날 수 있는 유일한 자리요. 힘을 내시오,
서애!”

〈제6권으로 이어집니다.〉

부록

제3차 출진도—한산도 대첩

제4차 출진도—부산포 싸움

「임진장초」발췌

—한산도 승첩을 아뢰는 계본

—부산포 승첩을 아뢰는 계본

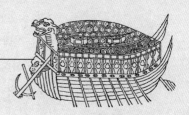

제3차 출진 — 한산도 대첩

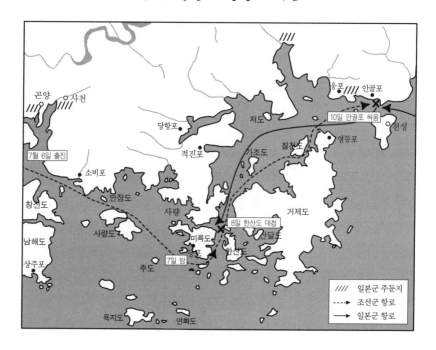

7월 6일 제3차 출진에 나선 연합 함대는 당포에서 섬 주민의 제보를 받고 8일 아침 견내량으로 향한다. 이순신은 적을 전멸시키기 위해 유인 전술을 구사하고, 왜선들을 넓은 바다로 끌어내는 데 성공하자 학익진으로 포위 공격하여 73척 가운데 59척을 격멸하는 전과를 올린다. 적의 사상자는 최소 3천 명 이상으로 추정된다. 이어서 10일 아침 적선 40여 척이 머물러 있는 안골포에 이르러 다시 공격을 개시하여, 적이 유인에 응하지 않자 군선이 번갈아 들어가 요격하는 방식으로 재차 큰 피해를 입혔다.

제4차 출진 — 부산포 싸움

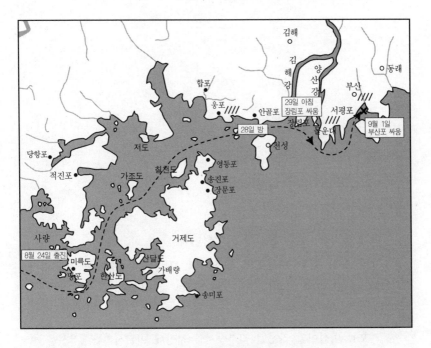

일찍부터 모여 출진을 준비한 연합 함대는 경상 우도 순찰사의 공문을 받고 8월 24일 제4차 출진에 나선다. 차근차근 왜선 위치를 탐색하며 나아가 29일 장림포에서 적과 최초 교전하여 6척을 불태운다. 9월 1일 이른 시각부터 화준구미, 다대포, 서평포, 절영도 앞 바다를 거치며 적선들을 분멸한 연합 함대는 저물 무렵 부산포에 이르러 왜군 함대 470여 척에 공격을 감행한다. 수가 몇 배나 되는 대 함대를 본거지에서 공격한 이 해전에서 조선 수군은 적선 100여 척을 격파하는 대승을 거두었다.

한산도 승첩을 아뢰는 계본*

삼가 왜적을 잡아 죽인 일을 아룁니다.

지난 유월 삼일 수원에서 발송되어 그달 십일 접수한 도순찰사 이광(李洸)의 공문 내용은 이러하였습니다.

오월 이십이일 작성된 좌부승지의 서장에 이르시기를 "적선을 깨 뜨리는 것이 병가(兵家)가 승리하는 선책(善策)인 바, 다만 적선이 얼 마나 머무르고 있는지를 알지 못하기에 다시금 전라 좌수사에게 명령 하기를 '경상 우수사와 함께 상의하고 협력하여 남김없이 격파하되 다만 대여섯 척을 남겨 두어 궁한 도적들이 돌아갈 길로 삼게 하고 두 수사 근처에 내가 머무르고 있음을 숨겨서 형세를 보아 추격할 일

---

* 이 책에 수록한 장계 두 편은 모두 조성도 편역 『임진장초』(1984)에 실린 번 역본을 기초로 하였다.

이다.' 라고 하고, 전라 우수사에게는 '병선을 정비하여 계속 지원하라.' 하고 급급히 명령하였다."라고 분부하는 내용이었으므로, 서장의 사연을 상고하여 경상 우수사 및 본도 우수사와 함께 약속하고 전례에 의하여 시행함이 좋을 것이다.

그런데 위 서장을 받기 전에 경상도 바닷길에 있는 적들이 경상 우도 연해안 지방을 차츰차츰 침범하여 집들을 불태우고 재산을 빼앗는 짓이 벌써 사천, 곤양, 남해 등지까지 침범하였으므로, 본도 우수사 이억기와 경상 우수사 원균 등에게 공문을 보내어 약속하고 지난 오월 이십구일 배를 띄워 사천 선창, 고성의 당포 선창, 당항포, 거제도의 율포 앞바다 등 여러 곳에 머무르는 왜선을 혹은 온전히 잡아 죽이고 혹은 좌우도 여러 장수들이 힘을 합쳐 쳐서 무찌른 뒤 유월 십일 본영으로 돌아온 상황은 이미 장계한 바입니다.

그런데 위 분부가 적힌 서장에 의거하여 순찰사의 공문이 또 도착하였을 뿐 아니라 떼를 지어 출몰하는 적을 맞이하여 모조리 무찌르고자 서로 공문을 돌려 약속하며 배들을 정비하고 경상도의 적세를 탐문하였더니 가덕, 거제 등지에 왜선이 혹 십여 척, 혹 삼십여 척이 떼를 지어 출몰한다 할 뿐 아니라 본도 금산(錦山) 지경에도 적세가 크게 뻗치었는 바, 수륙으로 나누어 침범한 적들이 곳곳에서 불길같이 일어나건만 한번도 적을 맞아 싸운 적이 없어서 깊이 침범하게 되었으므로, 처음에 본도 우수사와 모이기로 약속한 이달 칠월 사일 저녁때 약속한 곳에 도착하였으며, 오일 서로 약속하고, 육일 함대를 거느리고 일시에 배를 띄워 곤양과 남해의 경계인 노량에 도착하니, 경상 우수사가 파손된 전선을 수리하여 일곱 척을 거느리고 그곳에 머무르고 있었습니다. 바다 가운데서 같이 만나 재삼 약속하고 진주 땅 창신도에 이르자 날이 저물어 밤을 지냈습니다.

칠일에는 동풍이 크게 불어서 항해하기 어려웠는데, 고성 땅 당포에 이르자 날이 저물기로 나무하고 물 긷는 일을 하고 있을 때, 피란하여 산에 올랐던 그 섬 목동 김천손이 신 등의 함대를 보고 급히 달려와서 고하기를 "적선 대·중·소선 합하여 칠십여 척이 오늘 미시(오후 1시~3시)쯤 영등포 앞바다로부터 와 거제와 고성의 경계인 견내량에 이르러 머무르고 있습니다." 하였으므로, 다시금 여러 장수에게 지시하고 팔일 이른 아침에 적선이 머물러 있는 곳으로 배를 띄웠습니다. 한 바다에 이르러 바라보니 왜 대선 한 척과 중선 한 척이 선봉으로 나와서 우리 함대를 몰래 보고서는 도로 진치고 있는 곳으로 들어가는 것이었습니다.

뒤쫓아 들어가니 대선 서른여섯 척, 중선 스물네 척, 소선 열세 척이 대열을 벌이고 머물러 있었습니다.

그런데, 위에 아뢴 견내량은 지형이 매우 좁고 또 암초가 많은지라 판옥전선(板屋戰船)은 서로 부딪치게 될 것 같아서 싸움하기가 곤란할 뿐만 아니라 적은 만약 형세가 불리하게 되면 기슭을 타고 육지로 올라갈 것이므로, 한산도 바다 한가운데로 끌어내어 모조리 잡아 버릴 계획을 세웠습니다.

거제와 고성 사이에 있는 한산도는 사방에 헤엄쳐 나갈 길이 없어 적이 비록 육지로 오르더라도 틀림없이 굶어 죽게 될 것이므로,

먼저 판옥선 대여섯 척을 시켜서 선봉으로 나온 적선을 뒤쫓아서 엄격(掩擊)할 기세를 보이게 한즉, 여러 배의 적들이 일시에 돛을 달고 쫓아 나왔습니다. 우리 배는 거짓으로 물러나면서 돌아 나오자, 왜적들도 줄곧 뒤쫓아 나왔습니다. 그래서 바다 가운데로 나와서는 다시금 여러 장수들에게 명령하여 학익진을 벌이고 일시에 진격하여 각각 지자(地字), 현자(玄字), 승자(勝字) 등 각종 총통을 쏘아서 먼저 두세 척을 깨뜨리자, 여러 배의 왜적들이 사기가 꺾이어 도망치려 하였습니다. 여러 장수나 군사와 관리들이 승기를 띠고 흥분하여 앞다투어 돌진하면서 화살과 화전을 마구 발사하니 그 형세가 바람과 우뢰 같아 적의 배를 불사르고 적을 사살하기를 일시에 거의 다 해버렸습니다.

순천 부사 권준이 제 몸을 잊고 돌진하여 먼저 왜의 층각 대선 한 척을 깨뜨려서 바다 가운데서 온전히 사로잡고, 왜장의 머리를 비롯하여 머리 열 급을 베고, 우리나라 남자 한 명을 산 채로 빼앗았습니다.

광양 현감 어영담도 먼저 돌진하여 왜의 층각 대선 한 척을 깨뜨려 바다 가운데에서 온전히 사로잡고, 왜장을 쏘아 맞혀서 신의 배로 묶어 왔는데 문죄하기 전에 화살을 맞은 것이 중상이고 말이 통하지 않았으므로 즉시 목을 베었으며, 다른 왜적 등 머리 열두 급을 베고, 우리나라 사람 한 명을 빼앗았습니다.

사도 첨사 김완은 왜 대선 한 척을 바다 가운데에서 온전히 사로잡아 왜장을 비롯하여 머리 열여섯 급을 베었고, 홍양 현감 배흥립이 왜 대선 한 척을 바다 가운데에서 온전히 사로잡아 머리 여덟 급을 베고 또 많이 익사시켰습니다.

방답 첨사 이순신은 왜 대선 한 척을 바다 가운데에서 온전히 사로잡아 머리 네 급을 베었는데, 다만 사살하기에 힘쓰고 머리 베는 일에는 힘쓰지 않았을 뿐 아니라 또 두 척을 쫓아가서 깨뜨리고 일시에 불살랐습니다.

좌돌격장 급제 이기남(李奇男)은 왜 대선 한 척을 바다 가운데에서 사로잡아 머리 일곱 급을 베었습니다.

좌별도장이며 본영 군관인 전 만호 윤사공(尹思恭)과 고안책(賈安策) 등은 층각선 두 척을 바다 가운데에서 온전히 사로잡아 머리 여섯 급을 베었습니다.

낙안 군수 신호는 왜 대선 한 척을 바다 가운데에서 온전히 사로잡아 머리 일곱 급을 베었습니다.

녹도 만호 정운은 층각 대선 두 척을 총통으로 속까지 꿰뚫은 것을 여러 전선이 협공하여 불사르고, 머리 세 급을 베고, 우리나라 사람 두 명을 산 채로 빼앗았습니다.

여도 권관 김인영(金仁英)은 왜 대선 한 척을 바다 가운데에서 온전히 사로잡아 머리 세 급을 베었습니다.

발포 만호 황정록(黃廷祿)은 층각선 한 척을 여러 전선과 협공하여 힘을 모아 깨뜨리고 머리 두 급을 베었습니다.

우별도장 전 만호 송응민(宋應珉)은 머리 두 급을 베었습니다.

흥양 통장 전 현감 최천보(崔天寶)는 머리 세 급을 베었습니다.

참퇴장 전 참사 이응화(李應華)는 머리 한 급을 베었습니다.

우돌격장 급제 박이량(朴以良)은 머리 한 급을 베었습니다.

신이 타고 있는 배에서는 머리 다섯 급을 베었습니다.

유군 일령장(遊軍一領將) 손윤문(孫允文)은 왜 소선 두 척에 총을 쏘고 산 위에까지 추격하였습니다.

오령장(五領將) 전 봉사 최도전(崔道傳)은 우리나라 소년 세 명을 산 채로 빼앗았습니다.

그 나머지 왜 대선 스무 척, 중선 열일곱 척, 소선 다섯 척 등은 좌우도의 여러 장수들이 힘을 모아 불살라 깨뜨렸으며, 화살을 맞고 물에 떨어져 익사한 자는 그 수를 헤아릴 수 없었습니다.

한편 왜인 사백여 명*은 형세가 아주 불리하고 힘이 다 되어 스스로 도망하기 어려움을 알자 한산도에서 배를 버리고 육지로 올라갔으며, 그 나머지 대선 한 척, 중선 일곱 척, 소선 여섯 척 등은 접전할 때 뒤떨어져 있다가 멀리서 배를 불태우고 목 베어 죽이는 꼴을 바라보고는 노를 재촉하여 도망쳐 버렸으나, 종일 접전한지라 장수와 군사들이 노곤하였고 날도 황혼이 짙어 어둑어둑하여 끝까지 추격할 수 없어서 위의 견내량 안 바다에서 진을 치고 밤을 지냈습니다.

구일에는 가덕으로 향하려는데 안골포에 왜선 사십여 척이 머무르고 있다고 탐망군이 보고하므로 즉시 본도 우수사 및 경상 우수사와 함께 적을 토멸할 계책을 상의한 바, 이날은 날이 이미 저물고 역풍이 크게 일어 나가서 싸울 수 없어서 거제 땅 온천도(溫天島)에서 밤을 지냈습니다.

---

* 일본측 기록인 『와키자카키(脇坂記)』에는 이백여 명이라 기록되어 있다.

십일은 새벽에 배를 띄우며 본도 우수사에게는 안골포 바깥 바다 가덕 변두리에 진치고 있다가 우리가 만일 접전하면 복병을 남겨두고 급히 달려오라고 약속하고, 신은 함대를 거느리고 학익진을 형성하여 먼저 진격하고 경상 우수사는 신의 뒤를 따르게 하여 안골포에 이르러 선창을 바라본 즉 왜 대선 스물한 척, 중선 열다섯 척, 소선 여섯 척이 머물고 있었습니다.

　그 중에 3층으로 방이 마련된 대선 한 척과 2층으로 된 대선 두 척이 포구에서 밖을 향하여 떠 있고, 그 나머지 배들이 고기 비늘처럼 줄지어 있었습니다.

　그런데 그 포구는 지세가 좁고 얕아서 조수가 물러나면 육지가 드러날 것이므로 판옥선과 같은 대선은 용이하게 출입할 수 없어 여러 번이나 끌어 내려고 하였습니다만, 그들의 선운선(先運船) 쉰아홉 척을 한산도 바다 가운데로 끌어내어 남김없이 불태우고 목 베었기 때문에 형세가 궁해지면 육지로 오르려는 속셈으로 험한 곳에 의거하여 배를 매어 둔 채 두렵게 여기며 겁내어 나오지 않았습니다.

　그래서 할 수 없이 여러 장수들에게 명령하여 서로 교대로 출입하면서 천자 · 지자 · 현자총통과 여러 가지 총통뿐 아니라 장편전(長片箭) 등을 빗발같이 쏘아 맞히고 있을 무렵에 본도 우수사가 장수를 정하여 복병시켜 둔 뒤 급히 달려와서 합공하니 군세가 더욱 강해져서 방이 있는 대선과 2층 대선에 타고 있던 왜적들은 거의 다 사상하였습니다.

　그런데, 왜적들은 사상한 자를 낱낱이 끌어내어 소선으로 실어내고 다른 배의 왜적들을 소선에 옮겨 실어 층각 대선으로 모아들이는 것이었습니다.

　이렇게 종일토록 하여 그 배들을 거의 다 깨뜨리자 살아남은 왜적들은 모두 육지로 올라갔는데, 이 왜적을 다 사로잡지는 못했습니다. 그러나 그곳 백성들이 산골에 잠복해 있는 자가 매우 많은데, 그 배들을 모조리 불살라서 궁지에 빠진 도적들이 되게 한다면 잠복해 있는 백성들이 비참한 살육을 면치 못할 것이므로 잠깐 1리쯤 물러나 밤을 지냈습니다.

　다음 날인 십일일 새벽에 다시 돌아와 포위해 보았습니다만 위에 아뢴 왜적들이 이미 허둥지둥 당황하여 닻줄을 끊고 밤을 이용하여 도망하였으므로 전일 싸움하던 곳을 탐색해 보니 전사한 자들을 열두 곳에 모아 쌓고 불태웠는데 거의 타다 남은 뼈다귀와 손발들이 흩어져 있고 그 포구 안팎에는 흘린 피가 땅에 가득하여 곳곳이 붉게 물들어 있었습니다. 도적들의 사상자는 헤아릴 수가 없었습니다.

　그날 사시(오전 9시~11시)쯤 양산강과 김해 포구 및 감동 포구(甘洞浦口)를 모두 수색하였으나 왜적의 그림자가 전혀 없었으므로 가덕 바깥으로부터 동래, 몰운대에 이르기까지 배를 늘어세워 진을 치게 하고 군대의 위세를 엄히 보여 적선의 많고 적음을 탐망하여 보고하라 하고 가덕도 응봉과 또 김해 금단곶(金丹串) 연대(烟臺) 등지로 후망군(候望軍)을 모두 정하여 보내었는데, 이날 술시(저녁 7시~9시)쯤 금단곶으로 보냈던 망꾼인 경상 우수영 수군 허수광(許水光)이 다음과 같이 보고하였습니다.

　"탐망할 예정으로 연대에 오를 때에 산봉우리 아래 조그마한 암자에 한 늙은 중이 있기에 같이 올라가서 양산과 김해 두 강의 으슥한 곳과 그 두 고을 쪽을 바라보니, 적선이 늘어서 있는 수는 두 곳을 합하여 거의 백여 척쯤 되었습니다. 그 늙은 중에게 적선 동정을 물었더니 대답하는 말에, 근일에는 날마다 쉰 척 남짓이나 혹은 떼를 지어서 열하루 동안 연이어 그들 나라로부터 왔던 것이 어제 안골포 접전 때 포 쏘는 소리를 듣고서는 간밤에 거의 다 도망치고 다만 백여 척이 남아 있는 것이라고 하였습니다."

이로써 왜적이 두려워서 도망친 꼴을 짐작할 수 있겠습니다. 그날 저물녘에 천성보(天城堡)로 나아가서 잠깐 머물면서 적에게 우리가 오래 있을 계획인 줄로 의심하게 하고 밤을 이용하여 군사를 돌려 십이일 사시쯤 한산도에 도착하니, 그곳에 올라갔던 왜적들이 연일 굶어서 걸음을 잘 걷지 못한 채. 피곤하여 해변에서 졸고 있는데 거제도 군사와 백성들이 이미 머리 세 급을 베었고 그 나머지 백여 명 왜적은 탈출하여 도망할 길이 없는 새장 속의 새같이 되어 있었습니다. 그런데 신과 본도 우수사는 타도에서 온 군사로서 군량이 떨어졌을 뿐 아니라 금산의 적세가 크게 성하여 이미 전주에 이르렀다는 기별이 연달아 도착하므로, 그 섬에 상륙한 적들은 거제도 군사와 백성들이 힘을 합쳐 목을 베고 그 급수를 통고하도록 그 도 우수사와 약속하고 십삼일 본영으로 돌아왔습니다.

신의 여러 장수들이 벤 왜적 머리 아흔 급은 왼쪽 귀를 베어서 소금에 절여 궤 속에 넣어 올려 보냅니다. 그런데 신이 당초에 여러 장수와 군사들에게 약속할 때 "공훈을 바라서 머리 베는 것만을 서로 경쟁하다가 도리어 해를 입어 사상하는 예가 많으니, 이미 적을 죽이기만 했으면 머리를 베지 않아도 힘써 싸운 자를 제1공로자로 정한다." 하고 두세 번 거듭 강조하였기에 목을 벤 수가 많지 않으나, 공로를 세운 여러 경상도 장수들은 작은 배를 타고 뒤에서 관망하던 자들로써 적선을 삼십여 척이나 쳐서 깨뜨리고 나자 운집하여 머리를 베었습니다.

대체로 보아 신의 여러 장수들이 목을 벤 것과 경상 우수사 원균과 본도 우수사 이억기 등이 거느린 여러 장수들이 목을 벤 것을 합하면 거의 이백오십 급이나 되고, 그간 바다 가운데 익사하고 혹은 머리를 베고도 물에 빠뜨려 잃어버린 것도 얼마인지 알 수 없습니다.

왜적의 물건 중에서 의복이나 쌀이나 포목 등 대단치 않은 것은 군졸들에게 나누어 주어서 마음을 위로하고, 군용 물품 중 가장 긴요한 것들은 뽑아서 뒤에 기록하였습니다.

중위장 순천 부사 권준, 중부장 광양 현감 어영담, 전부장 방답 첨사 이순신, 후부장 홍양 현감 배흥립, 우부장 사도 첨사 김완, 우척후장 여도 군관 김인영, 좌돌격 구선장 급제 이기남, 보인 이언량, 좌부장 낙안 군수 신호, 유군장 발포 만호 황정록, 한후장 본영 군관 전 봉사 김대복(金大福), 급제 배응록 등은 접전할 때마다 몸을 잊고 먼저 돌진하여 승첩을 거두었으니 참으로 칭찬할 만한 일입니다.

왜적의 물품은 길이 끊어져서 올려 보내지 못하여 모두 본영에 보관해 두었습니다.

접전할 때 군졸들 중에 본영 2호선의 진무인 순천 수군 김봉수(金鳳壽), 방답 1호선의 별군(別軍) 광양 김두산(金斗山), 여도 배의 격군인 흥양 수군 강필인(姜必仁), 임필근(林必斤), 장천봉(張千奉), 사도 1호선 갑사 배중지(裵中之), 녹도 1호선 흥양 신선(新選) 박응구(朴應龜), 강진 수군 강막동(姜莫同), 그곳 2호선의 격군인 장흥 수군 최가응손(崔加應孫, 최응손), 낙안 배의 사부(射夫)인 사삿집 종 붓동(夫叱同), 본영 귀선의 토병인 사삿집 종 김말손(金末孫), 정춘(丁春), 흥양 2호선 격군인 사삿집 종 상좌(上左), 절 종[寺奴] 귀세(貴世), 절 종 말련(末叱連), 본영 전령선의 순천 수군 박무련(朴無連), 발포 1호선의 장흥 수군 이갓동(李力叱同), 흥양 수군 김헌(金軒), 흥양 2호선의 사삿집 종 맹수(孟水) 등은 철환을 맞아 전사하였습니다.

　신이 타고 있는 배의 격군인 토병 김국(金國), 박범(朴凡), 김연근(金延斤), 보자기 장동(張同), 고풍손(高風孫), 방답 1호선 격군인 토병 강돌매(姜乭每), 수군 정귀련(鄭貴連), 김수억(金水億), 김사화(金士化), 토병 정덕성(鄭德成), 손원희(孫元希), 그곳 2호선의 격군인 정병 채협(蔡洽), 수군 양세복(梁世卜), 하정(河丁), 사부인 신선 김열(金烈), 그곳 귀선 격군인 수군 김윤방(金允方), 서우동(徐于同), 김인산(金人山), 김가응적(金力應赤), 이수배(李水背), 송쌍걸(宋雙乞), 여도 배의 파진군(破陣軍)인 김한경(金漢京), 토병 수군 조이을손(趙泥乙孫), 선유수(宣有守), 수군 이광해(李光海), 임세(林世), 윤희동(尹希同), 맹언호(孟彦浩), 전은석(田銀石), 정대춘(鄭大春), 방포장(放炮匠)인 서억세(徐億世), 박춘문(朴春文), 김금이근(金金伊斤), 본영 1호선 수군 정원방(鄭元方), 보자기 이보인(李甫仁), 토병 박돌동(朴乭同), 사도 1호선 수

군 최의식(崔依食), 김금동(金今同), 사공 박근세(朴斤世), 최백(崔白),
수근 김홍둔(金弘屯), 유필정(兪必丁), 이응호(李應弘), 박언해(朴彦海),
신철(申哲), 강아금(姜牙金), 군관 정광례(田光禮), 그곳 2호선 격군 정
가당(鄭可當), 정우당(鄭于當), 오범동(吳凡同), 녹도 2호선 군관 성길
백(成吉伯), 신선 김덕수(金德壽), 수군 강영남(姜永男), 주필상(朱必
上), 최영안(崔永安), 토병 사삿집 종 모로손(毛老孫), 사부인 장흥 군
사 민시주(閔時澍), 격군 흥양 수군 이언정(李彦丁), 낙안 1호선 격군
이며 보자기인 업동(業同), 세천(世千), 이담(李淡), 손망룡(孫亡龍),
그 고을 2호선 사부 김봉수(金鳳壽), 보자기 화리동(禾里同), 장군(壯
軍) 박여산(朴如山), 사삿집 종 난손(難孫), 보성 배의 무산(無山) 오흔
손(吳欣孫), 격군인 종 부피(夫皮), 흥양 1호선 보자기 고읍동(古高邑
同), 남문동(南文同), 진동(進同), 관청 종 지남(之南), 그 고을 2호선
방포장인 정병 이난춘(李亂春), 사군(射軍)인 사삿집 종 오무세(吳茂
世), 격군인 사삿집 종 풍파동(風破同), 종 대복(大福), 종 금손(金孫),
보인 박천매(朴千每), 사삿집 종 팔련(八連), 종 흔매(欣每), 종 매손
(每孫), 종 극지(克只), 보인 박학곤(朴鶴昆), 광양 배 도훈도 김온(金
溫), 무상 김담대(金淡代), 격군 선동(先同), 본영 귀선 격군인 토병
김연호(金延浩), 종 억지(憶只), 홍윤세(洪允世), 정걸(丁乞), 장수(張
水), 최몽한(崔蒙汗), 수군 정희종(鄭希宗), 조언부(趙彦夫), 박개춘(朴
開春), 전거지(全巨之), 본영 3호선 진무(鎭撫) 이자춘(李自春), 조덕(趙
德), 박선후(朴先厚), 장매년(張每年), 격군인 보자기 이문세(李文世),
토병 김연옥(金年玉), 종 학매(鶴每), 종 영이(永耳), 박외동(朴外同),
발포 1호선 토병 이노랑(李老郞), 이구련(李仇連), 수군 조도본(趙道

本), 그곳 2호선 수군 최기(崔己), 김신말(金信末), 최영문(崔永文), 홍양 3호선 사삿집 종 풍세(風世), 보자기 마구지(亡仇之), 망기(亡己), 흔복(欣福) 등은 철환에 맞았으나, 중상에 이르지 않았습니다.

위 사람들은 시석(矢石)을 무릅쓰고 결사적으로 진격하다가 혹은 전사하고 혹은 부상하였으므로 전사자의 시체는 각기 그 장수에게 명하여 별도로 작은 배에 실어 고향으로 보내어 장사 지내게 하고 그 처자들은 휼전(恤典)에 의하여 시행하라 하였으며, 중상에 이르지 않은 사람들은 약물을 지급하여 충분히 치료하도록 하라고 각별히 엄하게 신칙하였습니다.

녹도 만호 정운이 사로잡아 온 거제 오양포(烏陽浦)의 보자기 최필(崔必)을 문초한 바 이렇게 말하였습니다.

"포로된 지 오래되지 않아서 말이 서로 달라 무슨 말을 하는지 잘 알아듣지를 못하였으나, 다만 '전라도 군사가 전일 배를 불태우고 목을 베어 죽이더라.' 하고 이따금 말하며 칼을 뽑아 위용을 뽐내는데, 그 언사와 안색을 보거나 그 소행을 살펴보면 반드시 전라도로 곧바로 향할 계획으로 거제도 견내량에 와 머물렀다가 패한 것입니다."

그리고 순천 부사 권준이 빼앗아 온 서울 사는 보인 김덕종(金德宗)을 문초하니 이렇게 말하였습니다.

"날짜는 기억하지 못하나, 유월 경에 수를 알 수 없는 왜적들이 네 개 부대로 나뉘어 소인의 식구들을 함께 이끌고 서울로부터 내려왔습니다. 두 개의 부대는 부산 해변에 진을 치고 한 부대는 양산강에 진을 치고 또 한 부대는 전라도로 진격하기 위하여 출발하였으나 왜인들의 말이라 알아들을 수 없었고, 한 부대는 지금 서울서 진을 치고 피난하여 숨은 사람들을 방을 내걸어 알리면서 남김없이 들어와 살게 하여 종같이 부리고 있으며, 소인을 데리고 온 왜장은 이번 접전 때에 피살되었습니다."

오령장 최도전(崔道傳)이 사로잡아 온 서울 사는 사삿집 종 중남(仲男)과 용이(龍伊) 및 경상도 비안(庇安)에 사는 사삿집 종 영락(永樂) 등을 문초한 내용은 이러합니다.

"왜적들이 내려올 때 용인에 이르러 우리나라 군사들과 서로 만나 접전했는데 우리나라 군사가 퇴패했으며, 곧 김해강에 이르러서는 왜장이 공문으로 여러 왜적에게 알리는데 마치 우리나라 장수들이 약속하는 모습과 같았습니다. 그리고 손을 들어 서쪽을 가리키면서 매번 '전라도'라고 말하면서 혹은 칼을 뽑아 물건을 치는 것이 꼭 목을 베어 죽이는 형용을 하였습니다."

광양 현감 어영담이 빼앗아 온 경상도 인동현(仁東縣)에 사는 소년 우근신(禹謹身)을 문초한 내용은 이러합니다.

"소인과 누이동생은 일시에 피난하여 산으로 들어갔다가 함께 포로 되어 서울로 갔는데 소인의 누이는 왜장에게 몸을 더럽혔습니다. 날짜는 기억할 수 없으나 내려올 때에 우리나라 군사와 서로 만나서 첫날은 왜적이 승리하고, 둘째 날은 승리하지 못하여 퇴군하고, 셋째 날은 우리나라 군사가 모두 퇴군하였기 때문에 바로 김해강으로 내려왔습니다. 타고 있던 배들은 어디서 온 것인지 알지 못하며, 다른 곳에서 끌고 와서 어디로 향한다는 말들은 잘 알아들을 수가 없었고, 다만 손으로 서쪽을 가리키는 것은 필시 전라도로 향한다는 말이었을 것입니다. 왜장은 그날 접전할 때 사살되었습니다. 우리나라 군사와 접전할 때, 우리나라 사람이 항전하지 않으면 칼을 휘두르며 힘차게 날뛰고 또 우리가 승리하여 쫓으면서 활을 당겨 돌격하면 반드시 모두들 슬슬 피하며 물러서는데 비록 왜장이 엄히 독전하여도 두려워서 감히 나서지를 못하였습니다."

그리고 웅천 현감 허일(許鎰)이 거느린 그 고을 기관(記官) 주귀생(朱貴生)이 말하는 내용은 이러합니다.

"김해부 내에 사는 내수사(內需司)의 종 이수(李水)도 이번 칠월 이일 고을에 사는 부모를 만나려고 왔다가 하는 말에 김해부 불암창(佛岩滄)에 와 대어 있는 왜인들은 전라도에서 접전할 것이라고 하는데, 각 배에는 방패 이외에 느티나무 판자를 몇 장이나 덧붙여 견고하게 만들고, 그 안에서 서로 약속하고 세 개 부대로 나뉘어 머물고 있었으며, 김해성 안팎에 머물던 적들이 하루는 밤에 고기잡이 불을 바라보고도 겁내어 혹 전라도 군사가 쳐들어 왔다 하며 크게 놀라 시끄럽게 떠들며 어찌할 바를 모르고 동분서주하다가 얼마 후에야 진정되었습니다."

이들 여러 사람의 문초 내용이 비록 낱낱이 믿을 만한 것은 못 된다 하더라도 세 부대로 나뉘어 배를 정비하여 전라도로 향한다는 말만은 근거가 있는 것 같습니다.

이들 중 첫 부대의 왜선 일흔세 척은 거제도 견내량에 와서 머물고 있다가 이미 신 등에게 섬멸되었고, 둘째 부대의 왜선 마흔두 척은 안골포 선창에 줄지어 머물고 있었으나 역시 신 등에게 패하여 무수한 사상자를 내고 밤을 이용하여 도망하였습니다. 혹 그들이 다시 무리를 끌어내어 병력이 분산되고 형세가 약해질 것이 극히 염려스럽습니다. 그리하여 본도 우수사 이억기와 "군사를 다스리고 군대를 정비하여 창을 베개로 삼아 변을 기다려, 다시 통고하는 즉시 수군을 거느리고 달려오라." 하고 약속한 뒤 진을 파하였으며, 포로된 자를 도로 빼앗아 온 사람은 각각 그 빼앗은 관원에게 명하여 구휼하고 편히 있게 하였다가 사변이 평정된 뒤에 고향으로 돌려보내라고 알아듣도록 타일렀습니다.

여러 장수와 군사 및 관리들이 분연히 제 몸을 돌아보지 않고 처음부터 끝까지 힘껏 싸워 여러 번 승첩을 하였습니다만, 조정이 멀리 떨어져 있고 길이 막혔는데 군사들의 공훈 등급을 만약 조정의 명령을 기다린 뒤에 결정한다면 군사들 심정을 감동케 할 수 없으므로, 우선 공로를 참작하여 1, 2, 3등으로 별지에 기록하였습니다. 당초의 약속과 같이 비록 머리를 베지 않았다 하여도 죽을 힘으로 싸운 사람들은 신이 직접 본 바대로 등급을 나누어 결정하고 함께 기록하였습니다.
삼가 갖추어 아뢰옵니다.

만력 20년 칠월 십오일

부산포 승첩을 아뢰는 계본

삼가 적선을 무찌른 일을 아룁니다.

경상도 연해안의 적을 세 번 왕래하여 무찌른 뒤로 가덕에서 서쪽으로는 적의 그림자가 아주 끊어졌습니다. 그러나, 각 도에 가득 찼던 적들이 날마다 내려온다 하므로 그들이 도망해 갈 시기를 이용하여 수륙(水陸)으로 한꺼번에 공격하려고 본도 좌우도의 전선 일흔네 척과 협선(挾船) 아흔두 척을 모두 철저하게 정비하여 지난 팔월 일일 본영 앞바다에 이르러 진을 치고 거듭 약속을 명확히하였습니다. 그런데 그달 팔일 선전관 안홍국(安弘國)이 가져온 분부하시는 서장을 받았을 뿐 아니라 경상 우도 순찰사 김수(金晬)의 공문 내용에 "위로 침범한 적도들이 낮에는 숨고 밤에 행군하여 양산(梁山), 김해강 등지로 잇달아 내려오는데, 짐짝을 가득 실은 것으로 보아 도망치려는 낌새가 현저하다." 하였으므로 팔월 이십사일 우수사 이억기 등과 배를 띄워 수군 조방장 정걸(丁傑)도 함께 거느리고 남해

땅 관음포에 이르러 밤을 지냈습니다.

이십오일에는 미리 약속한 사량 바다 가운데에 이르러 경상 우수사 원균을 만나 적정을 상세히 물은 뒤에 다함께 당포에 이르러 밤을 지냈습니다.

이십육일은 비바람이 섞어 쳐 쉽게 배를 띄우지 못하다가 저물녘에 거제도 잘우치(資乙于赤)에 이르러 밤을 이용하여 몰래 견내량을 건넜습니다.

이십칠일은 웅천 땅 제포 뒷바다의 원포(院浦)에서 밤을 지냈습니다. 이십팔일에는 경상도 육지의 적을 정찰하러 보낸 자가 와서 말하기를 "고성, 진해, 창원 등지 병영에 머물고 있던 왜적들이 이달 이십사, 이십오일 밤중에 모두 도망했다." 하였는데, 필시 산에서 망보던 적들이 우리 함대를 바라보고 위엄에 놀라 배를 정박해 둔 곳으로 급히 도망했을 것입니다.

이날 이른 아침에 배를 띄워 바로 양산과 김해 두 강 앞바다로 향하는데 창원 땅 구곡포(仇谷浦)의 보자기로 정말석(丁末叱石)이라 이름하는 사람이 포로된 지 사흘째 되는 그날 김해강에서 도망쳐 돌아와서 말하기를 "김해강에 머물러 있던 적선이 며칠 동안 많은 수가 떼를 지어 몰운대 바깥 바다로 노를 재촉하여 나가는 바 도망치려는 모습이 분명하므로 소인은 밤을 타서 도망쳐 돌아왔습니다." 하기에, 가덕도 북변 서쪽 기슭에 배를 감추어 숨어 있게 하고 방답 첨사 이순신과 광양 현감 어영담으로 하여금 가덕 외면에 숨어서 양산의 적선을 탐망해 오라고 보내니 신시쯤 돌아와 말하기를 "종일 살펴보았으나 왜 소선 네 척이 두 강 앞바다로부터 나와서 바로 몰운대로 지나갈 뿐이었습니다." 하기에 그대로 천성 선창으로 가서 밤을 지냈습니다.

이십구일에는 닭이 울자 배를 띄워 날이 밝을 무렵에 두 강 앞바다에 도착하였는데, 동래 땅 장림포(長林浦) 바다 가운데 낙오된 왜적 삼십여 명이 대선 네 척과 소선 두 척에 나누어 타고 양산으로부터 나오다가 우리 함대를 바라보고서는 배를 버리고 육지로 올라가는 것을 경상 우수사가 거느린 수군들이 도맡아 깨뜨려서 불태웠습니다. 그런데 좌별도장인 신의 우후 이몽구(李夢龜)도 대선 한 척을 깨뜨리고 머리 한 급을 벤 뒤에 군사를 좌우로 나누어 두 강으로 들어가려 했으나, 그 강 어귀의 형세가 매우 좁아서 판옥 대선은 쉽게 싸울 수 없겠으므로 어두워질 무렵에 가덕 북변으로 되돌아와서 밤을 지내면서 원균 및 이억기 등과 함께 밤새껏 방책을 강구하였습니다.

구월 일일 닭이 울자 배를 띄워서 진시(오전 7시~9시)에 몰운대를 지날 무렵 동풍이 갑자기 일고 파도가 거세어 간신히 배를 저어 화준구미에 이르러 왜 대선 다섯 척을, 다대포 앞바다에 이르러 왜 대선 여덟 척을, 서평포 앞바다에 이르러 왜 대선 아홉 척을, 절영도에 이르러서는 왜 대선 두 척을 각각 만났는데 모두 기슭을 의지하여 줄지어 머물고 있었으므로 삼도 수사가 거느린 여러 장수와 조방장 정걸 등이 힘을 합쳐 남김없이 깨뜨리고 배 안에 가득 실린 왜의 물건과 전쟁 기구도 끌어내지 못하게 하여 모두 불살랐으나, 왜인들은 우리 위세를 보고 산으로 올랐기 때문에 머리를 베지는 못하였습니다.

그러고는 위에 아뢴 절영도 안팎을 모조리 수색하였으나 적의 종적이 없었으므로 작은 배를 부산 앞바다로 급히 보내어 적선을 자세히 탐방하게 하였더니 약 오백여 척이 선창 동쪽 산기슭 언덕 아래 늘어서 있으며 선봉 왜 대선 네 척이 초량목으로 마주 나오고 있다 하므로, 곧 원균 및 이억기 등과 의논하기를 "우리 군사의 위세로써 만일 지금 공격하지 않고 군사를 돌이킨다면 반드시 적이 우리를 멸시하는 마음이 생길 것이다." 하고 독전기를 휘두르며 진격하였습니다. 우부장 녹도 만호 정운, 귀선 돌격장인 신의 군관 이언량, 전부장 방답 첨사 이순신, 중위장 순천 부사 권준, 좌부장 낙안 군수 신호 등이 먼저 곧바로 돌진하여 선봉 왜 대선 네 척을 우선 깨뜨려서 불살라 버리자 적도들이 헤엄쳐 육지로 오르므로, 뒤에 있던 여러 배들은 곧 이때를 이용하여 승기를 올리고 북을 치면서 장사진으로 돌진하였습니다.

그때 부산성 동쪽 한 산에서 오 리쯤 되는 언덕 밑 세 곳에 진을 치고 있는 대·중·소선을 아우르면 대개 사백칠십여 척이었는데, 우리 위세를 바라보고 두려워서 감히 나오지를 못하고 있었습니다. 여러 전선이 곧장 그 앞으로 돌진하자 배 안과 성안, 산 위, 굴 속에 있던 적들이 총통과 활을 갖고 거의 다 산으로 올라 여섯 곳으로 나누어서 내려다보면서 철환과 화살을 빗발과 우박같이 쏘는 것이었습니다. 그런데 편전을 쏘는 것은 우리나라 사람인 것 같았으며, 혹

대철환을 쏘기도 하는데 크기가 모과만 하며, 혹 수마석(水磨石)을 쏘기도 하는데 크기가 주발덩이만 한 것이 우리 배에 많이 떨어지곤 했습니다.

그러나 여러 장수들은 한층 더 분개하여 죽음을 무릅쓰고 다투어 돌진하면서 천자 지자 총통에다 장군전, 피령전, 장편전, 철환 등을 일제히 발사하며 하루 종일 교전하매 적의 기세는 크게 꺾였습니다. 그래서 적선 백여 척을 삼도의 여러 장수들이 힘을 모아 깨뜨렸습니다. 화살을 맞아 죽은 왜적으로서 토굴 속에 끌고 들어간 놈들이 그 수를 헤아릴 수 없었으나, 배를 깨뜨리는 것이 급하여 머리를 벨 수는 없었습니다.

여러 전선에서 용사들을 선발하여 육지로 내려서 모조리 섬멸하려고 하였으나 무릇 성 안팎 예닐곱 군데 왜적들이 진 치고 있을 뿐 아니라 말을 타고 용맹을 보이는 놈도 많았습니다. 그래서 말도 없는 외로운 군사를 경솔하게 육지로 내리게 한다는 것은 만전의 계책이 아니며, 날도 저물었는데 적의 소굴에 머물러 있다가는 앞뒤로 적을 맞을 환란이 염려되어, 하는 수 없이 여러 장수들을 거느리고 배를 돌려 한밤중에 가덕도로 돌아와서 밤을 지냈습니다.

그런데, 양산과 김해에 머물고 있는 왜선은 혹 말하기를 점차 본토로 돌아간다고 합니다만, 몇 달 이래로 그 세력이 날로 외로워짐을 스스로 알고 모두 부산으로 모이는 일이 없지는 아니할 것입니다.

부산성 내 관사(官舍)는 모두 철거하고 흙을 쌓아서 집을 만들어, 이미 소굴을 지은 것이 백여 호 이상이나 되며, 성 밖 동서쪽 산기

늪에 어염집이 즐비하게 연달아 있는 것도 거의 삼백여 호이니, 이 것이 모두 왜인들이 스스로 지은 집입니다. 그중 큰 집은 층계와 희게 단장한 벽이 마치 불당과 비슷한 바, 그 소행을 따져 보면 극히 통분한 일입니다.

접전한 다음 날 또다시 돌진하여 그 소굴을 불사르고 그 배들을 모조리 깨뜨리고자 하였는데, 위로 올라간 적들이 여러 곳에 널리 가득차 있었으므로 그들이 돌아갈 길을 끊는다면 곤란에 빠진 도적들의 환란이 있을 것이 염려되는 바, 바다와 육지에서 함께 진격하여야만 섬멸할 수 있을 것입니다. 더구나 풍랑이 거세어 전선이 서로 부딪혀서 파손된 곳이 많이 있었으므로, 전선을 수리하면서 군량을 넉넉히 준비하고 또 육전에서 크게 물러나 오는 날을 기다려 경상 감사 등과 바다와 육지에서 함께 진격하여 남김없이 섬멸하여야 하기 때문에 이일에 진을 파하고 본영으로 돌아왔습니다.

우후 이몽구가 벤 왜의 머리 한 급은 본래 왼쪽 귀가 없는 것이므로 그 귀뿌리를 잘라내어 소금에 절여서 올려 보냅니다.

그리고 정해년(1587년)에 포로 되었다가 도망해 돌아온 본영 수군 김개동(金介同)과 이언세(李彦世) 등을 문초한 내용에

"저희들을 잡아간 왜인은 본래 왼쪽 귀가 없었는데, 이재 왜인의 머리를 보니 눈썹과 눈이 흡사합니다. 이 왜인이 비록 나이는 많지만 스스로 두목이 되어서 도적질을 일삼고 살인을 즐겨하였습니다."

하였으며, 사량 권관(蛇梁權管) 이여염(李汝恬)이 사로잡은 왜인 오동도(吳道同)를 문초한 내용은

"일본의 왜인 상관들이 온 가족과 부인을 데려온 이래로 소인이 살고 있는 지방의 왜인들은 모두가 싸움터에 나가는 것을 싫어하여 산골로 피해 들어갔는데, 유월과 칠월 사이에 일본 사신이 산을 수색하고 찾아내어 배 안에 가득히 실어서 그대로 이곳으로 보낸 것입니다. 근일에 고려(高麗) 사람이 우리들을 많이 죽여 형세가 오래 머무르기 어려워서 본토로 돌아가려고 하던 차에 이렇게 잡혔습니다." 라고 하는 바, 교묘하고 간사스런 말을 비록 믿을 수는 없으나, 그의 나이가 어리며 생김새도 약간 어리석은 것으로 보아 어느 정도 그럴듯한 점도 있었습니다.

무릇 전후 네 차례 출전하고 열 번 접전하여 모두 다 승리하였다 하여도 장수와 군졸들의 공로를 논한다면 이번 부산 싸움보다 더한 것이 없습니다. 전일 싸울 때에는 적선의 수가 많아도 칠십여 척을 넘지 않았는데, 이번은 큰 적의 소굴에 늘어선 사백칠십여 척 속으로 군사의 위세를 갖추어 승기를 올려 돌진하였습니다. 그래서 조금도 두려워하지 않고 하루 종일 분한 마음으로 공격하여 적선 백여 척을 깨뜨렸습니다. 적들로 하여금 마음이 꺾여 가슴이 무너지고 머리를 움츠리며 두려워 떨게 하였는 바, 비록 머리를 벤 것은 없으나 힘써 싸운 공로는 먼젓번보다 훨씬 더하므로 전례를 참작하여 공로의 등급을 결정하고 별지에 기록하였습니다.

순천 감목관(監牧官) 조정(趙玎)은 '의분을 참지 못해 스스로 배를 준비하여 단지 종과 목동만을 거느리고 자원 출전하여 왜적을 많이 사살하고 왜적의 물건도 많이 노획했다.'라고 중위장 권준이 재삼

보고해 왔는데, 신이 보기에도 그러하였습니다.

녹도 만호 정운은 사변이 일어난 이래 충의심이 북받쳐 적과 함께 죽기로 맹세하였는데, 세 번에 걸친 출전에서 언제나 먼저 돌진하였습니다. 이번 부산 싸움 때에도 죽음을 무릅쓰고 돌진하다가 적의 대철환이 이마를 뚫어서 전사한 바, 몹시 비통하여 여러 장수 중에서 별도로 차사원(差使員)을 정하여 각별히 호상하도록 지시하였습니다. 아울러 그 후임에는 달리 무예와 지략이 있는 사람을 즉시 임명하여 내려 보내시기를 바라며, 우선 신의 군관 전 만호 윤사공을 가장(假將)으로 정하여 보내었습니다.

접전할 때 철환을 맞아 전사하고 중상한 군졸로는 방답 1호선 사부인 순천 수군 김천회(金千回), 여도선 분군색(分軍色)인 흥양 수군 박석산(朴石山), 사도 3호선 격군인 능성 수군 김개문(金開文), 본영 한후선의 격군이며 토병인 종 수배(水背), 사공이며 보자기인 김숙련(金叔連) 등이 철환을 맞아 전사하였습니다.

신이 타고 있는 배의 격군이며 토병(土兵)인 절 종 장개세(張開世), 수군인 보자기 김억부(金億夫), 김개똥(金介叱同), 본영 한후선의 수군 이종(李宗), 격군인 토병 김강두(金江斗), 박성세(朴成世), 본영 거북선의 토병 정인이(鄭仁伊), 박언필(朴彦必), 여도선 토병 정세인(鄭世仁), 사부 김희정(金希全), 사도 1호선 군관 김붕만(金鵬萬), 사공인 토병 수군 안원세(安元世), 격군인 토병 수군 최한종(崔汗終), 광주 수군 배식종(裵植宗), 흥양 1호선 격군인 보자기 북개(北介), 본영 우후선 사부인 진무 구은천(仇銀千), 방답 1호선 격괄군(格括軍)인 종 춘호(春好), 종 보탄(甫呑), 그 진의 거북선 격괄군인 종 춘세(春世),

종 연석(延石), 보성 수군 이가복(李加福), 보성선 무상 흔손(欣孫) 등은 철환을 맞았으나 중상에 이르지는 않았습니다.

신이 타고 있는 배의 토병인 수군 김영견(金永見), 보자기 금동(今同), 방답 거북선의 순천 사부인 신선(新選) 박세봉(朴世奉) 등이 화살을 맞아 조금 상한 것 외에는 달리 상한 사람이 없습니다. 위에 적은 여러 사람들은 부산 싸움에서 날아오는 시석을 무릅쓰고 결사적으로 돌진하다가 혹은 전사하고 혹은 부상하였습니다. 시체를 배에 싣고 돌아가 장사 지내게 하였습니다. 아울러 그들의 처자들은 휼전에 따라 구호케 하였으며, 중상에 이르지 않는 사람들은 약물을 지급하여 충분히 구호하도록 각별히 엄하게 신칙하였습니다.

왜의 물품 중에 쌀, 포목, 의복 등은 군사들에게 상품으로 나누어 주고 왜적의 병기 등의 물품은 아울러서 아래에 기록하옵니다.

태인현에 사는 업무(業武) 교생 송여종(宋汝悰)은 낙안 군수 신호의 대변 군관(待變軍官)으로서 네 번이나 적을 무찌를 때 언제나 충성심이 치솟아 남들보다 앞서서 자진하여 돌진하고 죽을 힘을 다하여 힘껏 싸워 거듭 왜의 머리를 베었을 뿐 아니라 전후 전공이 모두 1등에 참록한 자이므로 이 장계를 가지고 가서 올리도록 주어 보냅니다.

삼가 갖추어 아뢰옵니다.

만력 20년 구월 십칠일

왜의 물품 목록 : 왜의 갑옷 다섯 벌(그중 한 벌은 금갑), 왜의 투구 세 개, 왜의 장창 두 자루, 왜의 총통 네 정, 왜의 큰 촛대 네

개, 왜의 말안장 1부, 왜의 어치(於赤) 1부, 왜의 초상(超床) 한 개, 왜의 각색 옷 일곱 벌, 왜의 바라(婆羅) 두 짝, 왜의 연철(鉛鐵) 230 근, 왜의 죽족전(竹鏃箭, 대화살촉) 12부 5개, 왜의 장전(長箭, 긴 화살) 5부 23개, 왜의 무족전(無鏃箭) 2부 11개, 왜의 화로 한 개, 왜의 솥 한 개, 왜의 궤 한 개, 우리나라 장전 아홉 개, 낫 한 자루, 지자총통 두 정, 현자총통 두 정, 대완구 한 정, 조피(彫皮) 1령.

불멸의 이순신 5

아, 한산대첩

1판 1쇄 펴냄 2014년 7월 18일
1판 2쇄 펴냄 2021년 4월 30일

지은이   김탁환
발행인   박근섭·박상준
펴낸곳   (주)민음사

출판등록   1966. 5. 19. 제16-490호
주소   서울특별시 강남구 도산대로1길 62(신사동)
           강남출판문화센터 5층 (우편번호 06027)
대표전화   02-515-2000 | 팩시밀리   02-515-2007
홈페이지   www.minumsa.com

ISBN 978-89-374-4145-5 04810
ISBN 978-89-374-4140-0 04810(세트)

* 잘못 만들어진 책은 구입처에서 교환해 드립니다.